走向世界的中国作家

三岔河

石舒清 著

文化发展出版社
Cultural Development Press

图书在版编目(CIP)数据

三岔河/石舒清著. —北京：文化发展出版社，2019.6
ISBN 978-7-5142-2621-8

Ⅰ.①三… Ⅱ.①石… Ⅲ.①短篇小说-小说集-中国-当代 Ⅳ.①I247.7

中国版本图书馆CIP数据核字(2019)第074303号

三岔河 SANCHA HE

石舒清 著

出 版 人：武　赫
策划编辑：肖贵平
责任编辑：肖贵平
责任校对：岳智勇
责任印制：杨　骏
排版设计：辰征·文化

出版发行：文化发展出版社（北京市翠微路2号 邮编：100036）
网　　址：www.wenhuafazhan.com
经　　销：各地新华书店
印　　刷：天津嘉恒印务有限公司
开　　本：889mm×1194mm　1/32
字　　数：212千字
印　　张：9.5
版　　次：2019年10月第1版　2019年10月第1次印刷
定　　价：49.80元
ＩＳＢＮ：978-7-5142-2621-8

◆ 如发现任何质量问题请与我社发行部联系。发行部电话：010-88275710

"走向世界的中国作家"文库编辑委员会

主 编
野 莽

成 员
(以姓氏笔画为序)

王池英（美）	立松升一（日）	吕　华
安博兰（法）	许金龙	周大新
贾平凹	野　莽	

不仅是为了纪念

——"走向世界的中国作家"文库总序

野芥

在一切都趋于商业化的今天,真正的文学已经不再具有二十世纪八十年代的神话般的魅力,所有以经济利益为目标的文化团队与个体,像日光灯下的脱衣舞者表演到了最后,无须让好看的羽衣霓裳作任何的掩饰,因为再好看的东西也莫过于货币的图案。所谓的文学书籍虽然也仍在零星地出版着,却多半只是在文学的旗帜下,以新奇重大的事件,冠以惊心动魄的书名,摆在书店的入口处,引诱对文学一知半解的人。

这套文库的出版者则能打破业内对于经济利益的最高追求,尝试着出版一套既是典藏也是桥梁的书,为此做好了经受些许经济风险的准备。我告诉他们,风险不止于此,还得准备接受来自作者的误会,此项计划在实施的过程中不免会遭遇意外。

受邀担任这套文库的主编对我而言,简单得就好比将多年前已备好的课复诵一遍,依照出版者的原始设计,一是把新时期以来中国作家被翻译到国外的、重要和发生影响的长篇以下的小说,以母语的形式再次集中出版,作为中国当代文学的经典收藏；二是精选这些作家尚未出境的新作，出版之后推荐给国外的翻译家和出版家。入选作家的年龄不限，年代不限，在国内文学圈中的排名不限，作品的风格和流派不限，陆续而分期分批地进入文库，每位作者的每本容量为十五万字左右。就我过去的阅读积累，我可以闭上眼睛念出一大片在国内外已被认知的作品及其作者的名字，以及这些作者还未被翻译的本世纪的新作。

　　有了这个文库，除为国内的文学读者提供怀旧、收藏和跟踪阅读的机会，也的确还能为世界文学的交流起到一定的媒介作用，尤其国外的翻译出版者，可以省去很多在汪洋大海中盲目打捞的精力和时间。为此我向这个大型文库的编委会提议，在编辑出版家外增加国内的著名作家、著名翻译家，以及国外的汉学家、翻译家和出版家，希望大家共同关心和参与文库的遴选工作，荟萃各方专家的智慧，尽可能少地遗漏一些重要的作家和作品，这个方法自然比所谓的慧眼独具要科学和公正得多。

　　遗漏总会有的，但或许是因为其他障碍所致，譬如出版社的版权专有，作家的版税标准，等等。为了实现文库的预期目的，在全书的编辑出版过程中，出版者会力所能及地逐步解决那些障碍，在此我对他们的倾情付出表示敬意。

2018年5月12日改于竹影居

目 录

物 忆 / 1

爷 爷 / 43

苏菲 / 58

痕迹 / 68

奶奶家的故事 / 139

母亲家的故事 / 168

邻居家的故事 / 223

另几片叶子 / 268

体现"文章之美"的小说 / 290

石舒清主要著作目录 / 294

物　忆

黄花被

　　爷爷从劳改队回来是1973年。那一年，整个中国都像一只被快要吃空的大面袋子。我们家更是穷得叮当响。记得落着小雨，雨丝细密。下了许久了路面上仍不显泥泞。村里人簇拥着爷爷进院里来。大家都在院里站着打量。一群戴着白帽的人里，只有爷爷是戴有檐帽的。我们都有些紧张地看着爷爷，我们都怕他看不上这个家了，我们都担心爷爷不认我们了。小姑姑的头一直乱蓬蓬的，但那天不知为什么，格外显得扎眼，都觉得首先是她丢了我们的人。要是爷爷当时拧转身走掉，我们都会松一口气，接着过我们的日子的。爷爷不在，这样的日子我们已经过了十年，自然还能过下去的。屋顶上长满了滨草，在寒风里战栗着，认命似的受着雨淋。爷爷忽然偏头，带些严厉地对着父亲说，房子上的草，你们也拔不动吗？但是不等父亲作答，爷爷就招呼着村里人进屋去了。

　　屋里几乎什么也没有，只是许多湿湿的带些寒气的人。

　　炕上一面精席，被火炕烫出几个大洞。

　　真是没什么好看的。

　　大家都陪着爷爷落了一会儿泪。

接着便陆续有人拿东西到我家来，一瓶煤油，一小袋洋芋，一只小凳，一条旧毛巾什么的。记不得爷爷和父亲他们是怎么样给村里人道谢了。记得人们是默默地来去着。一直在下雨。落在窗玻璃上的雨丝，小叔对着它们一哈气，就变白起来，一下子看不到窗外了。但慢慢就会清晰起来。雨丝落在窗玻璃上，很像一个人情绪复杂时挂在睫毛上的泪迹。爷爷剃了头发，剃了胡须，戴上了白帽儿，使他立即像换了一个人。昨天，爷爷来的那个时刻一下子像飞逝得极遥远了。

我们都怀着一种想哭的心情欢乐着。从没有过这样的心理。小姑姑的头也非常努力地梳过了。我们都跟爷爷上房去拔滨草，很容易就能看到整个村子。看到不少人立在自家的院子里仰着头看我们。

奶奶的一个堂妹，和奶奶一样，出嫁也是在本村，嫁给了我的一个外爷。她给我们家抱来了一床被子。被子八成新，上面开满了素淡温暖的小黄花。我们都数那上面的小黄花有多少。手摸，用脸贴，感觉都是很异样的。那是我们第一次接触到绸被子。有几处的绸子受损了，显得如梳齿似的，像是又返还到织布时的某一过程。透过它们往里看，里面混混沌沌的。有时候也在故意和一不小心之间，通过那些松散的梳齿，将什么东西弄入被子里去了。这也是容易找着的，一捏就捏到了，然后再一点点弄它们到破损处，再拿出来。

这些游戏都是发生在夜里。夜里，偌大的一面被子就被展开了。爷爷，两个姑姑，小叔还有我，我们几乎一家人都睡在这被子下面。我们还是有办法的，把头分置于四面，把脚集中在被子中间，这样不但每个人都能盖到被子，而且簇到一起的脚也很容易热乎乎的。只要有好日头，我们就拿出去晒被子。夜里盖着开小黄花的被阳光晒过的被子，是根本不会有噩梦的。小叔间或有尿床的毛病。要是早晨起来，身边意外地不见了小叔，那么掀开被子，就会有尿臊味从奥深的暖热里传来。小叔说，他真是很小心的，一次一次辨认着确定着是一处干草垛，而不是炕上，于是才放开来尿了，没想到到头来还是尿在了炕上，好像专门有个谁在梦里头骗他似的。被小叔尿湿的被子晒在院子里，上面有一团尿痕，我们走过的时候，都夸张地掩一掩鼻子。

被子在白天绝少拉开。除了拿出去晒日头外，似乎总是淑静地叠放在靠墙的被床子上。由于有了这么一床被子，我家的一只旧被床子又被派上用场了。但似乎上面也只有这一床被子。被子依被床的样子叠成长条形的，像一个修长的少女，成天将她的两条长腿羞涩地耐人寻味地闭锁着。一想到这叠放在被床上的黄花被，也讲不清为什么，我总是由此自然地想到静跪着点香的老人和临窗做针线的有孕的少妇。这里面似乎有着某种足够的富足与安静。

不动声色的被缝中实际是常常夹有一些东西的，无论什么时候，只要伸手到里面去，总是会拿出几样来的，有袜子、针匣、一束线或一块布什么的，有时也会有几角钱、一两块钱，不期然地摸出来时叫人眼热心跳，觉得这里面原来竟有着这么大的秘密。但是，能怎么样呢？依旧放入去，只是放得更深些，不使一摸时便可摸到。把手伸入静静的被缝里的感觉是异样的，纯然像探索着一个个幽深莫测的秘密似的。

这被子直到80年代中期我们似乎还用着，觉得是比以往重了。

那时候我们的日子好过一些了,爷爷常说起这床被子,说拿个什么报答他的妻妹呢?在那样困难的时候给我家送来一床新被子,不容易呀。

岁月变化,使我成了一个城里人。数十年岁月也一晃过去。很少想起那床被子了。人在不觉中就可以忘掉许多,似乎什么都不允许人记住,什么也愿意随时间一并消失干净似的。

已是换到了另一个世纪。

我搬了家,新置了沙发,于是和妻四处跑着选沙发套。做这些事情也是很有意思的。人四处奔竞,原来是无不寻找着合乎自己心意的东西。这才发现,要求正合己意,莫说别的,即使一副沙发套,也是不易寻的。

先就近跑遍了新市区,没有。又跑几十公里到老城去,一家家商场出进着。其实口袋里的钱没多少的。想着也可笑,难道新市区那么多沙发套竟都是无用的吗?发现选择本身就是一个圈套,一旦落入选择和落入误区没什么两样的。

在妻的一以贯之的兴致勃勃里我终于打起了退堂鼓,我落在后面不再想动,妻说,三家,再跑三家,有没有都不跑了。

但是在接下来的第三家里就发现这一趟老城真是没有白跑,我看到了一样颜色,触动了一份记忆,我觉得我是被轻轻地深深地袭击了一下。这真是专意来寻也寻不到的。

当时已经转了好几个来回,我的目光疲倦地落在一种沙发套上,但很快,我真切地觉得好像是在我的控制之外,我的目光自行来了一个大的更换,我被这颜色强烈地吸引了,记忆恢复得竟会那般迅疾,我眼里也悄然地就蓄满了泪花,那些小黄花载沉载浮,飘飘欲飞，竟飞作了一大片盛开的胡麻花。

周围的一切落潮似的退下一边去。我看见妻在我的泪光里转悠着，显得那么的遥远而又莫名所以。

好在我一个人可以感知、享用并忍受这一切。

我擦去泪水。那些小黄花像凋谢过多次又重新绽开了那样。那么多的它们，不知为什么，竟是有些孤单和冷清。

我没有走过去更临近它们，我没有去抚摸哪怕是一个花瓣。

自然是要买它了，可算是天赐之物，没有比这更合我意的了。

然而和妻走在街上的时候，我手里却拎着按她的意愿挑选的沙发套。我们在熙熙攘攘的车流人声里走着，阳光强得刺眼，我的心境一时难得改观，但足可以陪着妻说说与黄花被无关的话。而且妻大功告成，心情颇好，只要能作势听她的讲，我自己是大可不必说什么的。

老木床

在我的记忆里，这似乎是世界上最古老最笨重的一样东西。

床比现在的双人床略小一些。比单人床就大多了。床板很厚，侧面看去，像快刀切开的紫牛腱肉。不用抬，只拿眼睛一看，也知道它是很重的。四条腿如韩幹画中的马腿一样，由臀部顺下来的部分夸张地宽着，而且趁势弯进去一个不小的弧度，床脚状如狮足，稳稳地抓牢着屋地，给人一种与屋地焊接在一起的感觉。的确，在这样的床上休息或玩闹，真是和在炕上没什么两样，不会像现在的床那样，翻一个身，咳嗽一声，它也受不住似的咿呀不已。这床似乎以它的结实与宽厚默默地承受和担待了许多。

我生下来的时候，爷爷还在劳改队，家里的老人连连地去世了，只余了我高寿的祖太太，用老花的眼睛给我用小布片连缀着尿布子，但是也在我出生后一个月故去了，当时父亲才19岁，家里的老人都没有了，最老的就算是这个老木床了。有时会匪夷所思地想，在我家没有老人的那一大段日子里，老木床是否暗暗地起过什么作用呢？

一直觉得老木床在我儿时的生活里有着一个很重的分量，似乎我关于儿时的一切记忆都可以浓缩到它身上，似乎我们一家老小十几口都是从它身上来的，但细加检索，发现我对它的具体的记忆并不是太多。

只记得严冬的时候，炕上冷得睡不住，我们一家人就都挤到这张大床上去睡，三个姑姑，叔叔，我，（有母亲吗？）我们都挤睡在木床上。生活寒苦的原因，父亲那时候脾气相当不好，除了我，沾了年幼的便宜外，家里的其他人都饱受过他的拳脚。夜里父亲也不睡在家里，披一个老羊皮袄，到饲养院的驴槽里去睡。驴槽里有驴吃剩的草，铺在身下，盖上皮袄，就可以凑合着睡到天亮了。据姑姑们现在讲，几乎是整个冬天，父亲都在饲养院的驴槽里过夜。父亲借口给饲养院看牲口，夜里不仅是把自己的觉睡了，还能连带着挣一点工分。姑姑们也说，要是父亲不去饲养院睡驴槽，而是睡在木床上，那么，毫无疑问，我们都得睡到冰石板一样的炕上去，我们就会一个个都被冻死。

后来不知什么原因，显得很结实的老木床，竟被拆得零散了，床板靠墙斜立在磨房里,旁边是它的几个腿子,或立或躺,涣散而落寞。似乎它们里面那立站和支撑的力量在拆散的一刻悄然而莫名地逃逸了,那原本抓紧着屋地的床脚,也颓然在地上,像被割下来的兽足。不用细看,就能看到足趾间显出朽败的裂缝来,裂缝很深,吹一口气进去,会发出枯索玄远的声音,还会腾出一丝烟尘,直入到鼻窍深处去了,滋味辛辣,似乎使人一瞬之间就古旧和衰败起来。拆散前后的老木床真像是两样相去甚远的东西。

或许关于它的结实,我记忆有误也未可知。

拆开来的木床,后来就有了这样的用场,村里不管谁家无常(去世之意)了人,就来我家借床去做"停埋体"用。

当三两个头戴孝帽的人急匆匆地走进我家里时,我们便知道村里是无常人了。这时候,多时关着的磨房门就打开了,人们将床腿一件件拿出来,将床板费很大周折抬出来。床板很重,需三四个人抬着,父亲常常帮忙抬着,一路就去亡人家了。床腿一人捐一条去。像我们这些七八岁、八九岁的娃娃,一人还抱不动一条床腿。但我们也缠紧在大人们的脚脖子里跟着去了。记得他们扛犁那样扛着床腿,走得很疾,不时会把床腿在肩上换一换位置,但脚步不会停下来。不久就会听到哭声。到那家院子里,几个人在一片哭声里开始洗老木床,洗得很详尽,一个人用汤瓶倒水,一个人洗,一条腿一条腿地洗,一小片一小片地洗床板,就像洗一头宰了的大犍牛那样。

洗过的老木床会显得神情庄重,深具意味。

稍稍晾晒片刻,就会七手八脚抬入有哭声的屋子里去。

一会儿进屋去时,见老木床已被结结实实、规规矩矩地支起来了，它默默地、稳稳地立着，像尽心尽力尽职尽责地担负和完成着一个什么使命一样。亡人盖着一片白布，已安静地躺在它上面了，它那么阔大而安详，似乎亡人睡在它上面便已有了一个好的归宿一样。亡人头畔的香烟缭绕着，也似乎一律缓缓地汇入它的木质里去了。它的四周跪满了伤心落泪的人。有人用手攀着床沿；有人轻轻揭起尸布来，望一眼亡人被竖立着捆在一起的双脚；有人把亡人的手从白得发青的尸布下轻轻牵出来，惜疼而又绝望地摸上一摸，又悄然送回去掩住。老木床在那一刻似乎默默地驮着亡人和活人的一切，似乎在暗暗地不停地劝说着亡人不要惊恐，尽早安息；也在告慰着活人不要过分悲痛，顺主节哀。觉得老木床就像村里一个年高德劭的老者一样，平时不觉得什么，但在关键时刻，危急关头，却当仁不让，不可替代地站出来，引领了大家，安抚了众人。有时候甚至有了这样的念头，要没有我家的老木床，村里这么多的亡人一个个该怎么办？该往哪里停？

实际上这样的自满和忧虑都是不必有的。

亡人入土后三两天，我家的老木床就会被送回来，是被重新拆散了送回来的。照旧又放入磨坊里去，静候着另一个亡人来用它。

正像凡事在习以为常之后，又总不免有着变化一样，不知从什么时候起，不知为着什么原因，村里再有了亡人后，不很用我家的老木床了。

偶尔打开磨坊进去，会有意无意地看见老木床，已蒙了冰凉的尘土在上面，鼠屎和鸟屎上面也有的，偶尔还会攀连一些蛛网。蜘蛛不知哪里去了，余了一个死苍蝇什么的结在网上，已枯寂得像一点干菜叶了。

似乎把它扔在那里,再也没有动过。

直到一对老人突然到来,要用它时,才发现它的一条腿找不见了。

那时候爷爷已经从劳改队回来了。

爷爷1963年开始劳改,1973年才刑满回来,20世纪70年代初在中国是一段很苦的日子。记得爷爷把面袋锁在箱子里,到做饭时就用一杆小秤称出些许面来,让母亲拿去做饭。爷爷还带我们一家去山里挑苦苦菜回来贴补着吃。

爷爷在劳改队学了不少手艺,饭也会做的,但是回来后就不做饭了,只是教母亲怎么样把苦苦菜和麸子合在一处做窝窝头。那时候爷爷才五十多岁,有人劝爷爷再成个家。但爷爷一直孤身过到他无常。关于爷爷的事情真是可以写一部长篇。

一日家里突然来了很老的两个人,一男一女,我们当时视野是很狭窄的,就觉得他们两个是有一些派头的。那老爷爷胡子白得叫人敬重,胸前的扣子上还系着一块链表,不时掏出来看一看。老奶奶戴着大盖头,脸熟透的梨一样黄俊着。他们在屋里和爷爷说着什么,然后几个人就都哭起来。那老爷爷哭起来像一个委屈的孩子,而且有些像笑声,但泪水是很实在地流下来了。爷爷放了声哭着,有几声哭得简直叫人害怕。好在他们都是哭了片刻就收住了。原来这个人是爷爷的一个堂叔,很小的时候就出走了,多少年来没有一点音信。实际上离家并不是太远,是住在青海的什么地方。那天家里来了很多人,都是我们的本家,来了又是哭又是笑的,使家里的气氛在那一天显得很特别很异样。夜影落着的时候,院子里空静下来。这一对老人双双在炕上做礼拜。爷爷和父亲就开始给他们支老

物 忆　9

木床。

不知道他们为什么不和爷爷一样，睡在炕上。不知道爷爷为什么要偏偏为他们支床，是显得洋气一些吗？

床就支在爷爷睡的正房里。

真是不用不知道。这时候才发现少了一条床腿，翻遍了磨坊也没有找见。父亲红着脸问母亲是不是放在灶火里烧了。虽是这样问，但知道借母亲几个胆子母亲也不敢这样做的。眼看着星星出来，地上黑到看不清脚了。就不再找那条床腿。爷爷在劳改队学过泥瓦工，便在缺床腿的地方用泥巴土块很快砌起一个与床腿齐高的土柱子来。自然是再稳当不过的。

夜里那一对老人就睡在老木床上。我和爷爷、叔叔睡在对面的炕上。已记不清爷爷和他们晚上说过什么没有，只记得他们两个仰面齐并着睡在大床上，眼睛像是在等着药水落下来那样挤巴着。床头靠墙的地方，并排斜放着他们的拐杖。

他们住了大概三四天就走了，走的时候又是一场哭，但后来就没再听到他们的音信。当然现在他们是早不在世上了。有时想起他们，想起青海还有我们的一支血脉，就问父亲，与青海方面有无联系。但联系是肯定没有的，若有，也用不着我问父亲了。于是就觉得两个老人的到来如同一个梦境了。

两个老人走后，老木床竟没有像以往那样，拆散了抬入磨坊里去——磨坊不知什么时候也不见了——竟就一直放在那里，似乎在等待着两个老人重新来睡。也许是那条泥腿拖住了它的缘故。后来就逐渐放了些东西上去，粮袋啊旧木箱啊什么的。

后来，大概有十年到二十年，在我的眼里就再也没有见过老木床。

前一段日子到一个收藏古董的人家里去看旧家具，一个尺把高的单屏，虽模样古旧，但做工粗糙，他竟索价六百元。我心里一动。于是打电话问父亲，家里那副老木床还在不。答说在的。家里自然是有一个杂货房的。父亲说，埋压得很深，不好翻出来。

不知现在翻出来，它是什么样子了。

父亲说，我家的光阴，在我祖太爷手里是不错的，田地也有，街上的铺面也有，但到后来，什么都不见了，只这一副床阴差阳错地留了下来。往少里说，也有百把年了吧。

要是有收旧家具的寻上门来，我们会把它卖掉吗？

大立柜

这大立柜现在也还在我们家里。母亲用一片塑料将它严严地苫盖着，上面放着座钟、录音机之类。里面装的已不知是一些啥，我很少将它打开过。

和老木床一样，它也是很结实很笨重的，结构单一，实际是一个深阔的木箱，中间用一面厚厚的隔板一隔为二。柜边、柜面都是乌黑的，母亲保护得好的缘故，那乌黑直到如今还发亮着，能隐隐照见人的影子。正面是两幅花鸟画，花是牡丹，鸟为鸳鸯，用笔细致而自信，着色艳丽又大胆，给人一种强烈的喜庆气氛和民间意趣。那时候的匠人心实，木料好，做工也半点不马虎，搭眼一看，会觉得它最多三五年的样子。即使柜子里空着，抬起来也是很沉的，母亲和父亲抬不动，要挪动清扫下面时，母亲就把同村的小舅舅请来和父亲一起抬。像屋檐那样，柜面会在前面稍稍探出一小点来，就把了这一小点抬着，也不妨事的，父亲和小舅舅常以这种方式抬柜子。实际这样抬着，就像抓着一个人的脑袋把他揪起来，是有些危险的，要是现在的柜子，根本不敢这么抬，现在的柜子得从最下面抬，得端着，就这样也会有不可测的危险的，而且现在的柜子看在眼里是重的，一抬，那轻会使人意外到吃惊。见得多了，再看到现在那些极尽工巧，煞有介事的柜子时，连眼里也觉得它们是轻的了。

实际上这憨厚实诚的立柜样式被淘汰至少有二十年了。

它的构造的确是太简单了，没有明确设计出哪是放被褥的地方，哪是挂衣服的地方，哪是安排鞋袜的地方，它像两个麻袋放在一起那样，纯然就是为了一股脑儿装东西用的。

去过许多人家，发现即使在乡间，这样的立柜也不多见了。

说来这还是爷爷从劳改队回来，近十年间，置办的最为大宗的一样东西。记得似乎是花了一百三十多元。在当时，算是很贵的了。自然就摆放在爷爷的屋子里。记不清里面装过什么东西了，爷爷后来做过一段时间的皮匠，里面大概是装过拾掇好的二毛皮的，因为直到今天，那里面似乎还有着一种熟羊皮的味道。偶尔还能看见内壁上挂着短短的一截羊毛，看见了也不愿伸手把它取下来。记得那时候的柜面上坐着一个拱形的座钟。心脏似的钟摆无休止地荡来荡去，似乎使屋子里的一切都因此古静和凝重起来。但这座钟后来不知哪里去了。两边还有电壶、茶杯、空罐头瓶以及几个没有花却插着卫生香的花瓶一类。还有一个做工精细而古朴的小木盒，一只猫大小，上面蹲踞着两头侧目相视的木狮子。那时候觉得这小木箱木狮子一类都是无用的，现在才觉得那也可谓是一组家传宝物，可惜被有远见的叔叔收拾去了。

实际上叔叔要是后来不结婚（这当然是不可能的），要是这立柜一直在爷爷的屋子里摆放着，也就一切太平，不会发生什么的。但慢慢就到了叔叔结婚的时间。媳妇说下了。爷爷托媒人对女方说，大立柜就无须再花钱买了，家里是有的。这样一来家里就可以省一笔开支。

爷爷所说的大立柜，就是他屋子里的那个。

女方不大信，差人来巧妙地看了，回去说，果然是有的，是最为时兴的大立柜。

这时候一向逆来顺受默默无声的母亲却突然地有意见了。她知道父亲是靠不上的，就自己厚了颜面泼了胆子，去爷爷的屋里哭诉说，她结婚的时候，田家是一个老人也没有，礼钱花了五十元，不要说大立柜，连结婚穿的裤子也是向别人借的，结果呢，还没有回门，裤子的主人就趴在墙头上要裤子。这都是不应该说的，一时有一时的条件，她这些年说过这些话没有呢？没有说过，一句也没有说过。可是现在的条件总的来说是好些了，现在的人结婚，穿的戴的抹的擦的置办了一大堆不说，光礼钱就是七八百。母亲对爷爷说这些她都不讲了，现在的人好是现在的人的运气，说一千道一万，她没有别的要求，她到田家这么多年了，男孙子女孙子都生下了，功劳是没有的，苦劳还算有一点的吧，那么，是否可以作为补偿，把家里的立柜分给她？母亲说，要是立柜照旧放在爷爷的屋里，她一句闲话也没有，要是把它作为小叔两口子的结婚用具，那么她就忍不住要说一说的，可以给小叔两口子再置个新立柜嘛，比这个再好再贵些她都不会有闲话，嘴头上心里头都是理解的满意的，她就要求再买个新立柜，以备小叔结婚用,好把这个旧立柜给她。

母亲当时给爷爷说这些时,爷爷正坐在炕上吃饭,听了母亲的话,一向极能忍耐的爷爷就把碗扔到饭桌上,然后一脚把饭桌踹到了地上。

这就算闯下了弥天大祸。

母亲当然是少不了父亲的一顿毒打。

后来爷爷是好几天不再吃母亲做的饭。

父亲就请了说和的人来,让母亲做好饭,两个人一起端去,在说和人的劝解里,跪在地上请爷爷原谅他们,请爷爷吃饭。

爷爷就吃饭了,吃到后来,竟落下泪来,把剩下的饭和着眼泪吃了。

后来爷爷果真就给叔叔婶婶买了一个新的立柜来,和旧有的立柜简直一模一样。于是就把旧的立柜分给了母亲。

这时候痛定思痛,母亲已经不很想要立柜了,但又怕拂了爷爷的好意,就说立柜算在她的名下,但暂时还是摆放在爷爷屋子里的好。

爷爷却近乎决绝地让母亲把柜子搬过去,搬到我们那间葵花秆子盖就的小屋里来了。

这样,叔叔和我们的屋子里都各有了一个富丽堂皇的立柜,爷爷的屋子里却显得空荡荡了。

人是容易忘记的,常常见到母亲用眼泪和皮肉之苦换来的这个立柜,竟似乎司空见惯,毫无所感,今夜缘于写这篇文字,才恍然记起这一切来。

母亲天天开柜锁柜,不知是否还记得这些事情。

雨毡

我们这里素来被称为一个十年九旱的地方。

然而奇怪的是,在我的记忆里,似乎小时候并不缺雨。我还记得打雷的时候,我们坐在窗前看云层里闪电的情景,破裂云层的闪电像遭电击的巨蟒那样战栗着。在黑乎乎的灶前忙碌的母亲总是告诫我们,不要把头或手伸出窗外去。也总是记得狗或者鸡在暴雨中瑟缩在墙根里的样子。村里人立在河边看洪水滔滔而下,不休地议论着,但只是见黑洞洞的嘴张开来闭上去,却听不到声音。那时候村里有好几处涝坝。水面上浮漂着厚厚的水草一类,村里人呼之为浪沫。等暴雨停了,就去捞浪沫。这被浸过的水草捞上来,可以搓绳子用,可以烧火用。一次和爷爷叔叔捞浪沫时,我不觉间走到了水深处,一下子双脚漂离坝底,斜斜地淹到了水里。那种在徒然的挣扎中数度被浊水淹没的感觉真是怪异而惊怖,要不是爷爷及时赶到我就淹死了。坐在岸上呕吐完积水后,看着依旧在水里捞浪沫的人,我觉得自己好像到什么遥远而陌生的地方去了一遭,有一种重生感。关于水的记忆,那一次真是太深刻了,像一个一辈子也难以摆脱的噩梦。我后来再想起这幅情景时,就觉得满河影子一样的人不是在捞浪沫,而是拨弄着水面上厚厚的浪沫,在寻觅淹在下面的我。另有一次下暴雨时,我跑出家门去喊母亲,母亲去外奶奶家借什么了,还没有回来。但刚出门不到十几米,雨骤然就大起来,而且夹杂着冰雹。刚开始还能觉得痛,还能看到冰雹在巷子里变戏法似的多起来,能看到冰雹带着果敢而可怕的激情砸到两边的墙头上纷溅开来，但很快就看不清了，觉不到痛了，只是觉得呼吸不够用了，要窒息了，觉得自己像一只粽子要被千重万重地包裹起来了，明知离家不过十来米，但是却似迷失了方向，迈不开步，裹挟在一个旋涡中了。要不是柳阿訇从冰雹中跑过，要不是他穿着老羊皮袄，把我裹在皮袄下面带回，我也许就没有机会回忆这个事情了。后来逢主麻日，母亲就烙了油香让我给柳阿訇端去。这样子大概端了有五六年之久，后来大家的日子都有些好过了，不在乎一两个油香了，而且柳阿訇已成了大阿訇，我也就不再端了。一次柳阿訇在清真寺给众人讲经，柳阿訇头戴代斯塔（缠头之意），身着衣拜（礼拜衣），胡须像流水那样溢出他的下巴来。我跪在人群里，想到自己的生命被这样一个人救过，心里有一种难述的感动与满足。

这说的是暴雨。但记忆中更多的还是绵绵秋雨。

只要是秋雨，只要下稳，总是不肯轻易就住的。这样的时候，除了放羊的人，其他人都待在家里等雨停。趴在窗前久久地看雨不下不说，怎么下起来就没个完。于是就纷纷预测着这雨什么时候才能停，纷纷说起一些关于雨的陈年旧事，说是某年某次落雨，一落就落了整整四十天啊，皇宫里都漏开了啊。窗外的廊檐下，承接了桶子盆子，成天成夜叮叮咚咚响着，妇人女子在屋内焦躁了，就弹起口弦来。有一种调子就叫"滴廊檐水"，在连雨天听这种调子，人是很容易瞌睡的。

但很快就睡不住了，房子啊窑洞啊开始漏雨了，皇宫需落雨四十日才漏，老百姓的房子窑洞自是支持不了这么久，最多能支持一周。于是盆盆罐罐，碗碗碟碟都派上了用场，放在适当的地方承接着漏雨。人缩紧着身子，在暂时不漏雨的地方歇缓着。但地盘总是被漏雨蚕食着，是越来越小了，感到盆盆碗碗里的水溅到脸上、手上、脚丫子上，只得忍耐着，一点办法也没有。发誓说这一次晴好起来，一定给房子厚厚上一层泥。房泥是年年上着。但雨淋风蚀，厚房子是很容易薄起来的，几乎比鞋底还不经日月。那时候的好处是水突然不缺了，真是忙坏了妇人女子，成天唰啦唰啦洗个不休，但洗好了的衣服一类却无处晾晒。门上风匣杆上锅盖上都是厚厚地搭了一层。

　　我家那时候有着两间房子。一间被名为正房，据说是干爷的，暂时让我们用着。这房子盖得倒气派，虽然椽子黑得发亮，然而却是根根直端着跑出屋檐去，而且全是上好的松椽，颇能经年月，已经半个世纪了，但不易漏雨。另一间房子我父母住着，兼伙房之用。这房子就不济了，稍一落雨，就开始哭鼻子抹眼泪，像个多难的寡妇一样伤心不已。雨只要连落三天，屋内就没有一块干地盘了。也难怪，这屋子不是用椽子盖的，而是用向日葵秆子盖的。向日葵秆子一折即断，能盖房吗？我家就用向日葵秆子盖了间房。太易漏雨之故，父亲就在头顶撑了一块塑料。那塑料后来比腐叶都黑，而且长期承雨，这里那里都累下一个个包来。每个包都沉甸甸的，只要用针刺开一个小眼就会有房土漏下来。父亲是直不起腰来的，他的头常常顶得头上的塑料闷沉地响着。大概葵花秆子是容易生虫的，我们叫它葵花虫，细腰多足，跑起来极快，赶着捉都捉不住，还会飞，两片翅膀阴险地支起来，一下子就飞到黑暗里不见了。夜里常常掉下来在脸上跑，妹妹吓得大哭。有时候正吃饭，啪，掉一个到碗里去，在面汤里动，揀出来狠狠地砸到墙上去，掉下来一动不动，死了的样子，但在墙下面休息休息，又可以很快地跑了，又可以支起翅膀飞了。好像父母亲也没有什么抱怨。屋里漏得实在无法将就时，就一齐搬到正房里去。这时候要是日头出来，一家人的喜悦真是不可形容，真是恨不得把伙房湿棉袄那样翻开来晒一场。日头晒着屋顶，向日葵秆子就叭叭叭响，像是在舒展筋骨。那些小虫子似乎是见不得阳光的，天气一晴好，它们也就神秘地不见了。

但是有一年雨持续地下个不停，连正房也支持不住了，开始若有所思地漏起雨来。后来像是要破罐子破摔，终于不加顾忌有些放肆地漏起来。我们在有限的地方挪腾着。爷爷说，不行，这要是把人家的椽子弄坏了就不好交代。于是就派我和叔叔去县城找干爷，借一些雨毡来。

干爷是一个喜欢种花的人，满院子各式各样的花朵使他的家似一个天堂。但那天却全部委顿在地上，像一锅馒头漏了气那样。这使得干爷的家里有了一种萧索与冷清。发黑的窗棂被雨水浸蚀着，像很久没有住人似的。但实际上每个屋子里都有人住的。干爷是一个大户，光老婆就有两个。干爷是我所见的面相最为奇异的人，有些像史书上的朱元璋。但没想到的是干爷家的屋子竟也漏雨了，这样油毛毡我们就借不出来了。干爷坐在临近门槛的一个小竹凳上，很有气派地喝茶，喝完茶，就拿出一大捆塑料让我和叔叔带回去。

叔叔装模作样地去伙房里喝了半瓢凉水，目的是想看看干爷的三女子。经爷爷提议，和干爷商量，就把他的三女子许配给叔叔了。干爷的意思是让爷爷在老三和老四里任意给叔叔挑一个，但老四明确说不会嫁到乡下去。那么便只有老三了。但叔叔在阴雨天白喝了一瓢凉水，没见到想见的人。后来这个事情也没有成。说起来复杂,这个老三直到今天也没有嫁人,在街上卖酥馍,还拖着一根长辫子。都说她是高不成低不就。人总是向着自己的一面说,叔叔说他当时觉得那个女子个头太小了,还胖。

塑料很沉,我和叔叔抬了回来。我身轻,上房去铺开在房上,四面用砖压着。但是像跟我们开玩笑似的,雨很快却停了,这就让人心情很不快很失落,我还记得我和叔叔望着天空,盼云不要散,盼着好好再落上几天雨的样子。

漏雨时怕雨,可以防雨时又盼雨,这种心理是很可捉摸很有意思的。

橡子

干爷之所以把他的房子盖在了我家的院子里,是因为他娶了一个小老婆。

那么干爷与爷爷是怎样成了兄弟的呢?这个看来得说一说。

干爷是县城的富户,像姑太太讲的,我家的核桃曾经用长口袋装那样,干爷的银圆的确是用长口袋来装的。干爷是有名的花匠。口才极好,能说三国。还颇谙医道。然而不知为什么,颇谙医道的干爷在干奶奶生产时,却乱了阵脚。于是就派出两匹骡子,委托当脚夫的爷爷去数百里外的靖远,把一个老女人接来,给干奶奶接生。一来二去,觉得爷爷这个人不错,做事谨重,还有赤胆义肝,就说,我们结拜弟兄吧,从此钱财上不分你我。就结拜了弟兄。

后来才知道干爷这是在暗暗地收络人才,招兵买马。这是因为一个叫马英惠的人掐算过,说干爷这一辈子,有四十天江山可坐。

马英惠是一个能掐会算的人，有名于一方，他的说法自是不妄的。干爷就说，四十天太短了，能不能再长一些。说不成，天命呐天命呐。问干爷这只有四十天的江山究竟坐还是不坐。自然还是要坐的。干爷就开始暗暗地活动了。马英惠算是军师。干爷流着泪说，他坐江山完全不是为他个人的，完全是为弟兄的。只要江山打下来，大家都是一字儿并肩王。不知道爷爷他们当时是怎么响应的。

不久，干爷就弄了一个小老婆。大老婆闹着不得成，和爷爷商量了，就在我家盖了一个大房子，和小老婆一起生活了。眼不见心不烦，大老婆慢慢也就接受了。

干爷的皇帝自然是没当上。大老婆殁掉了。他便携小老婆上城去，继续做他的花匠，继续行他的医。把那间当时很气派的房子给爷爷丢下了，说只要还认他这个做哥哥的，那么就不要再讲房子不房子的话。

过了几年，爷爷因为偷偷地做生意，被逮去劳改了，一判就是十年。干爷每年弄两口袋炒面酥馍，让父亲分春秋两季给爷爷送去。

爷爷从劳改队回来时，干爷已经很老了。爷爷的第一打算是把房子拆了，将椽子给干爷送回去。干爷就指着小老婆说，我要是要这几根椽子，你嫂子马上就死在你面前。那时候干爷家的院子里虽是鲜花盛开，但明显今不如昔，只剩一个空架子了。干爷一直活到九十多岁，只剩一副骨架子了，好像还想活下去。但他的病已经很重了，似乎很容易就能看到他的骨头，青黄着，像精心腌制过似的。爷爷那些日子就住在干爷家里，朝夕侍候着他，直到他吐出最后一口气。干爷早已枯槁的遗体被一床龙飞凤舞的缎黄被子盖着，双腮深凹入去，嘴闭得很紧，像是紧咬着牙关，不再打算开口似的。

送走干爷，爷爷也是一场大病。父亲跪在炕头哭着劝了几天，才开始吃喝。但爷爷的身体刚一好转就开始拆房子。

拆下来的椽子黑得发亮，摞了大半院。爷爷让我们一家人开始用刀片刮椽子。刮得很仔细。但刮去黑皮后，露出的部分依旧乌青着。刮了好几天才刮完。一根根抬到涝坝里去洗。爷爷自己洗，把我们洗过的他再洗几遍。

然后就分好几趟，把这些椽子装在架子车上，一车车拉到县上去，交给干爷的小老婆。

这些事情我曾经写过一次，总觉意犹未尽，这里再写一次，实在也写不出什么新东西来，就算是对老人们的又一次缅怀吧。

不太愿意讲的是，后来，干爷的五个儿子里，竟有三个曾屡次找父亲和叔叔借过钱。与富甲一方的干爷相比，他们现在的日子基本上都不怎么样，有一个还在街面上为人补鞋度日，和各种各样的鞋打交道的手看起来真是令人感慨。听说时不时还去卖血。另有两个女儿一个儿子终生没有婚嫁，没有结婚的是最小的儿子，年纪轻轻就修起了胡子，留起长发，胡子和头发连在一起，几乎将脸遮掩得没有了。在自家院子里盖了一间修道室，很少出来一次。后来突然宣布说，干爷其实并没有去世，是活着被埋掉的，屡屡要去打开坟墓看一看。一家人在这件事上就把他守得很紧。忽然一天就来和父亲借钱，很诡秘地向父亲笑着。另有两个也来借钱。往往都是借而不还。宣布说，当时爷爷不知拿了干爷多少钱。弄得父亲和叔叔很不高兴，但查对无门，两个知情人都不活在世上了。

不是还有小干奶奶吗？就是干爷的小老婆。

听说她也是极少出门，在一边提心吊胆、日复一日地守着未嫁的女儿和一个装神弄鬼的儿子。

父亲不好意思去问,就让叔叔去了。叔叔就问干奶奶,爷爷欠没欠着干爷的钱?如果欠着,那么是多少,还清了没有,如果没有还清,那么还欠多少。

干奶奶的牙掉得不余几颗了,说话总是漏风,但还是很明确地说,她知道的只是,干爷和爷爷一天哭着说了色俩目,说不管谁欠谁的,这个色俩目一说,就都一笔勾销了,前世里是这个话,后世里也是这个话。照这么说,是没账了。

这话对父亲叔叔而言,总还是一个负担。但又不知该怎么做才是。

干奶奶活着时,父亲和叔叔逢年过节还去一趟,去了带一桶油一袋面什么的。干奶奶一无常,他们就不再去了。

交往了几十年的两家人就落得这样一个结果。

后辈是绝少联系了,干爷的几个儿子因为借过父亲和叔叔的钱,偶尔在街上见了,还不等父亲叔叔问候出一声,他们就见鬼一样匆匆躲开了。

四十房土蜂

1960年至1965年,我家养过一段土蜂。最鼎盛的时候,达到近四十窝。一年可以割到五六百斤蜂蜜。

土蜂是一种比较于洋蜂的叫法。洋蜂逐花而居,饲养起来要更精心些。洋蜂的好处是产蜜多,成蜜快,一般一月可摇一次,这样一年下来,一箱蜂可摇十二次蜜。土蜂一年却只能割蜜一次。但土蜂的蜜要比洋蜂好吃许多。

不知为着一个什么由头，我家养起土蜂来。刚开始只养了两三窝。我们这里的乡俗，过什么宗教节日或纪想老人的时候，会请阿訇满拉来。家里光阴紧，宰不起羊，就烙点烫面油香，消几碟蜂蜜，算是上品的招待物了，大家都喜欢吃的。

那时候我的祖太太，太太都还活着。祖太太近一百岁了，一床被子补补缝缝，盖了近八十年，一个人把手来拎，拎不动的。问她多少岁，总是说八十几岁咧；刚刚吃过饭，问她吃饭了没有呢？委屈着说没吃，说谁给着吃呢。母亲怀我的时候，祖太太就用许多旧布片给我缝尿布。结果不等我生下来，她就眼睛一闭走了。但祖太太是很喜欢养蜂的。常常铺一个什么了坐在蜂房旁边，听蜂飞的声音。太太更是能干得很。她就爷爷这么一个儿子，而且早年自行离开太爷，携着爷爷从县城到娘家来，娘儿俩相依为命地过着。她疼爷爷是出了名的。连上房泥这样的事，她也不让爷爷干，自己房上房下地忙活着。家里的几十个蜂窝，都出于太太的手。要不是爷爷被捕去劳改，她还会多活一些日子的吧。

父亲说，土蜂这种东西，灵性得很。有些人家是越养越多，有些人家是越养越少。我家就经历了一个由少到多，再由多到无的过程。这样的一个轮回下来，人会明白许多东西，但也似乎越发的不明白了。

我最喜欢听老人们讲蜂子分窝和割蜜的事。

先说分窝。

一般是到四五月份，天气是好得很，没有大雨大风，连阴天也不多，日头长时间足量地照着，各种野花庄稼花也都依序盛开着。这样的时候，突然的会看见蜂子在暖暖的日光中成群地飞出来。却

物忆　23

和前去寻花采蜜的蜂子有所不同。它们总是围绕在近边嗡嗡地飞着。飞得乱麻麻的，飞得不可开交，似乎在激烈地商讨着去哪里却总是定不下来，傍暮时分，又飞回蜂房里去。第二天又出来，又是这样闹腾腾的不见结果的飞一天。一连几天都是这样情绪激烈着乱糟糟的飞。终于一天，一只鹅冠博带与众相异的大蜂子隆重地飞出来，很快在院里的一根树杈上落定了，这时候就见大批的蜂子陆续地飞出来，飞到那树上去了。原来那先飞落树上的是新生的蜂王，众蜂子竞相落在它身边，密密叠叠地结成一大团，沉甸甸的有惊无险地吊在树杈上。树大分枝，这就算是蜂子在分窝了。像鸟类的领翅学飞一样，看来前几天幼蜂们是出来演习的，而且侦察好了落脚点，使蜂王一旦出窝，就不必再东飞西飞，顾左盼右，一径地飞到早已侦察好的位置上去。父亲一再感慨地说，看蜂子的迎来送往与井然有序，会觉得它们的治理能力与合作能力都是超过了人的。将要分窝的那一段时间，蜂房内表面上看去会比平日更噪闹更杂乱，会发现一些蜂子在欺负另一些蜂子，撕咬着，冲撞着，似要驱赶它们出来，父亲说，这是幼蜂已经长成，不可再坐享其成，老蜂子不客气地要赶它们自己去谋生了。这似乎是一个有些艰难的过程，一些幼蜂竟因此被狠狠地咬死了。

　　分出来的蜂子吊在树杈上，像无数频频眨动的复眼或刚刚从水里捞出的鱼子。它们刚刚从一个整体里飞出，竟如此迅疾地又形成了一个完备和谐的整体，看它们那种挤挤挨挨，簇簇拥拥的样子，是很难把它们再驱散开来的。另一些蜂子围绕着这蜂团不即不离地飞，它们一定另有使命和任务的。蜂房里飞出了那么多幼蜂，一时显出些许寂寞来，但照旧很忙碌。蜂房的底部总有着为数不少的死蜂子，有的业已枯槁，有的翅碎腿折，只余了局部。它们这样子似乎一点也不影响那些还活着飞来飞去的蜂子。

新的蜂房收拾好了，要把树杈上的蜂团收拢下来了。

这样的时候，天高气清，日光和暖，在阵阵的蜂鸣声里，总是让人能觉到一种特别的气氛，喜庆、祥和而又似一个梦幻。

常常是父亲上树去收蜂子，偶尔太太也拐了小脚上树去。真是不可想象，一个七十多岁的小脚老奶奶，是怎么爬上树去的呢？

不能白手上树，得拿一个小背斗，背斗里面和边边沿沿，涂上一些蜜，然后倒拿在蜂团的一边，一边用一束青草轻轻挥动着，一边喊着："蜂王——上斗，白雨过来了——，蜂王——上斗，白雨过来了——"

就这样一遍遍不厌其烦，津津有味地喊着，喊得一大团云朵在天上分裂成了碎片，喊得风倦倦地拂动着树叶，似乎是在登高望着一个神往的远方，在深情地呼唤着一个丢失在荒野终古的魂灵。

我后来听人骑在树杈上这样呼唤过，想起来真是要叫人落下泪来。

白雨是什么？白雨就是暴雨，暴雨一过来，凭翅飞动的蜂子自是没有好果子吃的。这是在吓唬蜂子们尤其蜂王。

但蜂子们听得懂这呼唤吗？

因为常常是天清气爽，倒使人觉得从收蜂人口里出来的白雨并非暴雨，而是一种宽阔的光线，或者就是光雨吧。

一些蜂子飞入背斗里去吃蜜，但因为蜂王没有入斗，它们总是吃饱了肚子再飞出来。

在一切蜂子里，蜂王似乎是最具耐心的，它似乎知道是在呼唤它，但总是一副我命由我，充耳不闻的样子。它似乎比一头大象

物忆 25

还难说动。静静地趴着不动，像灵魂业已出窍，只余了一副躯壳那样。但突然间它就飞起来，它的翅翼要比普通的蜂子大一些，听到它飞动的声音有些重沉，在空间划一个弧，然后，像是瞄准了那样径直飞入倒置的背斗里去，蜂群立即也哄的一声飞散，一时节，收蜂人几乎被乱麻麻的蜂子遮蔽了，约十来分钟，就像小背斗里有一种吸力那样，将乱飞的蜂子一一吸纳进去，在背斗里结成摇摇欲坠的一团。这就算把又一窝子收入囊中了，算是从今儿个起又可以多一份收入和指望了。可以从树上下来了。当然，有时不免被蜂子刺几箭的，但养蜂人被蜂子刺几箭算什么呢？一直把幼蜂安置在新的蜂房里，给它们准备一些蜂蜜作为过渡应急之用，这才回去研碎几只红皮蒜，敷在叮伤处。心里的快乐与安慰几乎无法说给第二个人听。父亲讲，人有时候分家后又会合于一处，蜂子却从来不会这样，它们只会一窝一窝分下去，从来不走回头路。

但有时候一窝蜂会突然地分出两个蜂王来。这是什么意思呢？是辅佐幼主吗？是垂帘听政吗？然而有两个蜂王的蜂群，总是有这样那样的不遂人意，产蜜也不多，有时候竟似乎连它们自己也不够吃。分出两个蜂王的事不常见，一旦有，家里人不会很高兴的。

分出两个王倒还不要紧，要紧甚而要命的是，有时倒是只飞出一个蜂王来，但这王却像是脑后有反骨的，像胸襟别具，另有识见，不再循规蹈矩，要我行我素，自作主张，于是漠然地飞过预期的树杈，带着满朝文武及庶民百姓，浩浩荡荡义无反顾地飞到远处去了。能飞多远？有时会飞得不知去向，有时会飞到邻村，但大多还是落户在了本村的某家。依村里人的说法，这便说明不是你的蜂子，不是你的财贝，眼睁睁看着叫飞远去，不要追，追也追不回来的，飞到谁家就是谁家的。这真是一桩令人惊诧和莫奈其何的事。数年间，我家的蜂子也曾不告而辞过，我们上下两家邻居家的蜂子，都是从我家飞过去的。其中一家后来越养越多，直到超过了我家，另一家却没能发达得起来。父亲说，人这个东西，心怪得很，见蜂王带着自家的蜂子飞走后，知道自己这里是没指望了，就盼着能飞到亲戚家里去，要不就飞到队长或者会计家里去，这样下来，也可算是无形中送了他们一份礼物。但蜂子却不作人想，一次却飞到哑巴家里去。哑巴的男人殁了，一大堆儿女，不知日子是咋过的。蜂子飞到哑巴家里使父亲不大痛快，对蜂子有些恨意了，觉得是吃了个哑巴亏。但哑巴却到我家来，口吐白沫指天画地说了老半天，意思是我家的蜂子，还是我家收回来吧。这自然是不能收回的。哑巴后来就给祖太太和太太各做了一双鞋送来，那时候哑巴的蜂子已经分成四窝了。真是啥人有个啥命呢，飞到哑巴家的蜂子，不知是什么品种，一年时间，竟频频由一窝分出四窝来。

我家蜂子最多的时节是1962年。

是年年末，爷爷被捕去劳改了，不久，奶奶去世，不久又是太太，祖太太觉得少者已逝，自己再活没什么意思了吧，就也眼睛一闭走了。短短几年，我家劳改一人，归真三人，家里的气氛也是大变，蜂子像是也有所感知，竟得了什么瘟疫一样一窝窝死起来。死起来是很快的，而且叫人束手无策，时间不长，响彻我家数年的蜂鸣声听不到了，只剩下四十来个空空的蜂房，像被盗的坟墓似的。

爷爷那些年暗暗地做生意，公家闻讯追捕得紧，爷爷常常是东躲西藏，公家也抓不住的。但一天蜂子却分了，在地窖里藏久了的爷爷出来看时，被村里的一个积极分子发现了，就这么被捕了去。

爷爷劳改回来后,那些空洞的蜂房使他落泪了。但是父亲却从一个蜂房里挖出三百块银圆和小半瓶黄金交给爷爷。原来我家是有积蓄的,那么艰难的日子里,父亲竟没有拿出来花掉,使爷爷为他的儿子哭起来。这些银圆和黄金挖出来的当天夜里,爷爷就让父亲给干爷送去了。这是一段闲话,这里略提一提,接下来说割蜜。

父亲说,白露过后,就开始割蜜。

并非每一房蜂都可以割蜜的,四十房蜂,可割蜜者一年不过十来房。这和年年留歇地是一个道理。

怎么割蜜呢?

选择一个主麻日(穆斯林称星期五为主麻日,视为吉日),向将要割蜜的蜂房里大口大口喷以清水,这样可使蜜蜂翅膀受潮,再飞也飞不动,只能在蜂片上盘桓。割蜜是有一把特制的小铲子的,一下一下铲下来,落到备好的塑料上或净布上,紧接着和泥那样,用铲子把割下来的蜜和蜂片悉数捣烂,翻来覆去搅和成泥状。

那些蜂子呢?

都和在里头了。

它们还活着嘛。

活着也和在里头了。

听起来真是毛骨悚然。

但是父亲说,一种性命一种归落,蜂子它命定就是这么个下场嘛。

然后是过滤蜜,用竹筛子过。蜜若太过黏稠,就在锅里热一热,这样过起来就方便了。这样的蜜叫熟蜜。但这样会使蜜变色,而且不如生蜜好吃。什么都是有用的,蜂片炼成蜡拿到采购站卖掉。蜜若想卖，也只有一个去向，那就是公家的采购站。一房蜂平均产蜜五六十斤，我家一年能产蜜五六百斤，亲戚朋友送一送，卖一卖，也就没有了，一斤五角钱，一年能卖个一二百块钱。父亲说，严冬，他像吃馍馍那样吃冻成硬块的生蜜。采购站把蜜还要过滤一次，滤出来的死蜂子在采购站堆成了小山，远远看去，像一种草，是颇易燃的，果然都一堆一堆烧掉了。

父亲说到蜂子，很是深情。他说见过比人勤苦的蜂子，没见过比蜂子勤苦的人。说有些蜂子长途跋涉，会到几十里外的花地里去采花，有一些蜂子，回来的时候，摇摇晃晃的，沉重得飞不动，细一看时，见它的两股缠满了花粉，连背上，翅膀下面也有花粉携带着。一些出门劳动的蜂子当天飞不回来，就在野地里过夜，第二天再飞回来。父亲说的白雨也真是有的，有时候，一场暴雨不期然地倾泻下来，花地里的蜂子和往返途中的蜂子就悉数遇难了。每一场白雨后，总有几间蜂房几乎要空出来。

衬衫

小时候，记得屋里的柁梁上有两样东西，都用白福绸包着，一样是一册《亥亭目》（《古兰经选章》），另一样是一件衬衫。夜里睡下，目光望上去，就能望见。

衬衫已经很旧了，记不得它的样式了，但总有着一种残存的香味和樟脑味。在我的记忆里，这衬衫可是起了相当大的作用。那时候我们兄妹只要有一点头痛脑热，或者是夜里睡不着觉，哭，父亲就会躲在门背后的暗影里洗一个小净，然后从屋梁上取下一个布包来，默念着经文打开，是那件衬衫。父亲就握了它，口里念念有词地在我们的脸上身上擦来拂去。

父亲擦的时候，我们就不再哭了，闭着眼睛，挂着泪痕，默默地顺从地体味着这一古老的疗治和安慰方式，我们似乎与生俱来般知道这一时刻是不宜哭的。

衬衫微凉，轻轻擦过的时候，像一些香灰体贴而均匀地敷在了人的脸上，它里面散发出的那种滋味，给人一种既古奥莫测，又简单明了之感，淡同游丝，薄如蝉翼，一次次眷顾地袭来，不断地给人以面目的洁净与心的安静。

父亲往往要擦上很久，似乎这原本就是一个安详静谧，来不得半点喧哗和着急的事情。母亲自始至终坐在父亲边上默望着，像一个坐在崖边上的人俯望着深玄莫测的大海那样。

擦完，父亲就把衬衫包起来，重新放到屋梁上去，然后跪下来接杜瓦（祈祷仪式）。母亲也跪在父亲身边端了两手接杜瓦。这接杜瓦的时间也较平时要长些，似乎时间在这一刻漫长，富足了起来。然后父亲就会轻轻拍拍我们，说，再放心睡吧，一觉睡个大天亮。我们果然像船在静水上漂荡一样，不觉间就睡去了。睡得像一叶小舟那样在无际的海面上没有了影踪。有时候在父亲擦的过程中我们就睡去了。父亲还会继续擦拭上很久，像在不停地梳理我们的呼吸似的。直至我们睡深了，呼吸听起来均匀了，才轻轻地罢手。有时候父亲罢手时会禁不住把衬衫凑到嘴边吻一下。

记得父亲用衬衫擦完我们后，我们身上还会长久地缭绕着一种余味或余音，像夜风从水面上轻轻掠过后，兴起的涟漪久久不肯散去似的。我们似乎正是凭着这些余味或余音逐渐安静下来，缓缓睡去了的。

也许有人借这个衬衫而父亲却不愿借吧,也常常看到一些人抱着自己的孩子来,睡在我家的炕上,让父亲给他们擦一擦,然后就释然和满足地抱着孩子走了。也有大人来擦。然而更多的时候,受这衬衫擦拭的都是孩子。

在我们幼年的心里,哪怕父母去劳动了,门朝外锁着,屋子里黑洞洞空荡荡的,看门背后的缸孔黑森森的,看大腹的菜坛子把我们的脸映得一条蛇似的长,老鼠也从风匣或洞里出来,公然地在地上来去,钻到鞋子里吱吱叫,拱得鞋子一动一动,所有这些,都是准备着给我们以惊吓,叫我们恐惧的,但只要一抬头,看到衬衫包儿在屋梁上,我们就会安宁下来。在透窗而入的阳光里继续猫儿一般睡着,等父母回来。

这衬衫在我们的儿时究竟引动过我们怎样的联想,在我们的心灵里起过何等作用,都是难以言喻的。

不知有多少次听父亲说起这衬衫的来历。

是一个教门上的苦修者穿过的贴身衬衫。后来这苦修者不知因什么事触犯了公家,就被公家判了极刑,但是就在临刑的前一日,这个人却悄然地归真在号子里了。

几个跟随者趁着夜深人静,从公家手里偷回了他的遗体,悄悄地不露痕迹地把他埋掉了。

可是把他往回偷的时候,他脸上连个遮面的手巾也没有,咋办呢?没办法,几个人就只好用他的衬衫包着他的头,趁着鸡还没叫时抬了回来。

偷苦修者遗体的几个人里,有一个人是我的爷爷,也因此我家才有了这件衬衫。

后来便有越来越多的人知道我家里有着这么一件不同寻常的衬衫了,这使父亲觉得殊为荣耀,但也日渐地觉到一种不安和压力。有一些人几乎当着父亲的面说,这衬衫是所有的追随者的,谁都可以看,谁都可以抚摸,凭啥只放在你家里呢?要说你们家是有功劳的,放这些年也算抵销了吧,神秘莫测地威胁父亲说,众人的东西,你一家占着不好,你要认真想这个事呢。

20世纪80年代的某一日,父亲哭着把这件衬衫交给了苦修者的继承者。他接受的时候,真是极为难得,他一个出家的,淡漠于世事的人,竟然也落泪了。他的落泪使父亲突然地双手蒙面,号啕大哭。

但是过了十余年,到1998年,某一天夜里,那继承者专程来到我家,又把这衬衫交还给了父亲。一再嘱咐他守护好。他对不知道说什么才好的父亲说,他觉得放在我家才是唯一合适的。而且让父亲放心,他不会把衬衫还回的事说出去。

世上没有不透风的墙,我的叔叔离我家不过二十米远,不知怎么知道了,来讨要,说这是老人传下来的,一个人独享是没道理的,后来又拿房子拿地啊等等的要来换。

父亲说,你以为存在我这里,就可以算是我的吗?我不过是个保管罢了。

叔叔说,那就让我做这个保管吧。

后来叔叔跟缠颇紧,父亲终于对他唯一的弟弟沉下脸说,啥事都可以商量,这事不要妄想。

年逾不惑的叔叔哭着走出我家的街门去了。

都怕叔叔一不做二不休，张扬出去。

但几年过去，这个担心似乎是无须有的了。

现在母亲专门做了一个锦囊盛装这件衬衫，装进去，轻轻拉一根线，锦囊的口儿就会自行收紧起来，像捏合了一只饺子。

但是不敢再放到屋梁上了。

不知道父母亲悄悄地藏在了哪里。

信件

可不是一封信两封信，而是有近百封之多。

可不是一年两年的信，而是整整十年间的信。

是一个农民父亲和农民儿子之间的通信，是一个大墙内的老人与一个生活窘迫的年轻人之间的通信。

还说这些做什么，信早就一封也不见了。

爷爷在银川劳改期间，每月都要和远在千里之外的父亲互通一信，无非是了解些情况，做一些安慰，说一些鼓励的话。爷爷劳改期满回来时，将父亲10年间写给他的信一封不落地带了回来。至于爷爷写给父亲的信，父亲更是当作宝贝一样收着。爷爷回来后，分在两处的百余封信就汇集到了一处。

记得是捆成了好几沓子，锁在磨房的一个小小的旧木箱里。好像爷爷父亲他们再没有翻阅过这些信件。大概是我上小学四五年级的时候，将这些信翻出来，读过其中的内容没有呢？一点记忆也没有了。那时候纸张是不多的，玩具也是不多的，就用其中的一些信叠了纸飞机玩（真是要埋怨爷爷和父亲，当初怎么不制止我们呢？），后来上了初中，记得又翻出这些信来，量依然是很大的，似乎还是没有读过信上的内容，也许无所用心，磕磕巴巴地读过，但因为少不更事，或者是觉得与己无关，竟一点印象也没有。那一次翻出这些信来，是剪信封上的邮票，以及信纸上的尾花，剪了许多，花花绿绿的一大片。把信再装入信封里去时，就能直接看到里面的信了，就像裤子破了一个洞，能看到里面的裤头一样，而且连这裤头也被剪得犬牙差互，缺胳膊少腿，实际上已成了一堆鸡毛，但文字大体上还在的。

现在想起自己若无其事地坐在那里剪这个剪那个，真是一种惊心动魄，不堪回首的感觉。觉得自己就像是一个祸根，一个不祥之物，一个败家子，也会一再地埋怨甚至痛恨家人，为什么看到我剪这些信不大吃一惊呢？为什么不上来给我一巴掌，一把抢夺过我手里的剪子呢？

整整十年的经历与心情啊，整整十年的倾诉与思念，安慰与鼓励，整整十年之间的不说不行欲说还休啊。显然，对于这些陈年往事，对于自己的这些真正和着泪水和血的文字，爷爷父亲他们是不很重视的。

我剪下那些邮票和尾花做了书签。语文书、数学书、政治书、英语书里都夹满了这样的书签。当时孩子们还时兴做一种"风转"，就是用几个同样大小的纸片粘成一个菊花状，接在一根竹竿或木杆上，前面再插一根针，针上扎一只羊粪蛋，这样，迎着风跑，纸片就会旋转起来，像一朵花迅速而又不歇地盛开着。再没有用邮票和信纸上的尾花更适宜做"风转"的了，它们大小相当，五颜六色，迎风旋转开来，实在是很好看的。

和那只银牌一样，"书签"和"风转"成了我对那些信的最后的记忆，后来，我就再没见过它们了。那个小木箱竟然还在的，打开来，有着浓烈的陈年旧货的味道，里面自是不会空着，自是装着一些乱七八糟，派不上用场的东西，但是那些信，却一封也不见了。这一种不见的现实简直叫人有一种莫名的惧怕和绝望。

连我自己也没有料到我后来会成为一个写作者，不知从什么时候起，我的心里像是被什么鸟狠狠啄了几下，猛地想起这些信来。在我，这是多么珍贵的一笔财富。1963年到1973年，在中国是不寻常的10年，我的爷爷和父亲之间都说了一些什么，而且絮絮叨叨竟是一说十年；爷爷完全没上过学，爷爷去劳改后，上学只半年的父亲也被迫辍学了，我不知道一天学也不曾上过的爷爷和他只上了半年学的儿子是怎么样用文字交流的，不可想象，那都是怎样的一些文字啊；那也是我家至为艰难的10年，老人一个个没有了，家里只是一伙孩子，爷爷刚刚去劳改的时候，家里最为年长的孩子是我父亲，才12岁。那么，爷爷和父亲的信里难道都是一些痛苦与呻吟，抱怨与绝望吗？有一年，我家连着殁了几个老人，爷爷在劳改队得到这个音信时，精神上受不住了，几至于崩溃。但是听父亲说，这一噩耗并不是他写信告诉给爷爷的，他一直瞒着，爷爷从别的犯人的信里得到消息，写信来问，纸里包不住火他才说了。那么，家中连连殁老人的那段时间，父亲给爷爷的信是怎么写的呢？

我太想看到这些信了。

但是，都没有了，一封都没有了。

有时候见我说起这事，显得痛切，父亲像是要给我一个解答似的淡淡地说，一定是你妈剪了鞋样子了。

母亲不识字，她望着半空里，有些茫然地做回忆状，年复一年，母亲是剪了不少鞋样子，但是否用那些信纸剪的，看来她还不能确定。

银牌

是非常精美的一个银牌，镂空雕微，状如花瓣，在四周靠着边缘的花瓣上，依序连缀着小巧逼真的十八般兵器。

母亲说这银牌是祖太太给她的。我小时候佩戴过，只在世上活了一百天的弟弟佩戴过，近一段时间因遭车祸，死里逃生的妹妹也佩戴过。

除了这副银牌，小时候，我还见过一只小银锁。后来二姑姑出嫁时带去了，我在几个表弟表妹的后背里都见过它。

不知什么原因，有好长一段时间，这只银牌都在我手里。曾被同伴偷去过，也曾换过同伴们的什么玩具，但后来不知怎么的，这银牌又总是不觉地回到我手里。

记得我上中学的时候，它还在我身上的，同桌是一个小女孩，侧着看去，唇上有着淡淡一抹绒毛，嫩杏子似的，她常常会把嘴噘一噘，像是在吹前面不远处的一只蒲公英。我糊里糊涂就把银牌借给她玩，她也偷偷将一些红枣给我，说是她们自家树上的。她把我的银牌拿去耍了很久，我都担心她是否不打算还我了，又不好张口去讨。心里急煎煎乱糟糟的，真后悔吃她的那些枣子了。但一天学校里包电影，电影演了老半天时，她突然把银牌悄悄递给了我，虽然看不大清，但一着手我就知道是什么，心里强烈地一喜，倒似乎她给了我一个什么，倒觉得似乎欠了她一个什么。但后来看清了时，才发现少了一样兵器，正是关公的青龙偃月刀。我的心里真是又难过又不舒服。再见到她时，她明显是有些不好意思，我也没有就此问过她。青龙偃月刀的系环儿犹在，系扣儿开得有些大了，定是从这里漏出去的。想来也怪她不得。后来初中毕业典礼上，我们坐在一起，她说起这事来。说早就想还我的，只是拿到银牌的头一天，真是倒霉透顶，一看，丢了一样兵器，她还毫无指望地找了好久呢。结果不好还我，就拖了那么久。但她的不慎也给了我提醒，亡羊补牢，为时不晚，就把其他的系扣不时捏一捏紧，而且常常会检查它们少了没有。她那样给我讲的时候，并没有看我，而是低下眼帘去，望着自己的手。她的一只手背上用墨水涂着一个梅花状的花饰，她边说，边用手指轻轻摁着那朵梅花，一个花瓣一个花瓣摁着。她的脸蛋有些红，而且感觉暖暖的。我当时真有一种冲动，想把那个银牌送给她。

　　后来，到高中，大概是高一，去新华书店买书，里面一个威武的店员叫何老五，天津人，在林建三师当过多年兵，有一身武功，逢年过节，常常在体育馆展示一通气功，或者是领着一个社火队，他在最前面走着，边走边把一副流星锤舞得密不透风。后来他不知怎么又成了新华书店的店员。非常精神地在柜台后面来去着，热情而又豪气地招呼着每一个顾客。

　　不知怎么一来，让他看到了我的银牌，立即流露出极感兴趣的样子，在柜台上俯下身来，恳切地问我，可否五十块钱卖给他。当时做民办教师的父亲，工资也就三十块左右。

物忆　37

我心慌意乱地出了店门。

他从门里出来,望着我远去,但是并没有再喊我。

这就是我关于银牌的最后记忆了。

后来,莫名其妙的,银牌就不在我身边了。我也并不记得我拿它给过谁。问母亲,妹妹,都被问出很茫然的样子来。

人一生大概如同这样,会丢许多东西的吧,譬如一支钢笔,一副眼镜,一块表等等,曾经拥有,关于它们丢失的细节却毫无记忆可寻。

倒似乎是它们趁你不备,自行悄悄离开了一样。

那么,丢就丢了吧。

但二姑的小银锁还在,现在佩戴在一个表弟的孩子身上,看到它,总是禁不住要想起这块银牌来,于是便怎么劝自己也不能释然,而且会生出一种难述的惆怅与茫然来。

古董

有古董的人家是什么人家?

我家,据说,七八十年前好过一阵子。在县城里有过几百亩土地的。爷爷活着的时候,若去县城,必指着两边的土地说,哪些哪些都曾经是咱们的地。我的一个姑太太,真是略略有着一点子大户人家的风范,说话总是高声足气的。说什么呢?说我家那时候雇着多少多少人拔麦子,说核桃装满一长口袋,立在门后面,想吃就吃,吃得人尻子里流油呢。说光阴败就败在我太爷手里了。归结说,有一个挣光阴的,那么必然,就有一个败光阴的,光阴挣下了就是要败掉，不然事情不得完全。

姑太太活了八十多岁，大概是有过十来年好日子，后来的近七十年都是苦得说不成，仅守寡就守了有五十年之久。但后来的这七十年，却总是忘不了说吃核桃与尻子里流油的话，给人一种虎死威不倒的气势。

曾经也为姑太太的话感慨过向往过。但现在觉得只是有一长口袋核桃的大户人家，其实也没什么的。

而且家里也没什么特别的古董。

说是没有，实际也有着一两件的。

我小时候，记忆最深的是家里有一对铜香炉，式样相似，只是大小不一。小的可以很吻合地套入大的里面，这样看起来便似一只。连小的拿起来也沉甸甸的，比看上去要重许多。常常是两只香炉里都各有一炷香在持久地缅怀什么一样吐着轻烟。另有一个做工简朴大方的紫红木盒，上面端立着两只木狮子，也是紫红色，二狮探爪卷尾，摆头相顾，看不出是要亲热还是在仇视。

这些东西总是在桌面上近于堂皇和庄严地摆着，似乎不可轻易染指似的。母亲她们每天清扫屋里时，总是要擦擦它们。

在我们的生活里，它们毫不声张也似乎没什么大的作用那样陪伴了我们许多年。不知什么时候，那只大铜香炉没有了，直到去年我才突然问起大铜香炉的去向，父亲说早卖掉了，摇着头说，卖了十三块钱。

我心痛得直磨牙。

问卖给谁了。想去重新买回来。但父亲阻止我这样干，我也只是说说而已,而且他虽然买了去,未必现在还在他家里。铜啊铁啊,甚至木头制成的东西,人是很难与它们相始终的。

而且日子过得多么疏忽,把大铜香炉卖给别人的印象,一点子也没有。

后来到父亲叔叔分家的时候,大件都分出来了,剩了这些零碎,父亲根本不以为意,让叔叔一概拿去。母亲顺手牵羊,把那只小铜香炉拿回我家来,如今,朝朝暮暮,父母都跪在一面小木桌后,桌上就是这只小铜香炉,香炉里一炷香孤高地立着,慢慢地,像被岁月消耗着那样,悄无声息地矮下去。说不清这香炉里点过多少香了。说不清点过的香都起过什么作用。

懵懂无知,对古董一类向来不感兴趣的,后来单位领导颇好此调,上行下效,大家也都装模作样地喜欢起来。也就真的越来越喜欢了。我就到叔叔家去,围着那一对木狮子端详个不休,心里也躁躁的,真想痛下狠心,窝藏在衣襟下拿来。要是和叔叔讨要,他会给的吧。

觉得这个贪心一生,真是很可怕很叫人不安的。

好在那对木狮子如今还在叔叔家里。

县上有一古董大户,来往间成了心照不宣的朋友。这人文化程度不高,但见千剑而后识器,俨然已为一方古董专家矣,在《中国文物报》常有鉴赏文章发表。一次就拿出鸟舌似的一小片玉来,允许我们摸,摸过的无不说好,问怎么好,就答不上来了。他说,他的一个体会是,比摸女娃娃的奶头都感觉好。他这一说,大家又摸,果然是越摸越神妙,越摸越不可言说。

当下有人出五千元,没能买来。

后来我的一个老师闻讯要买,出价到一万元,人家只是笑而不答。最后交底说,不卖,钱多钱少不卖,玉和人是有缘分的,他和这玉的缘分真是太深了,叫说说怎么个深法,又是深意存焉那样笑而不答。

就对玉有些意思了。

一个没多少钱的人有意思能怎么样呢?还不如没意思的好。

一天就说起了玉,说得几个人的下巴像鲁迅先生说的那样,脱臼似的垮下来。叔叔也在其中的。忽然说他也有一块玉,拿出来让我们给瞅瞅好坏。很快就拿了来。是一只玉猴,造型调皮,颇足传神。另有一个玉坠,是埃及的狮身人面像。我惊得说不出话。叔叔说,这块玉,少说一百年了,为什么呢?因为它是祖太太的陪嫁物,姑太太出嫁时,祖太太又把这赠给了她。前几年,姑太太归真前,叔叔去看望,姑太太就拿出这块玉来,说,这是娘家的东西,终了应归还娘家,就给叔叔了,另外还有一个银灯盏。叔叔说得我们心思暧昧又杂乱,无形中对父亲不满起来,你是长子,为什么家里的东西总是不归你呢?

接下来叔叔的一个打算使我心潮迭起,却一时不知怎么做才是。

叔叔有三个儿子,其中次子学习不错,品性也好,颇得叔叔青睐。叔叔说,如果我能把我这个弟弟弄进银川一中,那么,这块玉,就可以是我的了,而且我现在就可以不还他。

我自然是当下就把玉猴还给了叔叔。

我是没有这个能力的。

况且为此得叔叔的玉猴,该是多么难堪。

我干干地笑着说,你这块玉,手感不好。

物忆

我这样说，就便于叔叔接过玉猴去。他诧异地翻弄着玉猴，似乎重新在对它进行鉴定似的。

其实这玉猴不错，与我们常见的有些不同，据那个人面狮身的玉坠看，有可能还是个外国猴呢，加上我们是穆斯林这一原因，这一玉猴来自于古埃及也不是没有可能的。

这时候叔叔从玉猴上抬起头来，他竟显得有些沮丧，突然对我说，还是那个话，要是把你弟……那么，那一对红木狮子……

我的头一下子大起来，像被人揭了一个老底似的。原来我对木狮子的心有叵测早被叔叔看在眼里了。

不要不要，我啥都不要，我有些慌张地说，我要它们干啥嘛，又不能当吃，又不能当穿。说这些话时的言不由衷连我自己也听得出来。

那天夜里，父亲对我说，爷爷劳改时期，他还卖过一个铜镜的，卖的时候也心疼，但卖了也就卖了，这些年也并不觉得少什么。

我突然敬畏地觉得，这样一些买和卖的话，对我的心灵是有大影响的。

爷 爷

苦苦菜

爷爷从劳改队回来的时节,中国正值大灾之年,其时别处时有饿死人的消息传来。我们村没有饿死人,倒是胀死了一个。马英江饿坏了,把家里余剩的面瞒着妻儿老小熬了一锅粥,自己一个人全吃了,就胀死了。

真是恨满世界黄土不能当面吃。

虽是灾年,口粮多少也能分一点的。爷爷到县上去,把家里的精粮换成粗粮,这样就可以使粮食多一点,但也是很不易换到。所谓粗粮,连麸面都算不上,是近于糠的。爷爷锁在柜子里,每日饭前,用一杆小秤称出若干,交给母亲去做饭。母亲的手段是用极有限的面做出尽可能多的饭来,这实际上是不大可能的,除了多加水之外,别无良策。母亲的一个体会是,雪水做出的饭似乎能多出些许来。母亲曾把荞柴捶成碎末,和在面里。把一个有荞衣的枕头也拆过,一枕头荞衣,熬粥时捏一撮撒入去,就这样也能过日子的。

然而饥馑年月,对我们一家补益最大的还是苦苦菜,那时候自然须参加生产队的劳动,但也记得爷爷常带着我们一家人,拖一辆破架子车,从很深的山沟里钻过去,到处寻苦苦菜铲回来。然而不叫铲,也不叫割,不叫挖,而是叫"挑"——"挑苦苦菜",就这么说的。这原因大概在于，确实须自百草之间将苦苦菜挑选出来，这是眼力方面的"挑"；还有一面就是说手感的，苦苦菜的可食部分都在泥土之外，是用不着挖的，当然也无须刀割，铲是可以说的，但苦苦菜叶脆汁浓，需加倍呵护，稍有不慎，就会折叶溢汁。所以一个"挑"字，就显出许多小心和手段来，与"摘花"之说有些相似的。摘花说成揪花，感味自然就很不一样了，但"挑"字比"摘"字更要深妙些，手上的功夫要更娴熟老到，个中有个分寸，下力须知轻重。而且这一份小心翼翼，还得伴以始终，将苦苦菜凭着难以言道的手感"挑"下来后，断不能像草那样握它们，要虚虚地将它们衔在手里，像拿一朵新棉花那样。还不能多拿，三五个苦苦菜拿在手里就算是多了。往背斗袋子里装时，也是虚虚的，不能装得瓷实。不然内中的奶汁就会挤出来，使叶子萎萎的不好吃。真是像侍候花一样侍候着苦苦菜。

当然苦苦菜绝不会只等着我一家去挑。近边的很容易就没有了。要挑到苦苦菜，就得下功夫往深险处走。爷爷曾带着我们在有积雪的山顶上挑过苦苦菜。在极阴森的地方也挑过。地震或洪水千百年来造成一个个深洞幽穴，爷爷把父亲、叔叔还有我用绳子吊下去。那样的地方总是很阴湿，强烈地感到有什么看不见的东西真切地存在于这里。仅自己的呼吸声就会反过来成为自己的一种恐怖。那样的地方，没苦苦菜就罢了，若有，往往就冠大叶肥，饱含生机。和外面的苦苦菜相比，这种地方的苦苦菜就像是一种特别的品种，被特别地暗暗地培育着。每一朵苦苦菜看起来都像是特选出来的，像某种夸饰和卖派，像一种珍藏物。几乎每一朵苦苦菜都大过了碗口，而且像是吸纳了足量的营养那样，使它们几乎有些承受不了那种碧绿和肥硕了。虽然有一种近似于盗墓的感觉,但挑到如此的苦苦菜,心里除了别的,欢愉和兴奋自然也是非常足的。很容易就挑满一个竹篮,看爷爷从幽暗的深处一直吊到亮光里去,很快空篮子又黑乎乎轻飘飘地下来;还用绳索吊着我和叔叔,挑过悬崖半壁间的苦苦菜,爷爷嘱咐说,尽量往上看,不要看下面。偷眼看一眼下面,真是把魂都吓丢了。

然而即使深险的地方,也并非只有我一家可到。

哪里有苦苦菜,哪里就有人闻讯而至。有时你前脚刚到,还来不及欣喜,后面的人一探一探地就来了。

是呀,天地公物,又不是你一家的苦苦菜。

后来,没办法,就涉猎到人家的庄稼地里去。这可是被很紧的看守着的。你刚探入地里去,就有人晴天响雷似的吼起来,而且还用撩撒子扔干硬的土块袭击你。城里人的庄稼地,和我们队里的毗邻着。十里不同俗,那地里似乎格外地多着苦苦菜,看守庄稼的人人称狗阎王。是喜吃狗肉的一个人。而且毒辣,带着一条狼狗守庄稼,挑苦苦菜的人,落到他手里和他的狗手里,都是很可怕的。这样就几乎没有人去他看守的地里挑苦苦菜了。

爷爷嘱咐我们留在地外边,他只是带了父亲进去挑苦苦菜。狗阎王带着他的狗吼吼喊喊就过来了。我们吓坏了,木呆呆地看着狗阎王到爷爷跟前,和爷爷面对面站在庄稼地里,狗扯着他手里短促的绳索,向着爷爷,龇牙咧嘴地一跃一跃。这样过了片刻,狗阎王就牵着他的狗走了。爷爷重新挑苦苦菜。天地间有着一种断而又续似的寂静与丰富。到后来爷爷对我们提出许多严格的要求后,也带着我们进去挑苦苦菜了。狗阎王远远地看到只要是爷爷,就不再赶过来。而且将狗的脑门拍着，似乎是要求它也安静下来。

苦苦菜，油拌上；

黄花菜，醋拌上；

……

这是我们那时候耳熟能详的一首歌。

黄花菜是什么，至今不知道，但苦苦菜，在那个时候，实在是很少有油拌它们的。

皮匠爷爷

我的爷爷和外爷，都做过皮匠，而且都是以皮匠身份得终天年的。就给我一个莫名而又顽固的感觉，觉得回族老人都是做皮匠的。

大概是20世纪70年代中期，爷爷开始做起皮活来。开始有些偷偷摸摸，暗地里揽一些活，黑夜里挑灯做着。随着政策的日渐好转，也就公然地做起来了。记得爷爷常常在窗前坐着，戴着顶针做针线，嘴唇上总是有一点白线。和母亲的针线活相比，爷爷皮活的针脚是有些大。但皮活就这样的，过于密集的针脚会使针眼串通起来。

刚开始羊皮僵僵的，稍动动就会发咯吱的声音出来，想卷起来更是不可能。就那样一大张僵直地扔着，像得了风湿症的巨手。收拾到后来，这羊皮就洁白如初雪，绵软似宣纸，可以叠得四四方方，也可以卷之为轴，而且你怎么翻弄，都是一点声音也听不到了。爷爷在你身边整理这样的羊皮，除非你看到，凭听是怎么也听不到的。不知道羊皮上那种动辄不耐烦的咯吱声哪里去了。

使羊皮由直僵而至绵软，是凭了硝的好处。记得爷爷在一处墙根里埋了不少硝,趁个好天气,日头晒得大地上亮得刺眼,晒得地上几乎没有一点阴影时,爷爷就挖开墙根,拿出硝来。硝潮潮的,略有着一丝寒意。不敢拿在手里,会立刻使手脱皮的。把硝盐适量地撒入沸水里,等硝化开,水温下去,就把羊皮浸入去泡着,还需用手不停地翻弄,用脚不停地踏踩。爷爷的手臂和小腿因为一次次脱皮,变成了很奇怪的样子,像是把蒸得半熟的羊腿拎出来又冷冻了那样。

硝水浸泡过的羊皮,还得使水淘洗。这是一个非常耗时耗力的工序,需有大量的水。家里吃一桶水都得到十余里之外的县城去拉,自然没这么多水的,于是就运到几十里外的贺堡去洗。贺堡有一条咸水河,长年有水流着。在我们这样的地方,有一条河的村子几乎是绝无仅有。贺堡得天独厚,算是大片旱塬上的一块绿地。盛产韭菜,家家都有果园。我的二姑有幸嫁到这个村子里,这也是我们可以到贺堡的河里洗羊皮的原因。

由于河边就是二姑家的果园,有酸青、花红、杏子等,我和叔叔是很喜欢借洗羊皮之机去贺堡的。

去了先得认认真真心无旁骛地洗羊皮。把有羊皮的木盆铝盆浸到河水里,站在里面不住地踩呀踩,盆在水下面,因此盆里的水时时处于流动状态,被踩踏下来的污物就这样一点点被河水带走了。河水很清,就容易看得它浅起来。实际是连小腿也没过了的。水上面有各种各样细碎繁复却又显得简洁单纯的水纹,无时无刻不在变化中,但整体看去,却又似静在水面上一动不动,这一种奇妙的动与静使人很容易迷离起来,稍看得久些甚至容易晕眩。我现在甚至觉得这里面寓存有一种道的东西。只要稍加接近并体悟,你就会觉到某种深玄难测。但看这流水及自然而生的水纹,一切都是多么漫不经心。河水整日活泼而又充满意趣地流动着,像是根本不知道什么寂寞与困倦。也许是它们从没有回头和重复的原因吧。粗一搭眼流水实在是平平常常,无可言道,但只要俯下身来细看一会儿,就会发现这里面时时峰回路转,柳暗花明,时时险象环生,气象万千,它们很容易注满一个坑儿再从容流去,有石头或什么来拦它们时,它们半点也不慌张,近于深情地绕着它们流过去了。水里面时时处处充满了上下盈缺,迂回进退之致。在那么一些地方,水的流速明显是缓慢了下来,甚至会显出倒流的假象。但没有一滴水因此留下来或返回去,一切眼前的水都流走了,流远了。虽是不深的一条河,只要细细观摩细察,就会看到这里面有着种种情绪和一切状态,真是映照和对应着这大千世界的一面镜子。水里面有着浅水里才有的种种生物,蝌蚪啊青蛙啊小鱼啊,等等,随水流到盆里来,有许多就这样在无意中踩死了。然而踩青蛙的感觉是不好的,会使人周身不适,毛骨悚然。它们当然是不易被踩死,就拿出来扔掉。它们像死了那样随着水流浮漂,忽然地,一只或两只爪子就在水里试探地动起来,很快就不见了。这样踩洗过羊皮的脚,总可以保持干爽,而且是硝的原因吧,也不再有脚汗脚臭的。水底都是各样的卵石,走惯了,脚掌里也练出了功夫。在河岸边酥酥的沙土上行走时,真是很惬意的。这样的洗皮子,看似简单,但时间久了也有些受不了,不要说反复踩踏皮子,即使在迅速流动的水里站久了,人也渐渐会受不了的。这就像一只书包会越背越重那样。而且滚烫的日头在天上,似乎在翻来覆去地看你,看得你心里生烦。这开阔的河面上又不易生一丝风,时间久了,人就像也被这水不断地流走了一些什么，只余下了一个倦怠的空壳。这时候就有些心不在焉了。在水盆里立着，不动脚，打哈欠伸懒腰。二姑夫是一个温厚勤勉的人，时不时会来帮手。有时还带着二姑。我和叔叔于是像得到大赦，一阵风似的到果园里去了。果园里总是有荫凉和小风的。一畦一畦的果园望不到尽头。阳光从树间落下来，一片一片斑驳迷离的阳光似乎在暗合着果树的多少。果园里总是有着一种丰厚的寂静与助人安宁的声响。到这里有如进入另一个世界和时空。汗不再往外流。我们爬上树去，在树杈上骑稳着，嘴边就是好奇的带些惊讶的果子，似乎只需张口便是，连手也无须伸的。骑在果树上是吃不了多少果子的，很快就厌吃了，只是口袋都撑得要裂开来，但还不想下树去，想在这果树上睡一觉是再好没有了。

在我的记忆里，二姑家的村子贺堡是一个近于梦幻般的地方，是一个再也不可及的故乡。

一次爷爷捎了许多羊皮，带着我出发了。时已黄昏，大日头赖在山头上，像是不情愿落也不会落似的。但还没有走到半途，星星就在天上了。如果不带我，爷爷是可以骑车走的。记得那辆旧自行车，不光是两个脚踏没有了，一边的踏杆也没有了。爷爷走得很快，让我拉着羊皮，但这样我也有些跟不上了。这时候一道电光突然从后面直射过来，原来是一辆摩托驶过来了。摩托停下来。我们并不认识，但他却把我捎上了。然后让爷爷骑车行在前面，他在后面好用车灯给爷爷照路。

没想到爷爷的车子骑得那么快，摩托几乎都不能追上。真不知那样一个车子，爷爷是怎么骑的。我永远记得，在前面的一小团浮荡无定的灯光里，爷爷奋力骑车的样子，那个没有脚踏也没有脚踏杆的地方，像个残疾的手臂那样，在一个隐蔽处频频地显出来显出来，爷爷像个赛车手那样俯低在车上，高撅着瘦瘦的屁股，一下一下地用着力。上那一面极陡的大坡时爷爷都没有下车来，也没有减速。那时候爷爷已是六十多岁的人了。这件事留给我的印象简直是太深了。

将羊皮洗妥后，还有一连串工序，仅仅铲羊皮就有好几种。有一把铁铲足有扇子大，也是扇形，是牛角那样的柄，爷爷把两个柄卡在腋下铲羊皮，像木匠运用他的推刨那样。叔叔也铲，但叔叔铲过的羊皮，爷爷总还要铲一遍。

1988年，我上固原师专时和同学去须弥山，坐一女生的自行车，半道上车翻到路沟里去了。我缠了一头脸的绷带在宿舍里躺着，爷爷去西安看腿疾，路过来看我，我不想让爷爷看到我这样子，托同学谎称我不在，我在高低床的帘后躺着，听着爷爷和室友说笑。

就在这一年，爷爷为了贷一点款做生意，就把银行行长家的羊皮拿来，代人家淘洗，但是他捎着羊皮从一个叫张湾的村子里往公路上拐时，正好下来一辆大拖拉机，将爷爷带出十几米去。半个小时后，爷爷归真在了县医院，归真在了父亲的怀里。

那个肇事的汉族司机哭得厉害，但他也觉得欣慰，因为他亲耳听到了爷爷的遗言，爷爷让我的家人千万不要为难司机，他说跟司机没有关系，只是他的口唤（前定之意）到了。

赶山

除过皮匠，爷爷还是一个很不错的泥水匠。在劳改队十年，爷爷学的就是泥水匠。我们村里老桥的护栏，就是爷爷做的。清真寺里的花园，也是爷爷做的，砖花单纯质朴而又略具神秘，正和爷爷的性格一样。爷爷归真近二十年了，这两样东西还完好地在村子里。

百姓总是没个定业吧，皮匠、泥水匠之外，爷爷还做过不少活计。

有一年，爷爷忽然花十块钱，买了一头毛驴。听说这驴是十块钱时，大家都要笑了。但只要看到它，就会觉得它实在比十块钱值不了多少的。爷爷已经计划好了，就用这老驴，拉一辆架子车进五桥沟去拾牛粪马粪。

每日晨礼下来，爷爷就在星星的飘落里进山去了。从村里到山上，约有三十华里，为了赶速度，爷爷有时也会先到县城，再花二角钱搭乘去西吉的班车。偶尔也会坐上便车，但不多。这样的时候，爷爷就觉得是省下了钱，整整一天情绪都会不错的。但爷爷的情绪从来就不曾特别的恶劣过，正如他从来就没有过分的欢喜过一样。爷爷总是不停地忙碌着，眼睛低下来，很少离开过手里的活计。

日头出来时我才出发。父亲为我套好驴车，扔半袋草料在车里。我就赶着车出发了，车上拉着许多口袋麻袋塑料袋的。我那时候最多有十岁。爷爷说，不要怕，顺了公路直走，就会到的。走过几趟，就一点担心也没有了。

驴车须穿过县城，再由公路到山里去。

那时候城里的一些孩子会欺负我。也倒不是欺负，只是他们要从车后面爬上来，这样就会使车辕挑起来。我就用鞭子抽他们，同时用力鞭驴。老驴勉为其难地跑起来，松松垮垮的像老太太那样。只要出了县城，拐上公路就好了。那时候无柏油路，是石子儿路，且窄，两辆汽车几乎无法并行。路上行人也极少。偶尔走过一个行人,偶尔掠过一个骑车子的,我坐在车上总要把他们看上很久。我们把山里面的人叫南里人。从南里来的人牙齿都黄着,和别处的人很有些不同,他们更像是土做成的,土一样的憨厚且善良。在路上见到陌生的他们,一点不安感也不会有。路两边的电线杆嗡嗡地响着,像一些人在高空或地深处念经。电线上偶尔落一只鸟,受不了寂寞似的,很快就飞走了。要是跳下车去,耳朵贴紧在电线杆上听,声音就会大起来,且很好听,像一根中音的孤弦久久地响着。常见到野兔田鼠一类跑过路面去。田鼠会突然蹲在路中间,提拎了两只前爪,引颈远望,车逼得很近了,它才突然看见了那样,一矬身跑下路面去。

一路上是很寂寞的。

我可以一动不动地坐着,看日头是怎么样一点点高起来。

撒尿也不必下车去的。立在车栏边,一边撒一边看歪歪斜斜的尿迹。但老驴撒尿时却要拿着架势停下来,将后腿叉开些,将尿器垂下来一些,痛快淋漓地撒尿,尿臊味扑鼻而来,很好闻的。撒完尿,将尿器重又收缩上去。它一时还不开步走,非得你喊几声,在它尖耸的屁股上戳上一鞭杆,才摇头摆耳,不大情愿地走起来。按爷爷的嘱咐,我隔一段时间就停住车,把草料袋撑开在老驴前,让它吃几口。它果然也是吃几口便不再吃。

山口的一侧有一处名为小山的村子,曾出过一个叫田五的反清阿訇,关于这个阿訇,乡间有不少传说。他率义军在甘肃靖远的狼山台子与清军激战,寡不敌众,自刭而亡。坟也被清政府刨了,锉骨扬灰。我近年来多次去过这个村子。临山傍水之故,这里时常水汽氤氲。村里约七八百口人,但没有一个是田五阿訇的后代了,甚至再没有一个田姓的人。村里的村民们原属伊斯兰教里的某一教派，然而现在却是另一教派的人常住着，田五阿訇那一教派的人，这村里一个也没有了。向村民问起田五阿訇的事，村民俱显懵懂，说不出个寅卯子丑来，真可谓斩草除根，赶尽杀绝。

走在这条石沙路上时，常常会想起田五阿訇一家。起义失败后，清军把村里数人连绊一处，就是由这条路上押解到数百里外的隆德县杀害了，其中，田五阿訇的母亲、一个哥哥和一个侄女被凌迟处决。自无更多的想法。只是觉得这虽说是一条公路，但实在是太寂寞太冷清了。两边的树有时把半绿的叶子落到路面上来，落到车厢里来。

入山时我总要向那边的小山村里望一望，村子安静得像在下沉和远移。

入了山口，还得走十华里才能看到爷爷。这时候路面就陡起来，两边的山势也愈来愈高，愈来愈险峻，许多大石头在半山腰里凸出来，像一些鬼怪或强人，稍有惊动就会砸下来。也会听到一边的流水声了，全县的人都吃的是从这里流出去的水。

一入山口，就会觉得空气不一样了。愈是深进，愈会觉到空气的新鲜与清冽，像清水化作了看不见的水雾漫山浮游着。虚淡的白云就在半山腰里懒懒地缠绕着，安卧着，怀着一种不明不白的忧伤似的。远远望去，牧羊人在山上像他的鞭影。一片羊群似乎用手掌也能遮住；似乎吹一口气，也能吹远它们似的。一些绿绿的山坡上闲散着吃草的牛马，有时一两个，有时三五个，悠闲地甩动着尾巴，与其说是吃草，倒更像是在久久地嗅着地香。各种野花灼灼地开着，情不自禁地妖娆地晃动着。乌鸦或雄鹰像山里的主人那样，在高险处缓缓地梦游似的飞着,若叫出一声来,徐徐地使整个山里都听到了。蝴蝶蜂子们飞上车来,在驴耳边,在人脸前恋恋地飞一会儿,忽然厌倦了似的,一下子飞开去,飞远了。我知道有些地方的溪水结了冰,便跳下去折几片上来,坐在车上吃着。

这些都不错。而且身在其中的缘故,并不格外觉得好。

最怕的是这时候老驴怠起工来,驻足不走,任你怎么恐吓,怎么打它,它也一块肉筋那样不动了。有几次,竟然带着全副车套,这老驴不管不顾,就在道中间四平八稳地卧下来了,一副我便如此,你奈我何的样子。我真是急得哭也没有眼泪了。鞭杆很容易就打成了两截,千盼万盼能过来一个人,好给我帮帮忙。凡路过者都会帮忙的。这样的时候,先得解去车套,扶驴站起来,再套好再走。几番过后,我也学会了解套重套,但如此磨蹭到爷爷那里时,日头常常就斜在西边的山上了。

我把爷爷拾拢的牛粪往口袋里捡。得捡干干的粪拾,这样易燃不说,还轻,最次也需半干的。拾好后,我和爷爷就把装满的口袋抬到一处去。抬口袋的时候,爷爷总是把他那一小撮山羊胡子由尖儿上含到口里去,紧抿着,像如此更便于用力似的,我就忍不住笑,笑得腿发软,脚下直打滑。爷爷抿紧着胡子示意我不要笑,好好抬。但我总是不能忍住笑。说是抬,实际就我来说,近于扶而已。爷爷有时候便扔下我笑,自己一个人别扭地抱起一口袋粪,蹒跚着抱远去。

到黄昏时,我们把鼓鼓囊囊的粪口袋架在车上。往往能架到半房高。爷爷是很会装车的。每一个口袋都会依据自己的大小形状放到最适宜处。捆是一道硬关,不然路上会不断地打麻烦。这时候爷爷是不允许我笑的,我双脚蹬住车辕辘,使出吃奶的力气给爷爷帮忙。

返回时大多走下坡路,老驴倒是被车的惯力催逼着,无法偷懒,更没办法自行停下来,因此到县城时日头还没有落净。爷爷把粪卖给了李庄一个摆摊卖揪面片的老人。那老人总是油腻腻的。

然后我们就赶着驴车回家了。

在夜影慢慢地布散开来时,老驴像是焕发了青春,走得更快。听得车轮愉快地转动着。

有几次回来得晚,月亮都上来了。爷爷让我坐在车辕上赶车,他坐在车厢里,袖着手,低着头,像是睡着已经很久了。我知道爷爷卖得的钱就装在衣襟下的一个口袋里。看着缓缓移动的月亮,真希望永永远远这样轻快而又满足地走下去。

拱北

爷爷被判十年劳改,投机倒把是一个罪名,另一罪名是擅自偷盗并埋葬反革命教主杨某某的遗体。关于杨教主的事,在《衬衫》篇里已略有述及,兹不复赘。但若要问爷爷一生所为,最满意的是哪一桩,毫无疑问,就是和杨教主有关的这一桩。为这样的事情,莫说十年劳改,就是杀头,爷爷也是心甘情愿不另选择的。

大概正是这后一桩罪名支撑爷爷渡过了十年劳改吧。

爷爷既是一个异常刚强和大气的人,同时又非常脆弱和敏感。按父亲的话说,在平日,手上扎一根刺也是让爷爷很怯的事情,但到关键时刻,什么苦他都是受得了的。爷爷被那辆大拖拉机拖出十几米时,他骑的自行车的车把像一把钝刀那样深深戳入了他的肋下，但爷爷并没有因此显出特别痛苦的样子，他的伤部与他当时脸上的表情完全像是两码事。

但在漫漫无尽的岁月里，那些早已过去的厄运和变故却发酵似的，在敏感的爷爷心里渐起了作用，爷爷能受得了一时一刻的惊雷疾电，摧枯拉朽，却受不了那些余响和痛定思痛。爷爷从劳改队回到家里时，我家的人口几乎殁了一半。他的奶奶、母亲、妻子，他离家的时候都还在世，回家时却一个也找不到了。爷爷当时似乎还显得平静，谁知这原来是更可怕的，慢慢地，爷爷的精神就有些异常了。不知道爷爷内部究竟遭受了怎样的捶打和熬煎，我们常常看到他用躲避与极度沉默的方式平衡着自己，他有时会苦笑着对父亲说，世上万样的病都是能治的，唯有我这一样谁也没办法，我也没办法，但还得我个人给我治病。他说，是自个折磨自个，就算是把铁扔在火里头熬炼也没这么难受。爷爷说，套套子太窄了太窄了，就像是一个骆驼困在了麻雀洞里。有时爷爷实在顶不住，就牙关紧咬，铁青着脸疾步走到院子里，拿一把铁锹，在院子里剁几剁，唾几下，然后像是解脱了一个什么似的回屋里去。爷爷所谓的发作，也只如此而已。因此习惯了也并不觉得什么可怕。

我们后来的教主李德贵老人家似乎一直对爷爷情有独钟，屡屡劝爷爷跟他去守拱北。拱北就是历代教主的墓地，是教众渴慕和神往之地，应当说，被教主邀去同守拱北，算是至高的荣誉和享受了。但爷爷却一直没有去。

可以肯定爷爷是想去的，爷爷是一个顿悟性很高，出世心很强的人，他从劳改队回来才48岁，可谓壮年，直到爷爷归真，不知有多少人愿为爷爷做媒，让他再成个家。但爷爷一次次推托了。爷爷是时时刻刻想到拱北上去的,深山老林,风声鸦声,上人墓侧,经卷香炉,就爷爷的性情及念想而言,这真是再适合不过的日子了。爷爷不敢成家,一成家就去不了拱北了。

爷爷之所以想去而未能去,个中原因,作为儿孙的我们自是再清楚不过了。他还不放心我们,他觉得自己的十年劳改有愧于他的儿孙,趁着他还有点余力,他想帮着我们把日子过得更好一点再去拱北。他帮他的儿孙一直帮到最后一息。

爷爷一生最大的心痛和憾事是什么,我们是用不着问的。

他归真后,李德贵教主来送他。教主是不能落泪的,但是他抚摸着爷爷枯瘦的脸,竟哭出声来。

苏菲

叔叔

叔叔生下来时,爷爷在劳改队。叔叔还不到一岁,奶奶便去世了。然后过了近十年,爷爷刑满释放,叔叔才算是第一次见到了自己的父亲。

说不清这样的一个人生开端,对叔叔的一生究竟有着什么影响。

我对叔叔第一次有印象,是记得他的脸被蜜蜂蜇肿了,上不成学,在房顶上坐着,望着学校的方向哭。

那时候,我家还有着几窝蜜蜂的。一天,家里人都去参加生产队的劳动了,只有叔叔在家,这时候一些蜂子却突然从窝里飞出来。这实际上是好事,树大分枝,蜂儿分窝了,意味着我家又多出一窝蜂来。叔叔却不清楚分窝的事,以为蜂儿要逃跑了,就用被子去堵蜂窝,正在欣欣然过节的蜜蜂横遭拦截,勃然大怒,立即像暴雨一样将叔叔围住了。叔叔说他觉得一瞬间数不清的又痛又辣的小口子在自己身上竞相裂开来。他好像被扣在一个背斗里那样觉得窒息,又无法逃脱。那天,要不是黑老太太闻声赶来,叔叔一定是没命了。黑老太太家里也养着蜜蜂,对此她有经验,而且她是那种忙而不乱的人。她从我家窖里吊上一桶水来,向叔叔泼去,立即,像灭火似的,围绕着叔叔狂飞劲舞的蜂子就少了不少。这样泼了几泼,蜂子就密密麻麻地蠕动在地上了。黑老太太牵着叔叔,像踩着一锅沸粥那样从它们身上踩过,把叔叔领到她家去了。黑老太太是懂一些医道的,她用浸了盐和明矾的水和成稀泥,涂满叔叔周身,然后将叔叔晒在烈日下的一片凉席上。真是要感谢黑老太太,不然叔叔即使从蜂群里被救出,也会没命的。等泥片晒干剥落后,叔叔已肿得不成个样子。鼻子似乎只余了两个窄细的鼻孔,眼睛是找不见了,好在他的眼泪还能流出来的。他哭着要上学。自然是上不成的。小娘娘就陪他上房去看学校,听学校里传来上课和读书的声音。

我当时看到叔叔的脚像气球,似乎吹一吹,就能裂开似的。

叔叔上学到初二,就回来帮家里劳动了。倒不是家里非需要他这个劳力不可,而是叔叔自己不想念了。叔叔受到了一个挫折,对他打击不小,使他有了辍学的念头,终于就不念了。叔叔的同桌是一个小姑娘,父母都是县医院的大夫,因此在叔叔面前她总是有些傲慢的。虽说和叔叔是同桌,但总好像这桌子只有她这一半,而另一半则是空的没有的。她临着叔叔一边的胳膊肘,总是带着一种抵抗、防御和拒斥的意思,叔叔坐在里面,为了避免出进的麻烦和不便,叔叔就很少离开自己的座位,偶尔出去小个便什么的,见这姑娘冷若冰霜、旁若无人的样子,叔叔就会把后面的桌子搬一搬,侧身进去,再把人家的桌子搬好。叔叔真是小心翼翼和那姑娘做同桌的。但是一天,她却捂住嘴笑起来,一笑之后,马上又是不屑的冰霜样子。但当她的目光向桌下面瞥一瞥时,她就忍不住拿她的小手捂着嘴又笑,连肩膀也抖动着的。她是在笑叔叔的鞋。叔叔穿着小姑姑的鞋。原本黑条绒鞋,也看不出男女之别的,但是鞋的两翼,

苏菲

小姑姑却费心绣了两只花鸟的。叔叔穿这鞋时，当然是将那花鸟拆过一番，但没能拆得干净，而且依稀一个印迹也是拆也拆不了的。就惹得那小姑娘捂了嘴笑。这一笑就把叔叔笑回家来了，怎么说也不再去上学了。

叔叔不上学后，开始做生意。那时候我们全家都在做生意。非常小的生意，走村串户的买卖鸡蛋啊木梳啊炕席啊什么的。叔叔那时候乐于把我领上，我们在附近收上鸡蛋，装在两个背斗里，挎在自行车的两边，然后跑七八十里到山南里去换粮食。那里有我们的亲戚，给了叔叔玉猴和银灯的姑太太就在那里。去了我们就食宿在她家。但到山南里去换粮食，与其带鸡蛋，不如带木梳炕席去。鸡蛋他们也有的。山南里人地多，粮食多，人也憨厚，一把一角五分钱的木梳就有可能换到二斤麦子。记得我和叔叔还用碗和蜡烛换过山南里人的粮食，真是过分，一次我们竟用三支蜡烛从一个女人手里换到满满一脸盆黄米。我还记得那女人，戴着一副长耳坠，荡呀荡的，倒使她的脸显得木呆。她倒像占了便宜，拿了蜡烛，笑眯眯地回去了。叔叔又赶过去给她说，点蜡烛的时候莫忘了，在灯捻周围撒上点细盐，这样一来可以免蜡烛无节制地流泪，二来还可以耐实些。那女人点着头，使得她的耳坠呛啷呛啷响着，好像她一辈子也不会忘了这话的。

爷爷与父亲做生意，是有些死板的，好像凭着他们的诚实和勤恳就能挣钱，实践证明却不行的。爷爷和父亲做了一辈子生意，都没有挣到什么钱。爷爷最终还落了一些债背着。相对来说，叔叔就灵活了许多，我家最会做生意的说来还是叔叔，他现在挣了不少钱，仅房产就有三处。我也乐意跟着叔叔做生意的，而不愿跟着爷爷和父亲，跟着他们去兰州调塑料胚子，就得往死里走路，车来车往的,也花不了多少钱的,有时候只花五角钱而已,但是不坐,只是走,可以从兰州火车站一直走到小西湖。爷爷还常常带着我们背了塑料袋,沿街走着,塑料袋长长地拖垂在后面,示众似的,真是比拖了一根尾巴还要让人难堪和沮丧。还不吃饭,已经到了吃饭的时候了,早过了吃饭的时候了,一家一家的饭馆前往过走,就是不向里面看一眼,就是不吃。即使好不容易坐下来,要吃饭了,也是简单得很,不像叔叔还来一碟小菜,来两个茶蛋甚至各加二两肉,爷爷和父亲只会弄一碗牛肉面给你吃,两筷子就捞完了,然后就打开提包,将带的干粮泡入牛肉面汤里去,气定神闲地吃喝着,有时那干粮有异味了还往牛肉面汤里给你泡。叔叔就不这样的。叔叔总会让我们饿了就吃。不待走累就上公交车去,靠窗坐了看两边的景致。还带我们去浪兰州的五泉山、白塔山,还照相。记得叔叔做生意不久,就买了一台小收音机。这在爷爷和父亲是根本不可能的。80年代中期,那台巴掌大的收音机给我和叔叔带来了多少欢乐啊。怕吵爷爷,晚上我们在被窝里听着。后来叔叔又弄了一个双头耳机来,一个插在他的耳朵里,一个插在我的耳朵里,有时候听到的东西会使我们不约而同地笑起来,使正在做皮活的爷爷抬起头来,诧异地看我们。

　　叔叔这个人,性格好像极单纯,又似很复杂,既脆弱到可以号啕大哭,又顽强得可以应对众多的对手。他是一个常常让我琢磨的人。

　　记得我上大学时给他写过一封信,那时候他已是几个孩子的父亲了,我原本只是想问候问候他,没指望他的回信的,想不到回信快马加鞭那样来到了,且沉甸甸的。读过信后我感慨不已,真是没料到叔叔竟是如此一个深情又细腻的人,他哪里是给他的侄儿写信,简直是写了一封让人觉得烫手的情书。使我觉得我无意中扔了一个火柴出去,却意外地引起了一场熊熊大火。

我有时会想起这封信来,于是觉得难过。我想要是结合叔叔的身世来分析这封信,能分析出一些东西来吧。

但有时他又会显出一种野马般的不驯和无畏来,这一点爷爷和父亲是远远不及的。爷爷和父亲好像是质地紧密的弹簧,让人们可以对他们有一个基本的把握,而且他们也不很溢出人们的把握去,叔叔就不同,叔叔身上有一种火焰那样变化无常,不可把握的东西,正是这一点使叔叔在我家的男子中间显得像个异类。

一次他和村里的黑老太爷争论起来了,他的颇具杀伤力的话像从炉火中出来的石头那样频频向黑老太爷砸去,搞得黑老太爷应接不暇,显出狼狈。我们都为叔叔捏着一把汗,想黑老太爷儿孙众多,而且大多身强力壮,要是呼啦一声提棍携棒而来,叔叔他单枪匹马,如何应对得起。但叔叔站在那里,像个脱光了毛的老鹰似的,像是根本就没把黑老太爷后面的那些人放在眼里。也许是他的凌厉气势起了作用,那天的争论就那样不了了之。黑老太爷罗圈着腿,黯然地回去时,叔叔还不能罢休地盯着他走远的背影。

叔叔和爷爷的互相疼顾是令人扼腕三叹的。爷爷晚年就住在叔叔家里。叔叔每天晚上都要给爷爷打洗脚水,亲自给爷爷剪指甲。冬天,叔叔用摩托车带了爷爷去县城时,爷爷双手伸上来,帮叔叔焐着两只耳朵。他们爷儿俩都在加倍地疼顾着对方,好像互相在给对方做着某种补偿,好像担心时日如电,他们来不及做父子似的。

后来爷爷车祸归真,叔叔总是哭得晕过去。

爷爷的归真使叔叔完全地换了一个人,他开始转向教门了,真是奇怪，虽然那张脸还是叔叔的脸，但是你却觉得他成了另一个人。好像另一个人钻进叔叔的身体里来，将原来那个叔叔驱逐了。人的这种突然变化，真是令人惊骇。叔叔似乎也无法回到原来的那个自己身上去了。

　　爷爷刚归真那段时间，叔叔采取了一个近乎极端的方式，他把爷爷归真前的那一套衣服从头到脚穿上了，走路、说话、做事也似乎有了爷爷的样子。这让人觉得不安。他有时会宽慰地笑笑，点点头，想通了一个什么似的。天天夜里都去给爷爷走坟。我们也去的。得给亡人走四十天坟，这是规矩。但是上完坟，我们要走时，叔叔却不走。让我们走，说他自己想再跪一会儿。夜空漆黑，坟草呜呜，一个人还在这里跪什么呢？但他要跪，谁也没办法的。父亲怕出什么意外，半夜里敲敲叔叔家的门，却听到叔叔的声音从院子里传出来。叔叔把爷爷的衣服穿了近半年才脱去，整整齐齐叠了，装在塑料袋里，架在房梁上。但这时他却是一个天天干教门的人了，他专门盖了一间小房子，收拾得神秘又清洁，然后哭着把我们的教主叫来，指着说这是他给他盖的房子，希望他有机会就来这里住住。平时这门就锁着，任何人也不得入内。我们的教主是个出家人，和爷爷的关系非常好。他似乎对叔叔也有着一种特别的顾念和感情，果然不时就来了，就在这小房里住一天两天，这样的日子，叔叔就不大去做生意了，守在家里向教主讨教什么。有时在夜里安静和暖的灯光下，看见我们的教主戴着眼镜在炕头看书，有时却是歪了头睡着了，但是脚却伸出炕沿去给叔叔，叔叔在炕边儿上蹲着，像修整花瓣那样给教主剪着脚指甲。

　　叔叔变得沉默寡言起来。不要说收音机，他连电视也不愿看

苏菲　　63

了。我到他家去，很多时候都是碰到他在洗小净，或是小净已经洗过，他跪在炕上，从鼻孔里出来微微的诵经声，好像一只蜜蜂在他的鼻腔深处举了屁股采花酿蜜似的。整个人深深入定了一般。他的鞋整整齐齐地摆在炕脚下，像同着他入定似的，这样的时候，我就悄然无声地退出去。

忽然一天夜里，叔叔做了一个梦，梦见了我们的已故教主。教主归真后，曾在我们村子的坟院里埋过几天，但是很快被人盗走了。叔叔梦见教主在埋过他的地方跪着，一言不发地凝视着他。

这个梦使叔叔满心欢喜，又不得安宁。

终于他呼吁要在教主睡过土的地方盖一个拱北了。这是很容易得到响应的。于是一个简朴的拱北就盖起来了，有一间房大小。这就让叔叔找到了一件似乎可以从事终生的工作。他常常深夜三点钟起来，洗过小净后，就在满天星斗下一步步到坟院里去，走过一个个乱草覆没的坟头到拱北里去，点一炷香，高擎了，长跪参悟。然后开始打扫拱北里面，他像收拾着一件瓷器那样收拾着拱北内的一切，使里面洁净无染。即使心无他想，只是到里面跪一跪，感觉也是很好的。等日头从山背后出来时，叔叔就走出拱北，像重新诞生了一次那样走出坟院去。他去城里做他的生意了。傍晚回来，洗过小净，又忙忙到拱北上来，把香炉里的香头筛筛，把拜毡上的土尘掸一掸，把两半盒火柴装满到一只火柴盒里去，就干着这样的事情，日日月月，刮风下雨，也行之不辍。

一天傍晚，叔叔轻轻推开拱北门，见我静静地跪在里面，就向我笑了一笑，那一笑那么隐微而又深切，在缭绕的清香里徐徐弥漫开来，使我和叔叔一时间似乎融合成了一个。

李风春

  很小的时候，就记得村里的人喜欢像古人那样坐在炕上，谈论理学啊，性命啊，等等，有时像叙述一个事实那样讲着一些听来荒诞不经的东西，譬如说谁谁谁行功办道，不务俗事，终于走在月光下看不见影子了啊，谁和谁比试生死功夫，两个人言约好了，看谁死的时间长，看谁死后能重新活过来，于是躺下去就死掉了，摸摸心跳，不跳了，脉搏也没有了，身体冰凉，显出死的征象来。有些功力浅的，这一死果真就死掉了，再也不能活过来。当然也有死而又活的，谁谁谁谁谁谁，都可以指名道姓地说出来。觉得村里人在说到这些的时候，和平日闲话桑麻时有些不同，我的感觉是，好像他们是香炉中的几炷香，矜持而端庄地静立着，用各自徐徐吐出的青烟深长地交流着。爷爷那时候有着相当一部分朋友正是这类人，时或到我家来。我总觉得他们是深夜里来我家的，身上带着一种荒寂而神秘的气息。

  离开这样的气息，就像一个人离开血液一样，真是无法讲述我们这样的村子的。好像是一种着意安排，无论是什么时候，村里总是有着几个以讲述性命幽玄著称的人，好像他们是一种特别的风，不断地将容易昏睡的人吹醒着；是一种特别的水，要给人们以特别的洗涤。而且村里人真是有着一种特别的洗浴方式，遇到这般尊贵的人，就伸出双手，匆匆迎上前去，用自己的双手握握对方的双手，这一握时，好像自己的双手因此有了洁净的功能，于是在自己的脸上自额至颌，周全地摸一摸，真是比用水洗了还能更得安慰的。

现在村里能予讲述理学和性命的，一个是李风春，一个是我叔。

李风春当过多年阿訇，身着长袍，总是埋头走路，像对这个世界无须多看便可了然于胸。他和人说话时，很容易就会形成促膝谈心的样子，总是面带微笑和你说话，一句话出来，会有停顿，似在等待你的见解。你说你的见解时，他会极认真地听着，但并不盲目点头。要是你没有话说，他就避免让你尴尬那样，忙忙接着自己刚才的话头说下去。记得我上高中的时候，一次不知为着何事他来我家，就与我这样谈过一轮，他问我的问题是，我念书十几年了，可算是一个知识分子了，那么，我学到的最重要的那一点是什么？讲来给他听听。我觉得这是一个见首不见尾的问题，又不甘示弱，支支吾吾了半天，他的头递过来，逼近着我，认真地听，但始终没有点一下头。我知道他们这些人有时是爱说莫名所以的话的，于是说，归结到一句，就是学到了怎么学习。这话说出后，就见他的头豁然地点了一点。当时觉得可笑，现在却觉得我的说与他的点头很有可能不是一回事。就觉得他当时的点头其实是不可低估的。

他的女人归真后，他就干脆搬到坟院里去住了。我们村的墓地里有两座宗教人士的坟墓，我们叫拱北的，他就决心守这两个拱北了。他在坟院的边角上盖了很小的一间房子，就住进去。从我家的果园里望出去，可见坟院的。常常看见坟草焦黑，坟院里一片荒寂，那小房子也静静的，在白门帘轻轻地拂动里，看见小房的门是关着的。很长一段时间都是这样，使人不能肯定他在里面。但他在里面的。有时看见门突然裂开一个小缝来，好像是向外面扔了个什么，很快又关上了。好像在维持和养育着一种丰厚的寂静似的。我有时望着那轻轻拂动的帘子和那紧闭的门，会觉到一种贯通亘古的寂寞和忧伤，但又为之觉得宁帖与安慰，好像他终于替大家走出了一步似的。有时也看见他坐在小房的门槛上洗小净，这必是阳光很好的时候，看见他把脚举起来洗着，那么闲淡自在，好像永远可以这样洗下去。

惺惺相惜。很容易看到叔叔到那间小房里去。叔叔从那条临近着坟院的巷子里走出来，像回自己的家似的，一路走到坟院门口，移去栅栏门，进去，立在门口向一切的亡人做过祈祷后，就向那间小房子走去了。小叔在覆满野草的坟头间熟稔地走着，看见他小心着不踩到两边的坟上去。到那门口，门帘被微风主动掠开一些，就见小叔将那闭着的门推开一条缝进去了，门从里面又关住。然后一切又静静的了。门帘照旧轻轻地拂动着，使人觉得叔叔的出现倒像是一个幻觉。有时觉得叔叔好像是直接地走入时间，又永久地消失于时间中了。人的念头是古怪的，记忆会恍惚迷离起来，觉得叔叔并没有到那小房里去，而是叔叔走着走着，一个坟墓突然打开来，叔叔就轻轻走进去了。记忆会自行成为这样子。

但只要坚持观望下去，就会看到叔叔还是从小房里走出来，李风春在后面送着。李风春一直望着叔叔走出坟院，将栅栏门拉上，走进巷子里不见了，他才返身回去。

痕迹

露宿

记得小的时候,常常睡在院子里过夜。

吃晚饭也是在院子里。

在灶房门前的院子里摆好饭桌矮凳。矮凳当然不会人手一个,一般是先要保证爷爷和父亲有凳子坐,其他人包括母亲都没有矮凳的,大都搬一块可以坐的石头砖头,或者直接脱下自己的鞋来垫在屁股下。母亲很少坐到饭桌边来,她总是坐在院台上或门槛上吃饭,不时要看看饭桌上的情况,不时要放下自己的碗来给饭桌上添饭,因此母亲的一碗饭,吃吃停停,停停吃吃,要费很长时间。

常常是要把桌凳摆好了才去喊爷爷和父亲来吃饭。他们总是要忙碌到吃饭的时候。饭已经端上桌子了,他们才会从各自的劳动处走过来,一边悠闲地洗手,一边打量看是什么饭。我记得爷爷每洗一把脸,洗下来手落在胡子上,像定格那样总是要握一握。我们早就围在饭桌边拿着筷子跃跃欲试了,但爷爷不动筷子,我们是不能先吃的。爷爷允许我们围着饭桌吵闹,却严禁我们用筷子敲桌子或碗边,谁无意中敲了,就会犯禁似的缩一缩脖子,将舌头吐出来。

在院子里吃饭,人的胃口似乎格外好,喂牛似的大半锅饭,我们一家七口很快就把它一扫而光了。只要饭吃完,碗碗碟碟就不能再摆在桌面上,须立即撤去的。须立即把饭桌抹得干干净净,然后端上面汤或茶水来。在爷爷和父亲幽幽的喝茶声里,传来母亲在灶房里洗锅的声音,而夜色在院子里渐渐地就浓起来,天上的星星也不觉间就溢出好几颗。

要是夜色好,尤其是有月亮,爷爷和父亲总是要在饭桌边坐上很久。羊圈里的小羊羔也跑出来了,在月光下的院子里迅跑着,不断地跃起在空中,像一条刚刚将箭射出的弓那样。我和叔叔在月光下弹豆儿,清凉的时间宽阔的大河那样怎么也挥霍不完似的。

小姑姑用一把大扫帚在月光下扫院子。扫帚的长羽像一次次在水面上扫过去,像在薄雾里扫着,这扫院声似乎把人的耳朵里也一并掠干净了。然后小姑姑就在扫过的地方铺开麻袋片、塑料布及褥子一类。她把床铺好很久了还没有人去睡。院子里不同于屋内,不同于炕上,炕上你拉开被子焐一会儿,探手进去,就会觉得暖热,但被子在院子里铺多久,摸进去也像月夜似的清凉。早晨要做礼拜的原因,爷爷睡在院子里要少一些。我们常常囫囵着身子,且不脱衣服就钻入被子里去。月亮孤静地在天上,像一个坐在窗前等男人回来的新媳妇似的。星星像一些在清廓无边的大海里游泳的孩子。它们不愿意游了,就那样散淡地沉浸在海里。当然一下子是睡不着的。要在屋内,早就睡得不辨东西了。悄悄地说话,看月光下亲人熟悉的脸有些异样,牙齿闪着光,要比白天看起来白净一些。每一颗流逝的星星都会带走一些尾随的目光。开始打砂锅决输赢,输者就到后院里去掰几只向日葵来,分送给大家。刚刚掰下来的向日葵在手里沉甸甸汗津津的,嘴顾不上说话了,忙着往一边的地上吐葵花皮。葵花皮还没有生成硬壳,柔柔的,如鸟舌头,甚至不必吐到地上去,甚至可以吃,连同里面的葵花瓤儿一同吃掉。吃葵花

痕迹 69

真是占去了人的许多时间，搞得人睡不成觉。即使躺下来，也不是一下子就能睡得着的，望着高处的清渺和宁静，思绪会显得混沌又清澈；高处的夜蓝和星光月辉总像是不停地落下来，落在人的脸上，夜铺上，落在院子里，使人浅斟慢饮享用不尽似的。每一颗流星都像是带走了一些再也不可挽回的什么。月亮有义务那样，静静地护守着这个夜晚。睡在月光下的院子里，就像花睡在露水里。终于睡得被子里有一些热意了，躺着，不必起来，脱掉衣服，闭上眼睛，这才决定睡觉。一会儿就睡着了。院子里都是月光，一晚上都不会更换或减少，像一抹薄薄的暖雪。挥霍完精力的小羊羔回圈里去了。夜风尽量连一根发丝也不惊动。夜多么安谧静廓，星光从熟睡的脸上悄然映过。这样的一个夜晚，会睡得通透，清足，不大会有噩梦做出。一些院子里有果树的人家，为了照看果树，甚至是睡在房上。这样的露宿是不可能睡懒觉的，树上的麻雀一叫人的眼睛就睁开了，看见月亮稀薄了许多，像被一阵清风吹斜在天上，但还没有落，看见星星落得没有几颗了，剩下的像还要等着看你醒来才去。被子里暖暖的，但被子的外面却潮着，有时还会落一层薄霜，使被子重沉起来。做完了晨礼的爷爷已在街门那里向里扫院子了，等爷爷扫到窗前来，就得起来了。但也像是把瞌睡睡光了，眼睛亮得很，脑子清醒得很，三下两下就起来了。

爷爷是好交朋友的，时不时有他的朋友来我家里。客人总不能让人家露宿吧，住处又窄狭，这样子，不仅盛夏，甚至早春初秋的时候，我们偶尔也会露宿在院子里。

是否露宿更合于人的天性，更利于人的健康？

夜蓝永在，清月依然，干净的院子并没有被谁偷换，但似乎，村子里喜欢露宿的人越来越少了，而我不再露宿，习惯于在软软的床上打发无聊的长夜，也近三十年了。

黛尔

回族人家的孩子，到六七岁、七八岁时，大人们就要教他（她）向到来的客人说"色俩目""色俩目"是穆斯林之间的问候语，"你好，愿真主的平安到临你"，也就这么个意思，但大人们却极郑重的，好像又一次教孩子学言语一样，脸上是谆谆教诲的样子。孩子也会重新牙牙学语一般，觉得新鲜、羞涩，像这几个字一下子不容易从嘴里出来，一旦出来，就极为珍贵似的。先是锻炼着给自己的父母和爷爷奶奶说，他们会很郑重地接的，你说一次他们就接一次，不会显出厌倦来，他们也会反过来给你说，"安色俩目尔来空目"，他们这样给你说，这是极为郑重的了，一般都是少者给长者说，德行浅者给德行高者说，现在你的白胡子的爷爷躬下身来给你说"色俩目"，你就觉得半个身子都要麻了的，"我尔来空目色俩目"，你这样接着，会觉到自己是一个被郑重了的人，有尊严的人，是一个不可被儿戏的人，觉得自己像一个洗大净的水罐儿，清清亮亮地盈满了。与亲人之间这样子练得熟了，不很拘谨了，就算出师，于是要去给客人说了。

我第一次给客人说"色俩目"真是值得记忆的。爷爷是一个很向教门的人，同声相应，常常会有一些行功办道的人来我家里。一次就来了一个老人，他跛着一只脚，整个人看起来像一个剥了树皮的枯树根，显得瘦净。他的脸给我一种感觉，好像是一只攥得很紧的拳头。他几乎不说话，也鲜见走动，一天就端坐在我家的炕上。他的坐姿也是特别的。他把自己的两腿交替盘拢着，使它们交错成一个铺垫的样子，他就闭目垂头，一动不动地坐在这"铺垫"上。我们走进屋里去时，他也不抬头，也不将眼睛睁开来，好像他是在一种特殊的睡眠中。我们于是走路也很轻的，以便不将他惊动。

爷爷也好像不怎么和他交流的。爷爷在里面的套间里静静地做皮活，和他两不相扰，各得其所似的。

我不知道他这样坐在我家里做什么，不知道他要坐多久。

叔叔把他叫"上人"，神秘地说他已经给"上人"说过了"色俩目"，问我说了没有。他知道我没有说，却这样子问我，好使他脸上因此显出得意来。

在母亲的鼓励下，我终于下决心要给这个老人说"色俩目"了。

母亲在我耳边一直嘀咕个不停，上人啊，人家可是上人啊，母亲把这样的声音嘀咕进我耳朵里去，将显得踌躇总想逃掉的我一直簇拥到正房门口。母亲催我进去。一说就出来，我在这搭等你。母亲说。好像怕我趁机跑掉，母亲推了我一下，我就站在门槛里面了。心跳如鼓，那老人好像被我的心跳声惊觉了，竟抬起头来，向我笑了一笑。好像他是知道我来做什么的。我一时不知自己该做什么了。嘴动着就是出不来声音。老人微笑地看我，如在等我。他怀里像藏了一面镜子，将他的脸映亮着。忽然他大声地向我说"色俩目"了，一连说了三声，匆忙中，我口里的"色俩目"像是自己按捺不住地跑出去了。我记得真切，好像我口里的声音是从一只旧木箱里跑出去的，与我有些相隔。那老人招呼我上炕去。我跪上炕去。他摸了摸我的额头。那触摸感是难以忘记的。爷爷立在套间门口,微笑地看着,示意我下炕来。我下炕来,走出门去,母亲果然躲在一边的。点了一下我的额头说,叫上人给你说"色俩目",你这娃。但听来她并不埋怨,反而有些欣喜的。

我的心情有些古怪,也觉得遗憾,想着要是我说出"色俩目",让老人接,自然会更好一些的吧。好在这个头却开了,以后的几天,我就喜欢到正房里去,一进正房,就并齐双脚,躬下身给老人说"色俩目",好像这其中也有着不尽的乐趣和慰藉似的。爷爷让母亲将我拦着,不要那样频繁地去正房里搅扰老人。但刚开始给客人说"色俩目",鹦鹉学舌似的,兴味很大,我虽然不到老人的房里去了,却总是心怀不甘,常有意犹未尽之感。

一天早上,我醒来一看,见身旁坐着一个女人,面相有些生的,于是就习惯性地道出一个"色俩目"去。那女人有些意外,嘴动了动,我不知她是否接了我的"色俩目",但这时我却认出她来了,心里一时沮丧不已,好像乘兴做了一件很败兴的事。那女人叫黛尔,原是我们村里人,嫁到梁后的邻村了。这女人大脑不能说不正常,但迟钝是有一些的。脸上总有自感卑微者习见的那种表情,正是那种表情使我很快认出她来,并且觉得自己不慎说出的这个"色俩目"有蛇足之嫌了。母亲脱口说,黛尔。我不知母亲为什么这样说,但母亲口气里的意思却是很明显的,这是黛尔。黛尔怎么了呢?黛尔是用不着向她说"色俩目"的。母亲说出黛尔的名字来,所含的就是这个意思。而且我的"色俩目"连黛尔也显得诧异,好像我说了个别的什么却被她误听作了"色俩目",但她又怕我真是在说"色俩目",这样子她不能不接的。那一刻,神情总是木呆的黛尔脸上竟显出少见的灵活和警觉来。我看见她的嘴动了

痕迹 73

动,但没听清她说的什么。但她很快就意识到我不过是认错人了,我并不是在给她说"色俩目",她的脸就重新木呆下来,也不再看我,就那样呆坐着。母亲也很少和她说话。母亲在地上的阴影里脚跟一起一落地揉面,灶洞里的火訇訇响,映得灶膛里亮亮的,借着火光,看见灶膛里很是深阔,全是火。这清晨的屋子里,气氛格外显得怪异,好像这一切怪异都是那个"色俩目"造成的。

我转过身去,背对了黛尔躺着,心里不是个滋味。她的男人是个盲人,我想起常常见到他们的情景,两口子各背一个孩子在身后,黛尔在前面走着,将手里的棍子递到后面去让男人握着,就这样一路走着,讨要一点东西过日子。

我给黛尔说过一个"色俩目",没想到这可以使我记一辈子。

小学

在我童年时村里还有一所小学,现在没有了。

是三年制不完全小学。说是学校,还没有一个农家的院落大。只有一间土坯房教室,每年开学第一件事,就是给教室的窗户上安玻璃,经过一个假期后,玻璃被弄得没有了。有一年教室门也被弄出一个洞来,可以随意进出,开学前几天,我们从破门洞里爬入教室里去,见里面有意味地摆着几块方砖,明显是有人钻进来在这里打过牌。还有一些烧成黑灰的什么东西。最叫人不能容忍的是,有人还把我们的教室当成了厕所。幸好那时候我们已经上了三年级,可以很好地清理这些了。老师原来是一个木匠,敲敲打打,补补丁丁,把个破门勉强收拾好了。

学生最多的时候没超过25个。

教室里有几张长相很不一致的桌子。凳子更是五花八门，几乎没有两个凳子是完全相像的。与桌子比较，凳子的数目不足，就做了一些土墩墩，由学生自己从家里带来一块平整的木板，在土墩墩上一支，就是凳子了。这样的凳子自是不很安全，有时候一块木板上面要坐三到四人，大家行动不统一时，很容易踩跷跷板那样造成失衡，木板掉下来，教室里会发出很大的响声，肇事的娃娃不管跌得多重，都得赶紧从地上爬起来。老师赶紧下来看，帮着重新弄好，也不很责怪的。

前墙上有一块不大的黑板，总是像花白的头发那样，而且颇显枯燥，一点亮光也没有的。幸亏那时候眼睛好，不然老师写在黑板上的字就不易看见了。一些后面的学生看不清，轰隆隆跑到前面来认了字，再跑回去写上，老师也习以为常，不加责怪。

虽然学生不多，但全部在教室里就有些拥挤。而且三个年级在一个教室里授课也总有不便，于是某一年级上课时，老师就让另两个年级的学生暂时出去，在校院里念书写字。老师会在院子里画许多方格子，我们就用电池芯把那些方格子写满，然后等老师出来给我们检查打分，老师完全把那方格看成了一页试卷，把分打在和试卷完全一样的地方。有时候字写得好，分数打得高，就实在是舍不得把那方格子涂掉。但老师要求谁的方格子谁涂掉，以便让别人再用。这样子说来，我们的校院其实是一大块最为经济的复写纸。

从我上学起，教室的同侧就有着几堵房墙，而且里面有几根很结实的檩子，看样子像是要盖新教室，但直到我初中毕业，父亲在这小学里任教时，还是那样一小间教室。

那些檩子倚墙斜放着，就成了我们的滑梯。然而上面却是有锈钉子的，拔出过一些，但总是拔它不尽，许多人的裤子同着屁股被划破过，痛得忍不住，捂着屁股大哭。

女学生是很少的。我上学的时候，只有一个，她天生是有些洋气的，后来果然不同凡响，自由恋爱，成了我的三舅母。但她似乎只念了半年书就回去了。院子里有一棵老杏树，我们的铃子就挂在它的一根粗脖子上。很清楚地记得三舅母那时候坐在杏树下，和几个男娃娃玩抓石子儿。她的手指是灵巧的，石子儿扔起很高，把她的目光也牵上去，然后再同着她的目光落下来，稳稳地落在她早已准备好的手背上。令人叹为观止。但也记得她经常蹲着，闭紧着双腿，把手蒙了脸哭，这一定是被哪个男同学欺负了。三舅舅其时也在学校里上学的，但还不知道这个会抓子儿又爱哭的姑娘以后会成为自己的妻子。后来我父亲任教的时候，学校里有了两个女生，一个照旧又是有些洋气的，一个是我妹妹。从有学校到现在，我们村里的女学生，终而只成就了我妹妹一个中专生。

每天放学后，要留下几个人打扫卫生。农村的娃娃做这点事自是不算什么，家里的活计比这重多了，磨蹭着不想回去。就把教室里打扫得很干净。从家里端来一汤瓶又一汤瓶水，把教室地洒得湿漉漉香喷喷的。家里的水却须到十华里外的县城去拉。隔一段时间，我们就刮一些锅黑，撒些细盐，用水和了，刷黑板，刚刚刷出来的黑板还真是不错的，除了那许多无以补救的坑坑洼洼外，黑还是很黑的，然而不经写不经擦，像一个染了头发的老人洗两洗就容易露出真面目来。冬日的早晨，值日生得拿着洋火木柴，提前到校生炉子。我们都喜欢老师进来时，看到旺烈的炉火那高兴的样子。

我叔叔，我，还有我妹妹，都是从这个不完全小学里毕业的。父亲也曾在这里上过半年学。教过我的老师有两位，一位是本村的，长得有些像毛泽东，现在瘫痪了，听说当着儿子儿媳的面大小便也不顾忌了。到我上三年级时，又来了一个老师，是个汉族人，很精干，会木工活，会吹笛子，他用笛子教会了我们唱《南泥湾》。有一年我们村里被苜蓿胀死了一头牛，就给他拉走了。

算来我父亲在这里任教的时间最长。前后约有十五年之久。

现在这学校没有了。一户黑姓人家住在这里，他嫌学校的院落小，又向四面拓展了不少，盖了村里最阔气的房子，因此无论怎么看，也看不出我那个学校的一点痕迹了。

除过我妹妹，这小学里还出过包括我在内的两个大学生和另一个卫校毕业的中专生，他叫黑光福，如今是县卫生局副局长，另一个大学生是他的侄子，叫黑生俊，在县回民中学任教，真是屈指可数啊。

小学教师

怎么也没有想到父亲会成为我们村小学的老师。

有一年，不知是县上还是公社，突然整顿起民办教师的队伍来，将一些不合格的教师清理回家了。那个给我们教唱《南泥湾》的老师就在这次整顿中不幸被清理掉了。但也是因祸得福，他以后一意于木匠，倒做出一些名声来。我家的几个书柜都是请他来做的。清理一批自然需招收一批，当时是向社会招考。父亲就去考了。母亲说，考试那天，邻村的一个老师（他是被清理掉的，不甘心又去考）来约父亲去同考，那人穿得整整齐齐，分头，一副为人师表的样子，母亲记得最清楚的是他的白袜子和黑条绒鞋都是崭新的，为什么注意到了这一点呢？因为当时下过雨好几天了，父亲还穿着一双雨鞋。母亲说她一看就知道谁考上谁考不上。父亲有些不好意思，笑着说，我就当是去耍一耍吧。

结果却是那个人没考上，父亲考上了。父亲高兴得像个学生，刚得到消息那几天，父亲一看见人就咧嘴笑了，有些得意和不好意思，总是主动解释说，连他自己也没有想到。父亲的成绩是数学2分，语文98分，加起来整100分，而录取线是85分，这说明父亲的成绩还是有优势的。父亲总结说，他之所以考上，是沾了作文的光，作文是给你一封信，让你写篇读后感，那封信你说巧不巧，父亲正好在邮局的报栏里预先看过，是陶斯亮写给父亲陶铸的《一封终于发出的信》。预先看过和从来没有看过自是不会一样。但我觉得父亲语文能考98分，绝不仅仅是靠了作文的缘故，父亲的文化程度很低，在学校里只待了不足半年，爷爷就被捕去劳改了，他只好辍学回来劳动。但父亲和我太爷一样，极喜欢读书，不认识的字咋办？连猜带读，从上一个字推知下一个字，由下一个字揣摸上一个字。我小时候一个很深牢的记忆是，在我家向日葵秆子盖的房子里，倚墙有一只木箱，木箱上摞着一些书，计有《新儿女英雄传》《东方》《西游记》《水浒传》，等等。记得当时翻看《水浒传》上被名为"水浒叶子"的绣像插图，我惊奇于那些舞枪弄棒者独异的造型，且因为战袍遮着的缘故，使我觉得他们一概是没有腿的。如今看来，这应该是我少年时期最珍贵的一个记忆了，是我的一笔精神财富。父亲那时候喜欢读书是出了名的，夜里看书，早晨去犁地迟到了，挨了队长不少骂，队长说，把你那烂脏拿来我烧了去，里头有个啥嘛，有白面馒头和黄米干饭吗？父亲说他有一次看《西游记》，忘了吹灯，结果把头发燎掉了一大片，臊得第二天出不了工。那时候，好像是每天晚上，父亲都要给我和妹妹讲《西游记》，讲得口渴了，下去咕咚咕咚喝一瓢凉水，上来接着讲。因为有这样的故事陪伴着，从腐败的葵花秆里掉出的小虫子也就没有那么不可忍受了。父亲也给社员们讲，因此大家很喜欢和他在一起劳动。父亲能爆冷门那样考上民办教师，性喜读书无疑是一个原因。另外，爷爷劳改十年，父亲每月和爷爷通信一封，多年下来，自然就训练出了父亲的写作水平。父亲写信格式无误，表述清楚，详略得当，情感真挚，连我这个专门以写作为生的人，后来也觉得他这样的写手，总是有着一些独具的长处的。几十年来，村里人常寻父亲给他们写信。父亲因此也挣了鸡蛋啊红糖啊等一类润笔费。我的一个姑太爷，有两个女儿在新疆，于是就委托父亲给她们写了近三十年信。连他归真后报讯息的信也是父亲给写的，可谓善始善终。我那个姑太爷背驼得厉害，记得他背着手，腰俯得很低，从长巷里气喘吁吁地上来，背在后面的手，有一只是捏着他女儿的来信的。来了先让父亲给他把信念一通，然后就把回信的内容讲讲，说我就说这么点，你编造着写吧。于是在一边坐着，眼巴巴地看父亲写，好像每个字比金子还要贵重似的。写毕，照例父亲又是给他念一通，他听着一路点头，末了就说一个好字，说就这么个。非常满意的样子。而且拿了信竟似乎一时不便离开，就许诺说，过两天米碾了，要给父亲端一盆呢，或者许诺为鸡蛋呀油呀一类。有时果然会送来。父亲显出惭愧来，说不过划拉了几个字嘛。然而盛情之下，总还是收下来，一腔的不安和感激，全注入写信的过程里去。父亲为人写信的样子，那真是庄重得很。妹妹常常学父亲写信，学得很像的。父亲不高兴地说，我是那样的吗？我不信我的嘴就那么个。但父亲一写信一投入，确实就是那么个样子。为了方便乡亲，也因为父亲常要给爷爷写信，家里就备了一些纸笔和邮票，来写信的人只需提供地址和内容就可以了。但邮票钱他们自己要出的，这算什么，免得他们自己跑一趟邮局了。仅此一宗讲，父亲在村里也是一个不可或缺的人物。后来我已经发表作品了，村里人来求父亲写信，父亲为了显示青出于蓝的功效，就让我写。我也是卖力地写，但过不了关口，那些连自己的名字都写不来的乡亲们对父亲说，这娃写的是娃娃腔，洋气是洋气得很，不实用哪，还是你写得实在，再麻烦一下吧。父亲偷懒不成，炫耀儿子不成，只好拉开架势自己再写一通。

若了解这些，对父亲猛可地考取民办教师，就不会很意外了。

但父亲考上民办教师后，还是狠下了一番功夫。语文尚可，拼音却是个弱项，没到手的那二分就是丢在拼音上了。"a、o、e、i、u、ü"，父亲天天鸭子一样呱呱地念着这些。自然最用功的还是算术。我当时已经是小学五年级了，可以给父亲一些辅导，那时候我家里无形中聚了不少半大的孩子，同了父亲学算术，出一道题，大家一起做，看谁做得又快又准确。趴在炕上的；俯身在案板上的；蹲在墙根儿里的；坐在门槛上的……笔下演来算去，口里念念有词，学习热闹到那个样子，此生没有再见过。记得父亲和我们对演算的答案时，完全不像个父亲的样子了。要是答案一致，父亲就像地下党员对上了暗号那样欣悦地笑笑，一切都在不言中似的，那笑那么淳厚那么持久，像一份庄稼熟透了那样。要是对不上，他自己先是一愣神，似乎认定是自己错了，不说什么，返回去重做。终而证明如果是我错了，他竟一下子肃然起来，指着我说，不要紧，下一次一定能做对。不知演算过了多少本子，父亲终于会解繁分式了。在父亲的概念里，繁分式该是数学中最尖端的东西了。父亲觉得他学到繁分式便可以止步了，因为不完全小学里还不学繁分式。父亲最快乐的事情莫过于把一个几层楼似的繁分式弄来弄去弄成了只余一个数，如果最后只落得是一个"0"，父亲的喜悦真是无法形容，似乎那"0"也是一个哈哈大笑的嘴巴了。父亲像看着巨大的战利品那样看着那个"0"字，幸福和喜悦从脸上身上不住地溢出来，他不断地摇着头，似乎这样一个结果是很令人困惑和感慨。他有时会指着巍然高耸的一个繁分式，用手划拉一下，说看着这么多，这么复杂，谁能想到它实际上是个"0"啊。父亲那时对算术的兴趣几乎是超过了语文，他说没想到算术会这么有意思，像钻地道。我想不明白父亲的钻地道之说是什么意思。

于是只上了半年学的父亲就堂而皇之地任村小学教师了。

在父亲任教期间，入学率是最高的。最多的时候，学生约有近50人之多，那间小教室里实在是盛不下了。父亲的讲桌就被逼到前墙根里去，紧挨着墙。备教案改作业时，父亲就侧面坐着。分班上犹可，集体上课的时候，连窄短的门槛上也挤坐了几个学生，扯长了脖子念着。莫说晃动身子，连晃动头也不能的。从另一方面说，学生多也是父亲能胜任教职的一个证明。父亲教学，最大的一个特点就是扎实，我觉得他的教学正如母亲用面疙瘩喂鸡似的，一疙瘩接一疙瘩照实地喂入去，噎得鸡直打嗝，直扑棱翅膀。对学习不用功的学生父亲的惩罚也是很严厉的，会使坐在他面前的学生在他的咆哮声里发抖。而那些学习好的学生，他们的名字从父亲口里出来，简直不再是一个名字，而是一个极为稀罕的舍不得出口的什么。这样子每年会考的时候，父亲领着他的几个得意门生，总是稳步走在整个学区的前面。

父亲只看重语文、算术，自然地理等只是照本宣科而已，至于音乐、美术、体育一类，对不起，在父亲的教学日程里是没有的。

我上初中期间，偶尔代父亲给学生上课，趁机教他们学做操。学生就暗地里说我上课比父亲有意思，父亲说，那当然，你们是娃娃哄娃娃嘛。

父亲任教十五年来，教出三个中专生。一九八五年，月工资只拿三十多块钱的父亲迫于生计，离开了他站了十几个春秋的讲坛，去做生意了。

他常说要是一直教书到现在，那么莫说二元一次方程，便是三元二次方程，他一定也会有办法弄个水落石出的。

月夜

父亲虎背熊腰，赤红脸膛，看起来正好与我相反，是有些威猛之势的。在我的记忆里，父亲的脾气也是很暴躁的，常常打母亲，一次竟一锹砍在母亲的额边，几十年过去，如今还有明显一个伤痕留在母亲脸上。我还记得父亲和母亲淘了气，父亲在黑乎乎的屋内睡着，我们娘仨立在窗外的角落里饮泣的情景。那时爷爷不在，家里的掌柜的就是父亲，除过母亲，还有两个姑姑和我叔叔都遭过父亲的打。连妹妹也打过。妹妹记得父亲打过她两次，一次父亲让时方七八岁的妹妹去糜地里看麻雀。妹妹贪玩，和一个姑娘玩得忘乎所以，父亲来时，麻雀落了一糜地，父亲就掀翻妹妹，在她屁股上结结实实一顿铲板子。但父亲却没有打过我。这一点在我与父亲之间似乎愈来愈显出一种特别的意味来。我也想学父亲，终生不打我的儿子一巴掌，但真的当上父亲后，才发现做到这一点是很不易的，儿子还不到十岁，我极力忍耐着也打过几遭了。

父亲脾气不好，完全是生活的原因。爷爷被捕时，父亲才12岁，他不足18岁就成了一家的掌柜的，据母亲说，她家当时也实在是可怜父亲一家，才有了她和父亲的婚姻，当时的聘礼只要了50块钱，连结婚那天穿的裤子都是借别人的。后来我的三个姑姑里，有两个是父亲做主嫁出去的，从她们一生的情状看，父亲当时并没有选错人。这是爷爷自劳改队回来后，于种种辛酸里唯一极感安慰的一点。

父亲那时候上午犁地，下午给饲养院的牲口拔草，晚上偶尔还去守麦场，可以说一天没有个闲的时候，还得操心一家人的柴米油盐，针头线脑。还得一年两次骑自行车，去近千里外的银川劳改队看爷爷，一个二十啷当的年轻人，这么重的担子，脾气是难得好的。那时候却想不到这一点，那时候只是觉得父亲不可理喻，可怕，残暴。

记得父亲总似乎没有吃饱过肚子。

我外奶奶在本村，她家那时光阴好过些，成分好，劳力多，家里时常有黄米饭吃的。母亲劳动回来，为了减省口粮，就带我和妹妹去外奶奶家蹭饭。几乎是常去。外奶奶家似乎也没有过什么闲话或厌恶情绪。毕竟是她的亲女儿和两个亲外孙嘛。我和妹妹觉得在外奶奶家不仅是吃得饱,还吃得好,我家是不大容易吃到一顿黄米饭的。

母亲总是要帮外奶奶刷了锅才回来。那时已是星斗满天了,巷子里黑洞洞的,妹妹趴在我或者母亲的后背上。我家的院子里一片寂静。但伙房的小窗上,总还是昏黄地亮着一块,知道是父亲把灯捻拨得最小了在等我们。进门去,见父亲躺在炕上,果然是还没有睡。见我们进来,立即偏头警觉又指望地看着,看母亲从外奶奶家给他带一点吃的来没有,要有,便立即爬起来,把油灯弄得亮一些,披着被子坐了吃,若没有,就沮丧得很,眼神暗淡并厌恶,似乎进来了三个不受欢迎的人,一下子就倒头睡去,似乎这半天他被谁耽搁和哄骗了似的。

爷爷刚回来的那几年,日子依然艰难,父亲脾气依然不好,但因为爷爷的存在,不再那样打母亲了。

一天夜里,不知为个啥事,他和母亲又吵起来。我和妹妹吓醒了,不敢出声,悄悄地听着。吓了我们一大跳的是,父亲突然呜呜地哭起来,这可是从来没有的事。父亲的哭声使人觉得天都要塌下来了。他哭着说过不下去了,他要走了,走得远远的,再也不回来了,哭着爬上炕来,摸我的脸,我装作睡着了,父亲在我头边留了一块钱,就出门去了。

屋里一时间那么怪异,似乎缸啊罐啊的都嗡嗡地近于幽玄地响起来,似乎我们住在一个塌朽了的院子里。母亲坐在黑乎乎的窗前,一动不动,我和妹妹爬起来哭着。

这时候爷爷闻讯过来了。

爷爷领了我去追父亲,那天晚上有月亮,月亮的清辉那么寒凉而又使人觉得无助,我和爷爷沿公路追着,边追边哭喊。一直追到一个叫下蓼儿沟的地方,才把父亲追上,父亲远远地在清冷的月光里站着,身上像裹了一层薄冰。在我们快走到他跟前时,他突然蹲下来,把头埋在耸起来的双腿上。

父亲还是回来了。父亲把我的手捏在他的手里。一路上,爷爷似乎对父亲说了许多许多,似乎爷爷把几辈子的话都在这月夜下的路上对父亲说了。似乎这么一说,就把他作为一个父亲,应该说与儿子的话,都在这吹着寒风的月夜里说光了。我的手被父亲捏着,一手里拿着父亲留给我的那一块钱,心情是那么的异样。我在这里要说,不知道父亲那天是不是也一同摸了妹妹的脸,但确实是只给我一人留了钱。

这是我心里的一块隐痛和难以磨灭的记忆,后来的日子里总是很容易就想起来。

父亲回来就背对着母亲不声响地睡了,母亲那天夜里在窗前就那样坐了整整一夜。直到鸡叫,窗子又亮起来,她和往常一样,下去开始扫地生火,默默地忙碌起来,像不曾发生过什么似的。

我那时已是一个学生了,正在村小学读书。我记得很清楚,那天,一想起头天晚上的事情,我总是忍不住落下泪来。长得像毛泽东的那个老师频频走下来,立在我身边关切地问我怎么了,我咬牙含着泪水说不出什么来,实际上是什么也不愿说的。

那天的一切都记得清楚。队里在一块地里转粪。放学回家,见父母还没有收工,我心里空落落的,立在屋内的地上,抹了一阵子眼泪,心里奇怪地不得安宁,像要亲眼看见个真相才能放心似的。于是就背着书包到塬上的地里去了。吹刮着黄风,人们在风里闷闷地劳动着,像一些动着的土块似的。

痕迹　85

我找到父母亲。

母亲用围巾严严地围罩了脸，只露出两只睫毛上带着灰尘的眼睛来，父亲和其他男人们一样，像从土里挖出来似的。母亲用背斗背，父亲用铁锹上。我看见母亲到父亲身边侧身站了，父亲就得到了一个允许那样开始上粪。因为知道昨夜那一幕，我忽然发现我的父母之间有着些微的一点不自然和羞涩，像是一对刚刚结婚不久的男女似的。我心里的一个紧紧的疙瘩一下子化开了，我觉得泪水像喜悦本身那样热热地流出眼睛来。

现在的父亲慈和了许多，上了岁数了，他再也不会动手脚了，而且像是要给一个补偿似的，他现在对我的叔叔迁就到了一个令人不能容忍的程度，叔叔的推土机把我家的果院墙推倒了，叔叔装电话时嫌电线杆子太黑不好看，竟不问一声就把杆子栽在我家，再把线接过他家去，等等，使我们觉得备受侮辱和有失尊严的事情，父亲都睁一只眼闭一只眼让过去，我甚至设想，要是叔叔起意报仇，突然地打父亲一顿，父亲也会闭上眼让他打的。

父亲变得脆弱和容易伤感起来，常常给我在银川上学的一对儿女写信来，竟不加掩饰地表达思念之情。一天，他和妹妹一岁多的女儿在院子里一呼一答着，乐在其中，不知疲倦似的，竟呼答了几乎一个上午。

今天早晨，父亲偶然说起，爷爷过世的时候，他才38岁。

我听了心里一振，我还记得遭了车祸的爷爷一个孩子那样睡在父亲的臂弯里时，父亲那一副强硬支撑，顶天立地的样子，似乎远不止于38岁。

之所以有这样的感觉，是因为我今年也快38岁了。

比较起来，38岁的父亲和38岁的我是多么不一样啊。我真是希望到我50岁的时候，也能像父亲那样铜墙铁壁似的立一立。

屈辱

爷爷是喜欢交朋友的。父亲也还可以。到叔叔和我，就有点每况愈下了。一个感觉是，只能交得了阶段性的朋友，而难得终生之交。我无兄无弟，孤介一人，从心里是想交两三个朋友做兄弟的，但殊觉朋友的难交，见解不一啊，是非误解啊，有时交了十余年的一个朋友，三五日不见，便生悬念，总要寻去一同坐坐，寻君也无事，不来忽念君，这样的心情实在是有的，但突然地为着一样鸡毛蒜皮的事情，真令人想不到，铁板一块的关系，竟生出裂缝来了。暗暗地有些委屈、怨愤甚至憎恶了。那样的时候，心里悲凉得很，觉得人与人之间啊，朋友与朋友之间啊，是足可嗟叹和感喟的。觉到人的难持久与不可靠。我们这里有一句话是"黑头虫儿无情义"，这"黑头虫儿"，所指便是人。还有一句，虽粗鄙，却也是一句大实话，道是"狗亲球出来，人亲仇出来"。这就是劝诫人与人之间不可太亲。是朋友不亲算什么？不亲便要疏，疏阔得不相问闻，不知冷暖，还算什么朋友。失掉朋友是痛心的，反检自己，便惊心地发现自己身上有那么多恶俗的东西，都是碍于交友和即使交了朋友也难得持久的。一个经验是，一个不适合给别人做朋友的人便不会有朋友。曾子把交友之道列于一日三省之一："与朋友交而不信乎？"可见朋友之义亦大，欧阳修写过一篇《朋党论》，说得很干脆，认为小人之所欲在利，利在情在，利尽人散，因此小人是无朋友的，只有君子才可能有真朋友，因为他们所守者道义，所行者忠信，所惜者名节。掂量欧阳先生的话，真是很有道理的。

绕了这么大一个圈子，只是想归结到一句，想说爷爷就可算是一个君子，因此才有了那么多相守终生的朋友。

爷爷和干爷的关系就不用说了，那是可做刎颈之交的。干爷归真后，爷爷紧随着的那一场大病，几乎要同着干爷去了。干爷的一个儿子自修中医，开着一个中药铺的，见爷爷因他父亲的去世悲痛到那个程度，很是感动，将爷爷接到他家里去，亲自调养侍奉，寻医问药，就这样了一个多月，爷爷的病才渐渐好起来。这件事给我们两家很大的震动，真是有一种血浓于水的感觉。虽然从血缘方面讲，我们连亲戚也不是，但亲弟兄好到爷爷和干爷那样的，也几乎百不见一。我知道父亲一定有和干爷的后人世代交好的愿望和决心，但实践证明却不能。羊角哀左伯桃似的友谊，随着两个老人的入土，也是一并风消云散，像一个王朝覆灭不再那样，说来令人嗟叹。

除了干爷，县城的老钟表匠马宗义，也和爷爷交好了一辈子。爷爷刚回来那几年，家里困难，他常常叫爷爷到他家去，让他的女人炒一碗肉给爷爷吃，在旁边看着爷爷吃完他才能释然。钟表匠马宗义是很有钱的人，我的经验是，朋友交往，也需门当户对，穷人和富人是交往不得的，建立友谊就更为不易，想不到爷爷凭什么和马宗义交往着。马宗义常到我家来，戴着很考究的眼镜，因爷爷是皮匠，家里总是有一种熟皮子的味道，城里人是闻不惯的，但马宗义似乎丝毫不以为意，像个土百姓那样脱鞋上炕，盘腿坐着，家常得叫人看着舒坦。他带了些鸡蛋来给爷爷，爷爷就用他的鸡蛋招待他，让母亲揪两碗鸡蛋面片端上来。

还有一个叫包玉财的人，也是爷爷的终生之交，他家底不错，是地主，20世纪30年代，他就带爷爷跑上海做生意，把不足十岁的父亲也带去了。他们三人在上海有一合影，气宇轩昂，完全不像是种地为生的人。爷爷归真后，他还常到我家里来，前不久来时，说到爷爷，说世上见不到，梦里头也不容易见到了，说着突然痛哭失声，长泪流入白胡须里去。

爷爷在劳改队交有一个朋友，汉族，平反后当了县工商局局长，叫曹邦博，是一个具有领袖气质的人，父亲叫他曹家爸爸，我们叫他曹家爷爷，叫了几十年，爷爷归真后，他来送葬，一直跟到坟院里去，看着爷爷的埋体下到坟坑里，手蒙住脸蹲下来哭。爷爷归真十周年，我们做了纪想仪式，我和父亲去给他送一份油香，他打开钱包，只见透明的塑料膜下夹着崭新的一元钱。原来这是爷爷归真那天，我家作乜贴（具宗教意味的钱物）散给他的，他一直珍藏着，舍不得用，舍不得放在别的地方，就装在钱夹里时时可以看到。

爷爷的一些极好的朋友，我的感觉，似乎都可以称为人里面的一些优异者，他们好像都有着一些较高的做人原则和道德水准，虽然爷爷实在不过是一个平头百姓，但他们坐在一起，气氛总是有些特别，像几个自珍自爱自许甚高的人坐在一起，是有一些古风迹象的。

除了这类朋友，爷爷还有着其他档次的一些朋友。爷爷在世时，常有人到我家来，来了也不走，就住下了。有时会住不短的时间，也不知爷爷和他们是什么关系，聚在一处又谈了些什么。一次家里来了一个瘸腿老人，相貌古奇，有一根拐棍，他却不大用，走路时，横在背后，两臂弯过去向前钩住，似乎在以此使自己的腰板直起来。他坐在炕上的样子很古怪，腿会盘几盘，他就坐在自己的腿上,像坐在一个铺垫上那样。他垂着头,几乎不说话,像是整天都在想什么,或者整天都在这样打盹。他吃喝也很少,几乎像是不用吃喝。母亲进屋去扫地抹桌时,他也不抬头看一下。由于他的存在,屋子里似乎比全然空着都更安静。据说他九十多岁了。这个人大约在我家的炕上盘腿坐了有半个月,就不见了,从此也就没有再见过。也有些时候,爷爷会把一些乞丐留宿。总之家里几乎常常有外来人。一些面孔能重复见几次,一些面孔陌生得很,只闪一次就在你的生活里消失了。我还记得,一天深夜,刮着狂风,树叶子被风卷到窗上来,撞得窗纸响。这时候忽然一个人来到了我家里,他惊魂未定,似乎一直带着从狂风里逃出来的神情,他很凶险地说着什么,我们和爷爷听着。母亲半夜里又给他做了一顿饭,他一边大口吃,一边还是惊魂难定地说个不休。我记得他说话时,他下巴上的山羊胡起劲地一抖一抖,似乎正是这点山羊胡子从中作祟,使他的讲述不能停下来。

一次我们得到口信,说一个人在梁顶上等着,让我们去拿个东西。我和叔叔去了,见一个人在路边蹲着,见我和叔叔来,就把一包葡萄干给我们,让我们捎给爷爷。回来后爷爷给了我们每人一把葡萄干,那是我们最难忘记的一次口福。只是不明白,那个人既然路过,为什么不到家里来坐坐,而是待在梁顶上约我们出去。似乎也没有问过这个。但却牢牢地将它记忆住了,成了我一生中一个不可磨灭的记忆。

爷爷众多的朋友里,也有令人不满意的。

一次来了一个叫瘸喜麦的人,他的腿果真瘸着一条的。他来看爷爷,拿着一瓶罐头,一斤红糖。那时候家里来了朋友,不像现在，速来速去，那时候都是要住下来，甚至要住上很久。这个喜麦在我家住了七八天，我们就发现他说话时口齿不清，似乎满嘴的牙齿都松动了，其实他年纪并不大，而且一说话时，能听到嘴里有许多口水。我们都希望他少说话才好，但他的话却又说不完似的多。真不知爷爷那样的人，怎么竟有了这样的朋友。终于是他声明要走了，却提出要求来，说他浪是浪得很满意，可是回去嘛没路费，好像是一块七角钱的路费。我们这里把走亲戚叫浪亲戚。虽只一块多钱，但爷爷也是没有，就去和人借了来给他，他才道着谢，一瘸一瘸地走了。父亲说这个人其实不算是爷爷的朋友，而是爷爷的朋友的弟弟。

另有一个朋友，河州人，爷爷做皮活，跑了几次河州，就和他成了朋友。这个人有那么几年，常来我家，每一次都能住很久，最长的一次住了有三个月。他到处收羊皮。他收的羊皮占了我家的半个磨坊。

说来这个人是给我留下了隐痛的，刺伤过我的心。

我那个时候已经很有些喜欢钱了。这个人到我家里后，我真是想方设法地讨好着他，给他端饭，给他倒茶，晚上他睡的时候，给他把被子拉开，枕头端端正正摆放好，他下炕的时候，我眼疾手快，把他的鞋及时提到他的脚边。端了饭去时，我一路衡量着，会把显满的那一碗着意递给他。他很喜欢我，向我的家里人一再夸我，说要把我带到河州去玩。

但我的心思不在去不去河州。我的心思那么强烈，但对母亲也没有说过。这是我的一个越来越大的指望和越来越深的秘密，我不会说出来的，我一天一天努力着，丝毫也不敢懈怠和马虎，我悄然又热切地等着它实现的那一天。

如果我一生中有过八次强烈的指望，无疑，那可算是一次。

终于到那一天了，这个河州人要走了，果然如我所料，他的手伸入口袋里去了，我的心都要跃出嗓子来了，我低下头来，不敢看。

如我希望的那样，他给了我钱。他给了我五角钱，软沓沓的，像一小片破布。我费尽心思三个月，我给这人端饭倒茶铺被提鞋三个月，得到了五角钱的酬劳。

我捏着钱出门来，眼泪就不争气地流了一脸。

多少年来一想及这件事，我就觉得心里不是个味道。

我觉得我很小的时候就沉溺在了一种蛊惑里面，我觉得这实在是我的一个耻辱。

灾难

《古兰经》里有一章名为《大难》，开篇即道：大难，大难是什么？你怎能知道大难是什么？在那日，众人将似分散的飞蛾，山岳将似疏松的菜绒⋯⋯

记得当时读这一章时，心里那种强烈的异样感是难以言述的。似乎读过之后，这样的句子就深印在脑子里了，不时要似闪电那样，在你的脑子里骤亮一下，不时要启动你的舌唇，使你默念它：大难，大难是什么？你怎能知道大难是什么？

主啊，我们确乎不知道大难是什么。

我们只是大难中分散的飞蛾。

觉得大难是针对全体宇宙和一切生命而言的，一己生命，是当不起大难之说的。一个人一代人甚至数代人都未必遭遇到一次大难，但灾难，任何一个个体生命，在其一生中都要不得其免地经历数遭吧。这世上时时发生的天灾人祸，相对于那些承受者而言，即是他们的灾难。我的所谓灾难就是指，人在生死一线上近乎偶然地捡回了一条生命。

我今年还不足四十岁，但在生死的瞬息捡回一条性命的事，也是有着几遭了。母亲说，我小的时候，像一只还没有足月就生出的鸡娃，总是多病，那时候外太爷还活着，常常把我扣在铁锅下面给我治病。还号个不休，家里都叫我号天兽。父亲常常趁夜摸到公路上去，将事先写就的夜哭郎帖子贴在两边的树上："天皇皇，地皇皇，我家有个夜哭郎，过路君子念一遍，一觉睡到大天亮"，这实际上学的是汉族人的一套。但贴只管贴，哭却依然，瘦弱得连做父母的也不很喜欢。他们那时候喜欢的是我弟弟，据说他生得如何如何的富态啊，脸就像个银盘子啊，重得有些抱不动啊，给他的手臂戴上一串红豆穿成的镯子，镯子埋在肉里不见了啊，等等，直到今天，家里人还津津乐道于这些。但我这个弟弟只活了一百天就辞世去了，我却一路活下来，活成了一个成年人不说，而且也促成了树大分枝，在这世上有了一个以我为主心骨的小家庭。

说来这也并不是什么幸运的事。

就像灾难有时候也并非纯属厄运那样。

来说说我所历经的几次灾难：和爷爷叔叔在涝坝里捞浪沫时，溺于水中，可算是一次吧。我觉得那次溺水，不仅是让我强烈地体会到被淹死的感觉，同时也一并体验到了被活埋的感觉吧，灾难虽异,感觉却可能相通的。

另有一次,那时候我已经15岁了,骑自行车去贺堡二姑家,车后捎了近百斤重的合绳胚子。一路走得还平顺。快到二姑家时有一座桥,叫"鸦涧桥",桥下颇深,深桥下有水长年流经,沽沽滔滔,未到桥边,远远就能听得到水声。二姑她们吃水,就沿桥边一个陡陡的斜坡下去,一桶一桶挑将上来。水略显苦涩,却极清冽,连水里的石子也珍珠玛瑙似的惹人喜爱,禁不住捞出水来,但离水片刻,它们就丑得不可看了。

我那天的事情就出在那个桥头,出在桥边的那个陡坡上。那是一个极陡的坡。其实以前骑自行车也下过,那天却是捎了重物。而且绳胚子不好捎,它是具弹性的,使你怎么捆也捆不结实。须一路不停地下来捆绑它。但只走一会儿又摇摇晃晃了。那天临近那个坡时,实际我是想下车推着走下去的,但鬼使神差,心里这样想着,车子却像自己控制着那样急切地下坡去了,感觉是不错的,耳边呼呼生风,这时我突然想坐到坐垫上去,就上去了,立即使得两脚够不到踏板了,手够到两个车把也有些勉强。像有谁在后面作怪似的,车子开始微微地晃动起来,越晃越厉害,像个烂筛子那样筛着,我很快就失去控制,在车上和一只麻雀或蜻蜓没什么两样。我看见桥剧烈地晃动着,颠簸着,两边的桥栏杆歪扭得乱七八糟,像是要断开一个缺口让我掉下去。如同爆炸了那样来了一下,我就什么也不知道了。幸亏离二姑家近。我很快被抬回去了,二姑夫当时是大队的兽医,有不少兽药在家里的,就拿来给我涂涂抹抹了一通。我的眼睛像是被什么锐器开凿过那样,是那样古怪的一种拥挤感和疼痛感,我的嘴上像长出了半截马桩或脚后跟。纷纷说我的命大呀，咋就没掉下桥去。车子撞在了桥栏杆上，将我狠狠地抛到了另一边的栏杆下。又说这个桥上出过多少多少事，死过多少多少人。我木然听着，真像一个已死的人恍恍惚惚听着人间的一些声音。过了十来天。我头裹着厚厚的绷带纱布，坐在二姑家院台上，看那辆和我一同经历了灾难的自行车，它的一个前把不见了，前轮岂止是拧成了麻花。这时我才哭起来，泪水流到有伤的脸上，那样的一种痛和不舒服。

在更小的时候，我还被骡子摔过一次。那时候队里的牲口突然一夜之间，抓阄分给了私人。我们和我的一个舅爷两家合分了一头骡子。只要看到那头骡子，就能明白为什么仅一头骡子便可打发两户人家。那骡子比别的骡子起码能高出一尺，有些驴立在它旁边，几乎比它的腿高不出多少，而且膘肥体壮，气宇轩昂，实际上并非队里起意分给我们两家的，而是我们两家争取来的。犁地的时候，它可以不需搭档，独自拉着犁铧，走起来散步似的。

因为舅爷家的儿子有小儿麻痹症，腿脚不灵便，其余孩子都还小，放骡子的事就落在我头上了。村里的娃娃常常结伴放牲口，以便互相间有个照应。我觉得放一头骡子比放一群羊都麻烦，羊喝一声会听话的，会乖乖地离开不该去的地方回来，骡子马儿一类，你一声断喝，倒激怒了它们，使它们惊炸了，于是昂着头嗒嗒嗒跑远去。追一趟骡子回来，觉得自己离死都不远了。想出办法来，在牲口脖子里吊一根硬硬的有棱角的棍子，这样它胆敢跑起来，棍子就会敲它的腿，它跑得愈快，棍子愈敲得厉害。还用一根粗长的绳子把它拴在一块大石头上，一棵树上，使它可以在范围内吃草，而不便跑远去。但后来也就渐渐地和牲口磨合了，骡子似乎认可了你这个放牧它的人,不再故意找碴生事,而且它腿上那些棍子敲出来的伤疤也成了它的教训,一般轻易不生事的,有时牲口脾气上来,撒开了跑一圈儿,末了又心满意足地喷着响鼻,自己回来。而且我们也可以骑在它们身上了。

由于我家的骡子体魄雄健,气质高迈,使我骑在上面俯视其他,别有着一种自豪与神气。

但不幸的事却发生了。

每天放牧归来,总赶到涝坝里去饮水,牲口们喝完水,就在涝坝边打滚撒泼。这个泼是要允许它们撒的。

一天,我家的骡子饮过水,滚也打过了,泼也撒过了,我骑着它,慢慢地回家去,但过村里的小桥(又是桥)时,突然对面走过几头牲口来,有驴有骡,其中的一只母骡子似乎和我家的骡子对上了暗号,互相抵嘴接唇,温情脉脉地厮磨着,我急着回家,就两脚敲着它的肚子让它走开了。已经走出很远,它却突然回头狂奔起来,而且甩尾巴尥撅子,像是决心要把我摔下来,就把我摔下来了,摔在了沙路上,我觉得天空像一块巨大的幕布那样突然地落下来,将我罩没了。我糊里糊涂睡了足足半个月,浑身像嫁接过来那样一点子劲也用不上。我突然不会走路了,记得母亲用手捋着我的腿落泪的样子。我说不清我究竟那样在炕上躺了多久,一起放牲口的孩子在门上来了又去了,我把眼睛都哭肿了。真是记不清我为什么又走了起来,记不得从哪天开始走了。灾难过去,人就容易忘记了。我从骡子上掉下来后,那头骡子就完全成了舅爷家的,舅爷家买了一头牛给我家作为补偿。我现在想那骡子那天走得好好儿的,突然掉头反常地跑起来,真像是前面突然出现了一个鬼似的。

20世纪90年代末期，我突然常觉得胃痛，背也痛，胃痛起来火烧着似的，背痛时像要破开来那样。痛得我常常彻夜难眠。那时我已娶妻生子，有一份非担不可的责任了，不可轻易言痛，就默默忍着。到县医院去了几趟，说是胃溃疡，吃了一些药，又说是胆囊炎，又吃利胆片，总是不见效果。这期间痔疮又闹腾起来，流血不止，就去做了手术，注射麻药时我痛得叫起来，但又觉到一种难以言喻的痛快。麻药生效后我有一种恍兮惚兮，飘飘欲仙之感，真想就此撒手该是多好。治过痔疮后，腹背之痛很快又卷土重来。忍是忍不住了。妻陪着，到地区医院去检查，挂专家号，先是某专家，检查过后，道是胃溃疡，不甘心，第三日又挂了一个专家号检查，她是心血管病专家，刚一检查，就兴奋起来，像捕获了一个猎物，立即让我躺到病床上去做详细检查，结果出来了，风湿性心脏病，要求立即住院抗风湿。我就住院抗风湿。那时家里人都有些谈虎色变的样子，我的心里却极平静。我知道我有着一颗敏感易受伤害的心，有这个病自在意料中，而且可以有这样一个病来安宁我了。此前，1988年，我害过一场大病，在我看来，那病比这个病严重多了，可怕多了，人最可怕的是疯狂，只要不疯狂，那么一切都好说，风湿性心脏病也好说的。那是一个会影响我终生的病，它在蹂躏我熬煎我的同时也锤炼了我刚强了我，重要的是，它逼使我想了许多我从来没有想过的东西，它使我面对这个新检查出来的疾病时心平气和，甚至可以裕余地视它为小菜一碟，不足为虑。我住院抗风湿期间，地区宣传部一个副部长来看我，他神采奕奕，因为他刚刚新婚不久，他的前妻去世了，得的正是风湿性心脏病，他当时知道我正在惦记写东西，失口说，还管什么写不写呀。我心里实在是平静的，却不知为什么，记住了他的这话，以及他当时说话时那种特别的神情。

关于1988年得的那场病，实在是我的一个灾难，但未尝又不是命运对我的一份恩赐，容我在别的篇章里说它吧。

只要活着，灾难总还会有的，躲不开，就让它来。

金骨

这件事好像是我的一个很重要的写作资源，而且总也不能写尽似的，我在好几篇小说里写到过，今天就以纪实的文字再写一写吧。

那时候似乎是刚刚能记得事情。一天夜里，下着瓢泼大雨。在大雨里听到了狗吠声，像火柴在风里总也擦不亮似的。半夜里家里人都起来了，守着一盏油灯听什么，不是听雨，雨声里还有另外的一些声音，就在我家隔壁的院子里响着，好像有好多人在大雨里来去，有许多人蒙着嘴说话，父亲听了一会儿，披了一片麻袋出去了。

母亲让我们睡，自己掀起门帘向外面看，但很快就被大雨拦回来。门帘儿被雨水下透了，好像因之变长了似的，帘脚拖垂在地上，夜风不容易吹起它来了，只是在帘面上波浪似的滚动着。

第二天雨停了，院子里、巷子里到处都是积水，有许多大大小小的青蛙半个身子浸在水里，半个在水外面，仰了头漠然地看远处，脖子下面不停地起伏着，像在喘气。村子里有着一种很神秘很难得的气息，即使村里一下子娶了十个新媳妇，也不至于这样的。

原来我们村里的人奔赴千里，终于从青海的梁州庄把一个老人家的遗骨偷回来了。老人家就是伊斯兰教里的有教门有德行者，在世时传道解惑，引人从善向道，归真后就被尊为圣徒。据说那个老人家辞世归真已数百年了，受他的德行影响的教民广及好几个省。我们这里也有一些。

但没想到我们村的人会把老人家的遗骨偷来。大体上说，村里人都老实巴交，多时会显得目光短浅，但类似于这样的几件事却是我不敢低估他们的原因之一。谁知道他们会做出什么事来。

一定有人嘱咐了，村里人像茶壶里煮的饺子那样，完全地含而不露，压抑着巨大的喜悦之情和秘密感低调处理着这件事情。像我们这些孩子，一概是不得其详，只是隐约听说有这么个事，而且村里也实在是有些异样，但没有任何可以肯定的什么，倒好像是我们做了一个梦，醒来后这梦还缭绕我们不散，好像是大人给我们讲了个古今（故事），只能听听而已，不可较真兑现的。

隐隐听说老人家的金骨就埋在村里，具体在哪里呢？没人知道。没人说。

但谁都感到我们村子自那以后有了重大变化，有了优越感。

过了好几年。一天，村里来了一个老人。人和人是不一样的。我们从来没有见过那样的老人。给我的感觉是，她就像一坛清水，看一眼人就会因此干净一些，觉得她就像一盏静静地亮着的灯盏，怎么吹也不会吹灭似的，而且她周围似乎全是安静，多大的风也不会吹刮到她这里来。

她是从青海梁州庄来的。原来她正是老人家的后人。

老人在村里住了有半年，家家都请她去做客。她是最会做客人的人了，坐在谁家的炕上，都那么显得尊贵，但又像是这家的一个主人。她当时住在二外奶奶家。二外奶奶就是给我家黄花被的那个老人。她家有很大一个院子，里面种满了果树葵花。他老两口不生育，却和睦得像一对兄妹，里里外外干干净净满满实实的，教门又好，村里就把那个老人安排在二外奶奶家，坐西向东给她盖了一间暖和清静的小房子，二外奶奶管她叫姐姐，六十多岁的人了，像个感恩戴德的丫鬟那样给老人做饭、扫地、洗衣服。

我偶尔跟母亲去串门，见二外奶奶在门槛上坐着攃菜或做别的什么，那老人盘腿坐在炕上，有时精神地和二外奶奶说话，有时打盹，院子里的向日葵，果树上的果子，一律知道什么秘密似的，沉甸甸的自足地静垂着。我有时偷着看一眼，老人若一笑时，我脸上自然也就溢开一个笑了，也不知是笑什么，总之是觉得很好。我觉得只有坐在天堂里的人才会那么个样子吧。

还记得老人要走时，村里许多人哭着舍不得让她走。果然不久她又下来了，带着她的儿子儿媳。那个儿子高得像长颈鹿，他给你一笑时让你觉到一种那么深的辛酸和宽慰。

就在村里的坟院边，村里人给老人一家盖了村里最阔气的房子和最气派的院落，而且终于将老人家的坟头醒目出来了，还在上面盖了一座简朴又结实的房子。

每年老人家的忌日，好几个省的教民都奔赴我们村给老人家上坟，那一段时间，村里几乎所有的人都去拱北上做义工了。潮水似的人群在村子里来来去去，出出进进，像无数的蜜蜂争抢着要住进一个蜂房里似的。

连青海梁州庄的人也只好来我们村里上坟。

有时，在极为相得而又庄穆的气氛里，大家也会拉一些闲话：

"是我们的老人家，叫你们偷着来了，害得我们跑这么远。"

"你们再偷回去嘛。"

"老人家自个不想回去,我们偷也偷不走啊。"

说到后来,有些话便只有他们之间才能相通才能明白的。

天堂的礼物

有一些记忆总是模糊的,难得确凿的,甚至是一片虚白。我就不记得村里有清真寺之前,村民们在哪里做聚礼。或许在我记得有那个规模宏大的清真寺前,村里也有个清真寺的,只是其貌不扬,不引人注意,于是没有记忆。其实这个一问父亲便知道了,但我也不想问。那之前正是"文化大革命",村里的清真寺一定很隐蔽吧,留给我更多更清晰的记忆是,柳阿訇在养猪,而社员们每天夜里都挤在学校里学老三篇。

但突然间就像坚冰融化,出现鱼汛那样,村里悄无声息地盖起清真寺来。推算一下,大概是刚刚得到一丝宗教政策有所变动的消息,村里人就忙活了起来。

当时我还在村小学校上学,一天,听说清真寺里要上大梁,整个村子里闹哄哄热腾腾的,像煮了一锅鸡蛋在锅里。显然已经是上不成课,老师就宣布给我们放假一天,自己也到清真寺里看了看,说了些祝贺之类的话。因为他是个汉族,又在邻村,就回去了。记得有人拿着一包油馓追他,他裹紧了身子快快走,像在客气着,但还是被追上,就拿着那包油馓回去了。

全村的人都来到了清真寺里。

从来没有见过那么大的房子。真是小看了村里人,无不在黑洞

痕迹 101

洞的土房或窑洞里将就着过日子，但力量合到一处，就能盖出这么大的房子来。是很好的天气，人的行动惊动了树上的麻雀，起劲地鼓噪着。人们都仰了脸往半空里看上梁，好像——仰了脸晒阳光似的。木匠们在半空里忙碌着，做着最后的工作。因为有那么多的眼睛在仰望，就使木匠们的劳动显出一些表演性和仪式性，他们低声说话时和平日很有些不一样，好像他们说的是非同寻常的话，好像他们做的这些事情是平常人根本做不了也理解不了的，譬如一个人打楔子时，似乎敲几下锤子，每一锤子用多大力量，都是极有讲究的，是丝毫马虎不得的，譬如一个人沿着长长的檩子从一头走到另一头时，那完全就像一个耍杂技的人，显得训练有素，不会东张西望，不能左摇右摆，好像他一直就习惯于在半空的檩子上走，地上很少走过似的。女人们用围巾角儿包住嘴，叽叽咕咕。要是木匠里有自己的丈夫，女人就是想掩饰也掩饰不住得意的，会一边说话，一边不断地把目光瞥到男人那里去。看样子她给她们谈论的正是他。看得见嘴在围巾下一动一动，只要细看，会看见丝丝蓐气从围巾面上犹犹豫豫地散开来。有时由于女人的说话带动了围巾，掖在两边的围巾角儿会掉下来，还没有看清那说个不停的嘴，围巾角儿就又顺手被掖上去。

  男人们穿着皮袄，两手插在袖筒里，也在说。但常常好像是几个能说的或者有说话资格的人在说，其他人总是神情严峻地听着。

  听起来嗡嗡嗡的，像许多蜜蜂围绕着一个什么飞着。

  从院子到大殿有许多级台阶，渐渐升上去。孩子们就在这些台阶上跑上跑下，或者像鸟在熟稔的林子里飞那样。在稠密的人隙里跑来跑去，有时会带得人们立站不稳，斜过身子去，但也没有人说什么。

一些红红火火的缎面绸面系在了柁梁上，木匠们也被绸面缎面披挂了起来，柁梁上贴着神秘吉祥的阿文。

上梁开始了。

地上的阿訇满拉们忽然把手操在腹下，微闭双目，高声地赞念起来，阳光像薄薄的冰片那样闪烁着碎裂着。在阿訇满拉的诵经声里，打扮一新的柁梁像一个喝醉了的新郎官那样，被绳子牵引着，一点点拉上去，柁梁那么干净，泛着深光，重沉着，像是不情愿被拉上去，但在那越来越弥漫越来越宽阔的诵经声里，还是一点点一点点升上去升上去，在不同的高度不断地变换着它的明暗。等把它终于拉上去，落到实处，两个人就在两边叮叮当当地敲打着，其他匠人都像地上的人一样操了双手，在椽子上，院墙上恭立着，似乎在等待着诵经声的结束。

觉得像有一种水在不休地淹没着人群，那打楔子的声音在流畅又低回莫测的诵经声里像是一种提示，将人们从一种恍惚里呼唤回来。

诵经声停下来时，大家都有一种如梦方醒的感觉。这时候站在柁梁上，披红挂彩的木匠们人手一个口袋，开始把口袋里的东西纷纷抛撒下来。有洋糖、核桃、花生，等等。刚刚脱手散到半空的阳光里时，它们都显得黑，像是许多密密麻麻的土块，落地的一瞬，才忽然于仓促间化成了各样的食物。地上乱成了一锅粥，在一片欢呼声里大人变成了孩子，和孩子们一起忙不迭地捡拾着地上的东西。一些小娃娃被挤倒了，哭着，斜刺里伸过来一只胳膊，把咧嘴大哭的孩子从人堆里抽出去了。一时间看到那么多手那么多脚，有人用脚先踩住，然后从自己的脚下取出来，还有人摘下帽子来，伸向半空里接着。这需要个头高的人才可以，只往地上看，会觉得那些糖果不是从上面落下来的，而是由地里密密麻麻长出来的，但刚一显形，就有黑影一闪，使它不见了踪影。我的口袋都装满了，两手也把得满满的。抬头看见半空里还飞满了叫人欢乐又焦灼的黑点。木匠们立在柁梁上，突然显得那么高，好像他们是立在天上往下抛撒着欢乐和指望的。我们很少见到那么多核桃、洋糖和花生一类，这好像是我第一次吃到花生。

这个记忆太深刻了，无疑是一次乡村盛宴，是一次狂欢。

还记得事后一些孩子哭着，孩子的母亲或父亲就撑开他或她的小口袋，把自己捡到的装到那一个个小口袋里去，孩子带了眼泪边哭边关切地看着。叔叔抢得不少，脱下棉袄来包着，虽冻得脸皮紧紧地发青，但心里的满足还是看得来的。在父亲的要求下，叔叔和我各拿出若干，给了妹妹，妹妹连自己的一只小口袋也没有弄满，她像丢了魂那样望着我们。

清真寺刚刚建起来时，村里人都乐于到寺里去学经。纷纷去淘金占便宜似的。连我们这些学生也去。放学回来，洗一个小净，就到寺里去念经。人多到没处去，就在四面的墙根里蹲着哇啦哇啦调念二十八个阿拉伯大字。这些经文多是写在牛羊的胛板骨上，胛板骨在手里把弄得久了，光洁细腻，有如好玉，经文写在上面清新得令人喜爱。念经人太多，阿訇顾不过来，就让大家互相为师，好一些的教稍好一些的，稍好一些的教差一些的。这样学了一段时间，就冷清下来。我至今不过会念二十八个大字而已。

近三十年来，寺里住学的阿訇换了至少不下十位，但寺还是那个寺。这些年，村子和三十年前相比，是大变了模样，住窑洞的几乎没有一家了，有些人家盖了很气派的院落，以一家之微胜过了全村的清真寺的规模。

不知为什么，阿訇在一个寺里开学，很少超过三年的。村里的清真寺，刚开始是本村的柳阿訇执掌教门，这是一个深孚众望的人，没有上过一天学，但口才极好，尔领（知识）也深，不讲别的，不与他谈一句话，只是一看形容，你就会觉得这是一个干净又郑重的人。其实他在寺里开学大家都是很乐意的，而且会有自豪感，因为在方圆百里，他都算是有声望的阿訇了。阿訇的衣食及清真寺一应开销，都由村里人供给。平日里挨家挨户给阿訇管饭，年终每家每户按人头出散钱或粮食，作为阿訇一年学费，村里人把这叫学粮，是雷打不动要出的。我还记得小时候给柳阿訇送饭的情景。自然是家里竭尽所能做得最好的饭，鸡蛋揪片啊，米饭炒洋芋菜啊，等等，端了在巷子里走，会香一路。母亲在这件事上郑重得一丝不苟，要把油香烙得不能有指头蛋大的一点焦疤，要把碗碟里外擦许多遍，要把小碟里的腌菜细致地打扮成宝塔的样子。我端了还不能放心，她自己一直端到寺门上，才让我端入去。还记得我捉了鸡去让柳阿訇宰，我把鸡的翅膀翻上来并到一起捏着，这就使裸露出来的鸡身子秤砣似的下坠着。鸡的两只爪子提拎着，即使在夏日，也像有些怕冷似的蜷缩着，随着走，鸡的头会同着我的脚步一点一点，像在不断地首肯着一个什么，而且咕咕地叫着，眼睛像两只美丽的瓢虫。但一会儿柳阿訇就把它宰了。我还是反提着它的双翅回来，只是它的头不再在前面点着了，而是从割断的地方折过来，软软地隐在双翅之间不见了。这时候它的眼睛也闭上了，像薄薄的一抹霜。

后来又换过多次阿訇,常常听到村里在讨论搬阿訇的事。我们这里把请阿訇来开学叫搬阿訇。可见阿訇在村里实在是一个极为重要的角色。除过柳阿訇,后来的阿訇给我印象都不很深。有一个叫李桂珍的阿訇,从县城到我们村里来开学,他好像开的时间长些儿,总有七八年之久。个头很高,有极漂亮的胡子。他的儿子恰好是我的同学,有时会来清真寺。有一段时间李桂珍不知因何,夜里不在寺里,他的儿子就约了我们几个在寺里睡。记得我们想打牌,又担心乡佬骂。

李桂珍阿訇前一段时间无常了,说是他已八十多岁,这使我大吃一惊,我一直觉得他没有这么大岁数。而他的儿子,我的那个同学很多年前就在监狱里了。

这期间有几个在我们村里开学的阿訇,我甚至没有见过。

今年夏天,我带着刘苗苗导演和摄影家王征来我们村,也没多少可看的,于是就去寺里转了转。阿訇出来招呼我们,我不认识他,他也不认识我,我说了我父亲的名字后,他就噢了一声。是一个很年轻的阿訇,穿着朴素,转过身后就会像一个中老年人。他很热情地给我们介绍着村子和寺里的情况。我立在院子里看着,寺还是那个寺,不足三十年,它已经衰败了许多,瓦脊间长出草来。瓦也有一阵强风就能吹破似的。和我记忆中的不同,它一点也不雄伟,倒好像是一个穿着旧棉袄晒日头的老人,我想着它上梁那天的情景,想着洋糖、核桃、花生从高处落下来,现在就是往地上抛撒这些,人们也不会很稀罕了。

雨炮·防空洞

那时候我家屋后的山坡上总是有着一门雨炮，平日里一声不响，一棵枯树那样寂寞地站着，像在高处无所用心地俯望着整个村子。记得它总是孤零零的。似乎是在着意维护着它的孤寂，很少有人到它身边去，便是我们这些孩子也很少去。但如果留个心，会发现它的炮口被移着方向，这两天是指着东面的天空，那两天又是指着西面的天空。它总是虚指的，好像指着无论哪个方向也只会让它觉得茫然。

山坡上是一片杏林，开春的时候，杏花会开满满的一坡，即使待在家里，蜂群在杏林里飞舞的声音也能听入耳里。我们会到杏林里去，花在盛开的时候就开始往地上落。我们把折下来的花枝高举着。踩着落地的花瓣在林子里跑，诱惑得一些蜜蜂追逐着我们。有一些蜜蜂就落在我们高举的花枝上，撅着屁股，一次次企图把头埋入花蕊里去。那些追逐着我们的蜜蜂看上去飞得并不快，有时竟像是静止着，但总是落不下它们。好像不是它们在追逐，在飞，而是花朵上有一种吸力，使它们飞脱不开去。人心是乖张的，好好的花枝，举一会儿就扔掉，重新折一枝在手里。扔到地上的花枝，蜜蜂就不很去光顾了，它们总是迷恋于在跑动中被高举的花枝，好像这也是它们乐于参与的一个游戏。记得树身上有一种如胶似蜜的东西，用手指抠一些下来，伸了舌尖品尝着，是一种古怪的味道，不敢吃下去，尝一尝就吐出来。用它是很容易粘住蜜蜂的，粘住几只了，就粘到杏树上去。被粘住的蜜蜂起劲地震动着翅膀，嗡嗡嗡叫，很难逃得开去。那时候雨炮在一边依旧故我地立着，好像使这么多杏树开花的春天与它是毫不相关的。会有少许几只蜜蜂也围着它飞一飞,像在打量着它,像在费劲地寻找着它身上的花朵,很快就无趣地飞走了。但总有蜜蜂围着它飞,像在劝说它也变成一棵杏树似的。它的炮口里有时会被插上花枝,这时候蜜蜂就会多起来。作为一种游戏,我们往它身上扔过土块石头。整个春夏,花开花谢,蜂舞蝶飞,连一棵临近着它的榆树也不声不响地长高了一些,但它还是不愿热闹不求变化地维持着原状。盛夏三伏,天热得杏树一律矮下去半截,这时候雨炮却被套了厚厚一层帆布炮衣,好像在这酷热里它倒有些寒冷似的。

每每电闪雷鸣,将下暴雨的时候,临近着的县城里总会炮声大作。都知道这是在驱散阴云制止暴雨,但似乎我们村里的雨炮一次也没有响过。是我的记忆出错了吗?暴雨过后,炮身会生锈,似一些污水从炮身上流下来时,突然地凝住不动,变为了铁锈。我们村子的山坡上经年累月有过一门雨炮,我们的雨炮没有一次响过,这就是我对雨炮的记忆。后来山坡上空了,那门孤寂地立了很久的雨炮不见了,那片几乎可以代表我们童年的杏林也不见了,不见是彻底的,连一个花瓣也不剩下。正是这种不断的变化和无声无息的消失,使我们感到岁月的丰富和寂寞。

除了雨炮,还有防空洞。

防空洞有多处。大小不一,深浅不一。这一点又一次让我觉到我们村里人是不得了的,要求干什么便能干出什么来。原以为他们只会干些农活而已,但要求背老三篇时,虽然大字不识几个,也还是能当着你的面倒背如流;一直没怎么开过会的,一旦开起来,又可以一气开到鸡叫还不散伙。现在是要求挖防空洞，以前也不曾挖过的，说挖就挖出来了，挖出了那么多，挖得那么好，而且有着许多名目的，什么一个鼻子窟窿出气啊，什么十指连心啊，什么打开窗子说亮话啊，等等，不一而足。

只要做出要求，真不知我的这些乡亲会做出个什么来。

防空洞不像雨炮，防空洞的确是用过。

有好多次，忽然得到命令，大家都一下子跑到一个个防空洞里去了。有人抱着鸡拉着羊来，被拦在防空洞门口不让进。就闹情绪，说这样子他们也不进来了。于是就连骂带哄，总算把那些眨巴着眼睛不知就里的鸡羊们又送回去了。

不能把任何人留在家里。

于是年迈病重到走不动的人都被弄到防空洞里来了。任何一个防空洞一旦进去，都会感到很深，洞壁上掘出一方小平台，上面放着灯盏，灯盏起劲地亮着，火苗像一粒着火的子弹。刚钻进去，大家都是屏声敛息，似乎在静候着发生一个什么，能听到许多颗心跳的声音，那么多的呼吸声也像静夜里拉风匣似的令人不安。洞洞都设有一个负责人，在前面警戒地坐着，稍有异样的声音他就会回头严厉地瞪一眼，一些年轻女人害怕自己的孩子闹活，只好尽量躲在暗处，用衣襟尽可能地遮着，用奶头将孩子的嘴塞住。这样的时候，大家往往会觉得一定要发生一个什么了，非发生一个什么不可了。像箭在弦上那样，大家的心也一律在喉咙那里硬硬地堵着，不知道究竟会发生什么，不知道真的发生了事情自己该怎么办。有人用眼睛盯着洞口方向，有人死死地将眼睛闭上。这时候孩子吃奶的声音也是听得来的，像用一片肥硕的菜叶子不停地在水里拂着。但渐渐地，气氛就会松动

痕迹　109

起来，人们开始交流，用眼睛、手势，用脚把对方挠一挠，渐渐地就低声说起话来，像一锅粥要沸开了那样。负责的人刚开始还有所表示，很快也就睁一只眼闭一只眼了。这时候，另一个洞里的负责人会猫着腰钻进来，他们轻轻地交流什么。人聚而成群，里面总不免一两个放肆的人的，于是突然地会有一个说话声高起来，突然地会有一个刺耳的笑，甚至是谁被掐得惊叫了一声。这些突发的声音总带着试探的意思，突破某个禁区的意思，于是禁区越来越多地被突破着，像一锅粥完全沸开了那样，没有一个洞里是静悄悄的了。女人们开始把奶头从孩子嘴里抽出来，逗他玩，揪孩子的鼻子一下，轻轻胳肢孩子一下，孩子就规律又开心地笑出声来。那笑声那么悦耳喜人，好像是刚刚吃进去的奶汁化成的。一些女人从衣襟下掏出鞋底来一丝不苟地纳着，一些已当了婆婆的女人把头簇到一处，神秘而严峻地交流着。男人们嗑着麻子。不知谁拿出了一副牌，于是打起来，一些人就围在旁边当看客。也有始终闭了眼睛一动不动的。我们这些孩子是最不安分的，跑出去自是不可能，就只好在有限的深洞里跑来跑去，有时头会撞在洞壁上，发出钝响来。一些人发现慌急之中自己和不乐见的人坐在了一起，这时就会想办法不着痕迹地调换一个位置。总之倒像是在一个极乐世界里了。有时突然地又会得到一个情报，使得深洞里一下子又会鸦雀无声，只余下灯盏警惕地亮着。但这总是不长久。有人就开始磨蹭着要回去，说他忘了关羊圈的门啊，没把窨口盖好啊，说她的锅还没有洗完啊，烧了洋芋在炕洞里，再不回去就焦枯了啊。有的女人只是告假回去拿个活计来做，声明片刻即回。然而磨蹭归磨蹭，总是得不到允许的。来钻防空洞也是记工分的，要回回去吧，工分一分也不要指望。总之是有着严厉的规定，有着制约的法子的。

防空洞也不是常钻。

有时出于玩耍，我们这些娃娃自己也钻入去，但觉得和得到危机情报时钻进去大不一样。只有那样的时候，觉得才是真的钻防空洞。

母亲晚上常常带着我和妹妹去外奶奶家混饭吃，吃完往回走时，山村里似乎夜来得早，早已是星斗满天。星星那么大，真觉得像花开着。从长巷里走出来，对面就是一个陡峭的崖壁，崖壁下掘开着两眼防空洞，在夜影下看起来深不可测，总觉得里面有着什么似的。这时候母亲的咳嗽声就会多一些。妹妹趁机不走了，要求我把她背上。天天让人背真是很烦的，我说我把你背到那洞里去扔下。在妹妹惊恐的哭声里，母亲很严厉地呵斥我。要是一个人，绝不敢在防空洞前走夜路的。

村里最深的防空洞约有一公里长，这个防空洞名字就叫一个鼻子窟窿出气，一个洞两个口，从这个口根本想不到另一个口在哪里。老实讲，就是我们全村人情势危急时都跑入这个洞里，还占不满这洞的三分之一。

不知为什么，得到情报时，很少钻入这洞里来。倒是我们一伙孩子，常常在这洞里玩。在我们的童年，这是一个非常重要的经历和记忆。其实在这洞里是不敢怎么玩的，所谓玩，也不过从这个洞口进去，然后心惊胆战地迅速地从那个洞口出来。就这样简单的玩法，好像也给我们带来了极大的恐惧、兴奋和欢乐。钻进洞里只几步，身后的光亮就不见了，越走得深，越显得黑，那种黑令人恐怖，在外面是见不到那样一种黑的，那是地深处特有的黑，像一种驮不动推不开的重量，像一种密到不再密的密度，在那样的黑里走着，根本不知道自己是什么。真像一丝游魂在绝望和莫测里勉强

痕迹　111

地晃悠着。不敢走快，不可能走快，腿上被一种浮力压着，像走在深海里。摸着两边的洞壁小心地往前走，说不清是往哪里走着，只是走着，根本不敢停下来。一些娃娃在唱着吆喝着给自己壮胆，那壮胆声听起来明显是胆怯的。每次走进去，走到深处就后悔了，想这是最后一次，再也不钻了。再也不了。洞长得令人恐怖，好像每一步都在拐弯，向莫测处去了。当看到另一个洞口，当看到像一碗水似的那样一点亮光，心里是多么欢喜啊，真是和绝处逢生没有两样，腿软软的走不到那里去了。

让我最难忘的是我带着妹妹从那洞里走了一遭，真是难以描述。我的经验是，一个胆小的和另一个胆更小的，就不要搭伴走陌生路，走夜路，那样你们的恐惧会加起来，会放大起来，恐惧会多到无边无际，把你们都湮没。妹妹吓得哭也不会了。颤抖着抱住我让我也走不成。最后还是父亲到洞里来把她抱了出去。她从洞里出去也哭不出声音来，像是她真的在黑暗里见到了什么似的。

如今这些防空洞也还都在。但再也没有人钻过防空洞。有些防空洞成了草窑、羊圈一类。我去外奶奶家时，见那眼最为深长的防空洞的两边都被土块严严实实地砌上了。我现在看到它也有一种古怪的感觉，觉得胆寒。这防空洞里一定还发生过为我所不知的事吧。

一天，听说田志海家正房的屋地突然塌陷下去了，能看到下面莫测其深带有寒意的黑暗，据说下面正是那个防空洞。

这两年，中东地区，战火焚烧，听说美国的什么导弹炸下去，即使是水泥钢筋的工事，也能炸下多深，炸开多大的口子，听着这些消息，就容易想起我们村里的防空洞来。

会计

村里有几个人，曾经在生产队担任过职务，虽然早就离职不干了，但大家还是以他们的职务或角色称呼着他们，譬如妥支书、马队长，譬如田老师、柳阿訇，一说出来大家就清楚说的是谁，无须再说得详细的。譬如我的启蒙老师田风贵（真主饶恕，他刚刚归真入了黄土），不过于二三十年前在村小学校教过六七年书吧，但几十年来村里都把他叫老师。老师家长老师家短的，连前面的姓氏也不必加。

这也可谓一桩怪事。因为后来总有人继续当支书、教师、队长、阿訇一类，但再也没有这样约定俗成，身不由己地拿他们的职务来称呼他们了，有些像毛主席，虽然来来往往当主席的人多如牛毛，但大家还是觉得喊毛主席最为来得顺口，叫毛泽东反而觉得像米粒里吃出沙子那样，有些碍口了。

类似这样的人，在我们村里还有一个，就是会计。

会计个头很高。像一株玉米长得太高就会弯下来那样，会计的背总是有些驼。在我童年的记忆里，他是一个相当重要的人物，在所有劳动场合，在分粮分肉的时候，他都在一个醒目位置，你从人群里拼命钻进去，钻进去，好不容易钻到核心里时，就会看到他和三两个人在郑重地做着什么或商量着什么。整个蜂窝似的人群正是由于这三两个人才集聚成一团的，整个人群无论怎样推推搡搡，无论怎样移来变去，无论怎样动荡不宁，会计及会计周围的一小块地方总是安静的。我记得好多次，当我终于挤入人群，看到会计，立在他跟前时，就会擦着汗安静下来，像临近了目的，希望也能实现似的。

痕迹　113

往后站，往后站。有时会计会不悦地向周围这样喊一喊，声音不高，却是很容易被听到的。他会带着一种特别的表情瞥一眼身边的人群，说是瞥，实际他的眼睛却是带着一种张力闭着的，这实际比他完全睁开眼睛更管用，在他把头正过去的过程中，他的眼睛也渐渐睁开来，继续他的事。有时也不回头，也不出声，一边工作着，一边腾出手来向后划拉划拉，像是有电辐射似的，他手划拉着的地方就会突然地向后塌陷出一个缺口。

实际上挤入最里面，临近着会计们的人，是相当识分寸的，绝不会挤到会计们身上去，绝对会给这几个人留出一域相对宽松的位置，这时候，他们的任务已经不再是向前挤，不是要挤得会计们无所适从，就像拉车下山的驴子一样，他们的主要任务已经是站稳脚跟，屁股后坐，向后挺住。他们不期然间就在最内部形成了一道堤坝，一道警戒线，而且不停地对着后面不安分的人群虎视狼哼，时刻都会给以颜色那样。

我早就发现，随着涉入人群深浅程度的不同，人们会不断变化他们的心境和面孔，而且这一种变化似乎与生俱来，用不着加以训练的。

会计除了和那几个人谋划和决策种种大事外，还有一件只有他独自从事的工作，那就是记工分。

社员们一一把自己的劳动手册交给会计时，脸上就会露出一些捉摸不定瞬息万变的神情，他们用一种特殊的神情和目光望着会计的脸，似乎在猜测和权衡着他，似乎自己心里很没有底，有些紧张，表情呆板着，舌头出来掩饰地舔着嘴唇。会计却镇定自若，有时连递上工分手册的人看一眼也不，直接就往上写工分，带着一些淡淡的骄傲和厌倦。手册一一递到他的手上，又被一只只手伸上来主动取走。写完工分的人会拿着自己的工分手册看上很久,似乎在吃力地估算着一个什么,在辨识着真伪,好半天,脚才木木地动起来,离开会计老远了,工分手册还持在手里端详着,像总是不能肯定和踏实似的。

但很少有人问询会计,只是自己似乎装了满肚子疑问默默地回去。

因为劳动,又是蹲又是爬的,许多人都怕劳动手册装在身上弄坏了,弄坏了会计会很不高兴的,有些小心的人总是不忘把手册装在身上,就装得它像一小团抹布,小心着递到会计手上,要是适逢会计不悦,就会被扔掉的,像一只死麻雀那样被扔在远处,默默地捡起来,默默地等着再一次递上的机会。有时候再递上去,会计不说什么,也就写了,有时候会落到最后才递上去,那望着会计的眼神真是不可形容。这倒在其次,怕的是磨损太甚,将一些记录在案的工分磨损去,这损失就大了,于是许多人劳动时就不带手册,收工后回家来再拿,再挤时间去寻会计给他们记上。

我那时候常代母亲去写工分。

说实话,也不觉得会计有多么严厉和难缠。会计站着或蹲下来给我写工分时,我会由不得自己一下子感激起来,恨不得立刻为他做点什么才好,给他点什么才好,有时母亲果然会带一点东西让我给会计的,譬如一只烧洋芋什么的,我也极乐意带。我发现会计站着写总是有些不得手,不如蹲下来,蹲着时,他就把工分本摊开在大腿面上,然后写。那些突然间显现在纸上的数字叫人喜爱极了,就是土豆纷纷从地里跳出来,也比不得字写在工分册上叫人高兴。会计写工分时要比我们老师往黑板上写字神气许多。而且我太喜欢他的钢笔了。是一支比他的大拇指还粗的黑钢笔,拿在他的手里也让人觉得沉甸甸的。他拧开笔帽，顺手将笔帽别在上衣口袋里，看起来好像是一支完整的笔。别针顶端是一粒扁豆大的圆珠，闪着青光，我从它里面隐隐能看到我的脸，像一个古怪的记忆似的。有时他开始写了，但是糟糕，笔落在纸上写不出字，没墨水了。我真是着急坏了，害怕事情因此有变故被拖延，真是愿意把自己的血当墨水给他，母亲在家里眼巴巴等着的。这好像也难不住会计，他把笔尖在双唇间抿一抿，果然就能写出字了，字迹虽说有些浅淡，但还是很叫人高兴的啊。有时去写工分，会计正和几个人说话，把工分册接过去，久久不写，把笔帽脱下来别在上衣袋里，作势要写了，但又悬着笔尖与人说话了，对这我是极有耐心的，我知道最终会计是要写给我的。

由于劳动太忙，家里事多，有人隔好几天了才拿去记工分，这时候就出了问题，两方面都有些弄不清楚了，你究竟劳动了几天呢？谁知道你劳动了几天呢？说不清天数我给你咋记工分呢？这是会计一方面的意思。

许多人都骂会计真是个黑心人啊，我劳动了几天几天，他给我硬是记了几天几天，把几天几天没给我记，嘴在人家身上长着，笔在人家手里攥着，你有啥办法呢？村民们大多不识字，看自己的工分少没少记主要的法子是数天数，一天占一行，一行一行数下来，自己的心里就有个大概齐了。

据说村里谁的工分都可能少记下，但古拜妈的工分少记不了，这个女人不管刮风下雨，队里的劳动，从不一次脱空，譬如她夜里要生孩子了，白天还在劳动，怀着个大肚子拔粮食，肚子在前面挺着，使她的双臂无形中短起来，连麦苗都不易够到了，果然晚上她就按捺不住，稀里哗啦生下一个哭得天摇地动的娃娃来。她一共生了10个娃娃，6个儿子，4个女儿，要是劳动的场面上突然不见她了，不用问，一定是有一个娃娃叫她给生下来了。

因此对那些抱怨说少记了工分的人，会计也有着一招棋来将她们（实际上多是一些女人），说她们有本事就不要磨洋工，就不要在家里缓那几天例假期，有本事学学古拜妈呀，她就是不出工我都给她划工分呢。

真的，对古拜妈，不服不行。

还有着这样一件事，几十年来大家一直当笑话说着。

说一天，妥书记想和自己的婆姨开开玩笑，看了看她的工分册，一下子就大惊失色了，说你个肉头，叫会计把你骗了，你看给你少记了几天工分。正洗锅的婆姨立即神情严峻了过来看，妥书记叫她数字行，数来数去，果然是不够，果然是两天的工分没记。

围裙都没有解下来，妥支书的婆姨就一阵风似的来到会计的家里，将一路汹涌着的骂辞兜头向正在吃饭的会计泼去。

村里的女人，只要得理又得势，口才一般都不在话下的，如果再有点怒火在心里推波助澜，那攻击力、杀伤力实在是不可小觑的。会计的家里原本还安静着，片刻间就像唱开了一台大戏。

会计的女人要对骂，频频看男人的脸，得不到允许的信息，就忍着，把洗剩的一只碗在泔水里翻来覆去弄出声音来。

会计只是笑眯眯地吃饭，然后乘一个间隙插话进去，让女人且慢叫嚣，拿劳动手册给他看看。这才发现只顾着生气发火，劳动手册竟没拿。很快就拿回来了，数点着字行让会计看。会计说你光顾了数行子，咋没看看工分数呢？

痕迹　117

这时候妥支书也笑嘻嘻地来到了会计家里。

原来工分并没有少记,只是会计把3天的工分合记作了一行。

说会计少记工分,有相当一部分也正是出于这种情况。会计说,你劳动了,我给你不记工分,没有的事。

但不知为什么,数惯了字行的人对会计的这种合并法缩略法总还是有些不大相信。

时光如水,沉沙浮泥,生产队早就没有了,会计也早已不再当会计。他多年来在街上摆个布摊,早出晚归,不计冬夏,但光阴也总是难有个起色,他骑着一辆破自行车来去,气筒总是带着,常常看见他撅着尖尖的屁股,在途中给自行车打气。他也六十多岁的人了,他的老母亲年过八十,像一只老风匣在炕上喘个不休,大家都笑话说,他们弟兄几个商量了,每人每月给老人五元钱。

现在会计的儿子在村里当队长,很老实的一个人,像是腌菜吃多了,说话总显得硬邦邦的,他还比不上他的父亲,只字不识,有个什么事,需要调查登记,他就把他上小学的儿子带在身边,让他给帮忙记着,"今儿是个星期天,是个机会,我就把娃娃领着来记一记",到每一家,他都要先这样说一说,一边有些得意和怜惜地看着帮自己记录的儿子。

乡村电影

浙江作家艾伟写了一篇小说《乡村电影》,即使不看小说,只看这个名字,也会觉到一种亲切感。所有60年代出生于农村的人,都会对乡村电影有一种特殊的情结吧。

现在有一桩什么乐事才能和那时候看一场电影相比呢？想来想去，没有。

一年也就只能看一场电影吧。

那时候公社有放映队，在全公社的每一个村子里巡回放映。到我们村里来放映的有两个人，至今记得清清楚楚，一个大家叫他小马，矮个，圆脸；一个被大家呼为杨师，的确是一个大高个，显得魁梧和洋气，他的头发蜷曲着，硬硬的，好像怎么梳也梳不开来。他不怎么说话，总是在嘴角噙一支烟眯着眼做事。听说他是县委书记的儿子。我们还是喜欢小马，一团和气。他的脸圆墩墩的，像《闪闪的红星》里面的冬子。而且我们村子放映，也多是他来。

村里要是突然地有了节日气氛时，就说明电影来了。

小马他们来就住在三外爷家，三外爷是队长，是一个有风度，口才又极好的人，而且豪爽仗义。常常把自己碗里的鸡蛋捡到小马碗里去，小马端了碗躲闪着，蛋还是落到他的碗里，溅起饭汤来。三外爷不知说了什么话，常常乐得小马吃不成饭，只是仰了头大笑。

记得三外爷家里有一台放唱机，小马会带一些唱片来，让三外爷听。我们听着那歌声，看着唱片的转动，觉得这声音和转动的唱片之间没有多少关系的。

电影在麦场上放映，直到夜影下来才能放映。但整个一天村里都热闹着。连过冬的树木也显得有些异样，好像春天不期然间来了似的。麦场上很早就有孩子在玩耍了。临近黄昏的时候，挂银幕的杆子竖了起来，喇叭也骄傲的公鸡一样高踞在杆头上了。发动机被一根长线连着，在很远的一个背处。只要发动机响起来，就说明电影快开演了。我们常常会跟过去看发动机被启动。这好像也是极有意思的。发动机一响起来，就会散发出一种柴油味，对我们来说，这味道真是再好闻不过了。大概是把它和电影联系起来了的原因吧。

夏忙的缘故，好像都是冬天放电影。

夜渐渐暗下来时，人们就在银幕前坐好了，一个个把自己打扮得窝窝头似的。不仅本村人，邻村也来了不少，握一握手，很快把手又放回袖筒里去，寒暄着，真是一种特别的稀有的气氛，好像大家都怀揣着什么喜事，好像不停地端着一盘盘热馒头从严寒里走过。

电影一旦开始，人群就会很快悄然下来，只是一些不得已的咳嗽声罢了，一律引长着脖子，眼巴巴地看到银幕上去，连眨眼也一时少了许多。

那时候只要邻近的村子有电影，大家都会成群结队去看的。我的更多的电影似乎还是在邻村看的。有时也会跑出很远，譬如《傲雷·一兰》，我们就是在二十多里以外的上蓼儿沟看的。记得到下蓼儿沟看电影时，有一个叫马月英的女人在放映前总是要讲一通，她是大队支书，但她讲的什么一个字也没有记住。有时跑十几里地，看到的不过是一个动画片，《三打白骨精》啊什么的，但还是乐此不疲，孩子去，大人也去，孩子跟着大人去。看完电影返回来的时候，大家在夜影下边走边谈，在我们听来，大人们那些谈话都很奥深似的。夜幕里走得很快，脚步声很响，星星像被清凉的风吹着那样闪烁不已。我们却是有些瞌睡了，牵着大人的衣襟，高一脚低一脚地走着，像完全是走在梦里。

想一想那星光下走动的人群，像不断滑落的流星那样，有一些人已经永远地不在了。我想起我的启蒙教师田凤贵，他个头高，走路一步一步，很是稳当，模样颇似戴八角帽的毛泽东，在人群里，他是最能说的一个，好像在给大家讲述着刚刚看过的影片，在他的讲述里，在众人的咳嗽里，在踩醒露水的脚步声里，远处沉睡的山际一点点被走过去了。但是我这次回家，才得知他已归真，黄土下已睡满四十天了。

到邻村看电影，要是有亲戚，就会被留下住一夜，第二天再返回来。水塘清有我的两个姑姑，因此到水溏清看电影时，我和叔叔就会住下来。一次叔叔顺手拿了姑姑家的什么，姑姑的公公来我家讨要了，爷爷和父亲竟然把叔叔吊在房梁上抽了一顿。当然姑姑家的人来我们村里看电影时，也会留宿我家。一次村里演的是《长空雄鹰》，放映完毕，姑姑带了她的小姑和两个小叔来我家留宿，搞得叔叔没处睡，大发了一通脾气，但姑姑的小姑，那个那天夜里因睡在我家而难为情的女子，后来却成了叔叔的女人，光阴荏苒，他们已有五个孩子了，马上就是要做爷爷奶奶的人了。

现在看一场电影自是不成什么问题，但是不想看，即使看，也看不出什么欢乐了。而且也并不仅仅是去看电影。

我一直还记着放映员小马，直到如今想起他来还觉得可亲可喜，似乎他身上贮存着我的一种欢乐似的，打听过，说是早被精简回家了，做了一个野餐露宿，逐花而居的养蜂人。而那个身材魁伟、有些淡然的杨师，现在是地区运输公司的总经理。

奇怪的午后

一日午后，阳光强烈，晒得人白日要做出梦来。我和邻家的娃娃盘盘在院里玩耍，忽然透过栅栏，看到了羊的性事。

都忘了玩耍,看着,直看到结束,两个羊分立在两个墙根里,平静了,互相间不认识了似的。

但是我们却不平静了,心里像无端地植入了一个什么,再玩就有些三心二意。

这时盘盘建议我们去找哑巴的女子。因为他看得清清楚楚,哑巴两口子都去走亲戚了。骑着自行车,哑巴穿着新衣裳,手里有一个围巾包,出远门的样子。他们的儿子坐在前面的横梁上,那么,如此一来,他们的家里不就只有他们的女儿一个人了吗?

哑巴的女儿十岁左右,跟了哑巴,实际长得比年龄要高大些。头发总是乱蓬蓬的,嘴唇很厚,像要把她的牙藏起来似的。常常看到她背了一背斗草,在巷子里走着或是靠了墙歇缓着。

我们就去哑巴家了。我们谁都没说去找哑巴的女子干什么,相互也不问,也不商量,好像这是个忌讳,只可意会,不可说破似的。心里那莫名的念头使我们仓皇又鬼祟,好在没碰到一个人。村子像是被毒日头晒得空掉了荒掉了。快到哑巴家的时候,盘盘突然立住脚对我说,去了谁也不能跑,我说不跑,同时觉得一个什么事情就要发生了。兴奋得有些不安起来。谁跑谁就是谁儿子,盘盘说。

到哑巴的门上,门却从里面闩着。那门很小,比一个人大不了多少。由门缝里看入去,只能看到菜园子。一些白萝卜把大半个胖胖的身子长出泥土来了,像只要一声喊就会纷纷跳出来。一些大梨花被日头晒得花瓣萎靡,花色紫黑着。我们斜刺里看进去,看得眼睛生痛,像要裂开来似的,就这样还不能看到房角,只能看到一眼邻近着菜院的水窖。窖盖锁着,一把小锁子垂在一边,像在懒懒地休息着,从窖盖的缝隙里看下去,可见到窖深处黑得阴森森的。

就商量怎么办，似乎嘀嘀咕咕了很长时间，也拿不出个定主意来。我说，可能里头没人。盘盘指着里面的门闩暗示说肯定有，肯定在。那怎么办呢？人家的门朝里闩着不让进去。盘盘不住地往门缝里看着，他脸上的表情那么焦灼和奇特，像很痛苦很绝望似的。我说喊吧。话刚出口就觉得这提议是不可行的，我们来找哑巴的女子，怎么能让她来给我们开门呢？应该是神鬼不觉地进去。果然一提出就被盘盘否决了。日头晒得闹哄哄的，像有许多蚂蚁在身上跑。门干硬干硬的，似在着意地阻挡着我们。那天我们在门外就那样耗掉了太多的时间，像在一个无边无际的海面上浮漂了很久似的。

我已经觉得索然，提议回去，接着玩我们的，但这话说出来，立即连我自己也觉得是说失口了。这话一出来，我才发现原来我自己就很不甘心，期望着发生一个什么的。似乎这话出口来，的确是在证明着一轮进攻的结束，但却更加地带动起下一轮进攻的兴趣了。我怕盘盘被我说动，立即趴在门缝前，装作往里看了，心里咚咚地跳着。要是盘盘就此撤兵，同意回去，那我会是很沮丧的，觉得白白丧失了一个很诱人的什么，白白地错过了一次良机。

我似乎看到那些白胖的萝卜在呼吸着，一呼一胖，一吸一瘦，一呼一胖，一吸一瘦。那些大莉花似在暗暗振作精神，要重新盛开似的。

这时盘盘拍了我的肩膀一下。

他附在我的耳旁，把一句热腾腾痒酥酥的话说入我的耳朵，他说来来来，跟我上她家的房。

我们跑到她家的房后面去，说是房，其实是窑洞。窑后面有些地方没有泥住，有些地方泥住了又剥落了，墙缝里有着一些鸟毛干草一类，看来有鸟在里面做窝了。后墙根里密生着长长一绺芨芨草，密匝匝的，人完全可以藏没在里面。里面丢着死鸡烂鞋一类，看上去使人心里不舒服。我们找到一个适合上去的地方，分开芨芨草，芨芨草摇晃着，在阳光下发出干燥的声音来，一些近于透明的长羽纷纷遮挡在我们的脸上，眼睛上，痒酥酥的。盘盘示意我蹲在墙根儿里，他先踩了我的肩膀上去，然后又俯身拉我上去。我们在墙头上立着，周围白花花的阳光似乎要晃得我们掉下来。谁跑谁是谁儿子，盘盘回头说一下，就手攀脚蹬地攀上窑顶去，我在他屁股上推了几推。他上去后把我拉上去了。

我们在窑顶上蹲伏下来，怕被人看见。几个窑洞连在一处，我们蹲伏在两个窑之间的低凹处，喘着气，流着汗，这样子蹲了很久，似乎一下子不敢向前去了。总是在这样的时候要浪费掉许多时间。终于互相示意和鼓励着，一步一挪地向前去了。心紧张得要跳出来了，脚尖战栗着，像踩在了一条极为敏感的脉搏上。天上空荡荡的，日头像是眯细了眼睛在看我们。菜园里那些花呀萝卜的，看上去低矮局促了不少。一只蝴蝶像一小片特别的光那样在菜园里倦倦地飞着。

终于到前面了，看到院子里的晾绳上搭着几件衣服，还在一滴一滴地往下掉水，地上的许多小水坑儿已干了，有数的几个还被掉下去的水滴滋润着，落在小坑儿里的水滴很容易就变浅了颜色。

被前伸的窑檐遮着，即使探出身子去，也不易看到门窗。除非两手把住屋檐，头探下去看。这是很危险的，而且极易暴露。我们都不会这样看的。在窑顶上，我们又一次噤住了，不知如何作为才是。盘盘脸上的汗，把他的袖管湿了一大片。

这时忽然听到了窑内传出的说话声，像炉火的声音那样絮絮叨叨，听不清楚。

难道除了哑巴的女子，另还有人？

盘盘也听到说话声了，引颈侧耳听着，似乎要听得清楚，突然完全落算了那样摇摇头，用嘴向我示意了一个撤的意思。我们就猫着腰溜下窑顶，溜下院墙，跌坐在芨芨草里，被芨芨草遮得看不到外面，但还是很快起来，跑掉了，到后来盘盘突然一个急转弯，扔下我，跑回他自己的家去了，我愣了愣神，见阳光像大水泛滥那样到处都是，就不敢留步，觉到一种难言的古怪和困惑，一再觉得不敢留步，于是糊里糊涂跑回去了。

最初的爱情

记不得具体时日了，可能是学龄前吧，一天，舅太太家来了一个女人，带着一个小女孩。不知怎么的我们就玩到了一起。舅太爷家门前是那条把村子一分为二的坡形长巷，从那条长巷弯弯绕绕上去，就是梁顶。站在梁顶上可以望遍整个村子，还可以把那条通往县城的路望出很远。长巷的两边有许多骆驼草，狼毒花。狼毒花完全像是怒放出来的，带着一种妖冶而肆虐的神情。我们用棍子把狼毒花打下来，把花搓成花泥塞在鼻孔里或耳朵里。骆驼草下面有时有长虫，打草惊蛇，说得真是太对了，就用棍子先打一打，草软软的，震起一些土尘来。骆驼草会结指头蛋大的果子，然而总是揪下来就把它们扔掉。骆驼草上还有一种虫子，有时是绿色，有时是红色，小拇指大小，软体无足虫子，蛇那样蠕动行走，看在眼里觉得心里发腻,一棍子打下去,像打破了一个西红柿什么的,彩色的内汁会流溢开来。也会揪住它的尾巴,看它的头左左右右挣扎着,就是走不到前面去,松开手,它就缓缓爬入骆驼草里不见了,让人突然地有一些空落和怅然。那天玩的好像也只是这些。玩的孩子很多。但我只是深记下了那个小姑娘。也许是个客人的缘故,她不显得粗野和放肆。我那时所见的小姑娘很容易流下鼻涕来,她却干干净净的,连鼻子也不过分地吸一吸。她像个小大人那样玩耍着,慢条斯理的。她有一个小药瓶,半截儿装着湿土,半截儿装着细碎的石子儿。她把它拿出来摆在一个小塄坎上,后来又装入口袋里去了。不知道是谁把一个骆驼草上的虫子悄悄放在了她的头上,她就低下头,猛晃着,两手抱在头上,两根小辫子乱舞着。虫子到底摔下来了,还没有落稳就被踩死了。小姑娘晃着脑袋,摇落虫子的样子给我留下了很深的印象。虽然有那么多孩子,但我总觉得那天只有我们两个在玩。而且我好像并没有玩,好像我只是看着她玩,心事重重的。后来我家请她们母女来吃饭,她坐在炕边上吃,筷子伸过来擦菜,显得吃力,够不着似的,我看见她的刘海下许多的汗粒儿。这些都在我的记忆里,像一幅略带阴郁的水墨画。她们母女在村子里待了最多一周,后来就再也没有见过她,实际上连她是谁也不知道,但她却成了我记忆中第一个磨之不去的女子。

　　再就到学校了。紧临着村小学,有一户人家,家里有一个小姑娘,小脸圆胖,略显乌黑,不上学,学校院墙有一个豁口正在她家门前,她就常趴在那里向学校里望着。那时候学校里没有一个女生。有讨厌的孩子,会不让她在那里看。听到呵斥声时,她一下子就不见了,但一会儿又出现在那里,怯生生的,随时要跑的样子。

也有孩子会呼她下来上学，她也会一下子躲起来，而且这样的时候，她会躲得更久一些，有时竟真的就不见了。我是一个在女生面前总显胆怯的人，当然是不会呵斥她，但也从不招呼她下来。她好像因此倒留意了我，有时会对我笑一笑。她的笑是在犹豫中逐渐展开的，如果随着她的笑意，我不配合着笑一笑，她的笑是随时都会消失掉的。我总会笑一笑的。至于笑的什么，连自己也不能清楚。

那时候学校清理卫生，一应工具都是学生从家里往来拿，连洒教室地的水也是学生从自家的水缸里往来舀。那时候吃水很不易。轮到我值日时，我清楚地记得，那小姑娘端了一汤瓶水，从那豁口上给我递下来。虽说是一个豁口，但离地还是较高的，她要从上面把水递到我手里，还是有些危险的。但总是有惊无险。她把汤瓶尽可能地给我递下来，后面的辫子也落下来。辫子比她的手臂要长些。我当然是拼了命去接。有时汤瓶会在她手里不稳当，似乎她即刻就要拿不住了，水从歪斜的汤瓶里流下来，浇到我的身上，但也往往就在这个时候将汤瓶接在了手里。记不清细节了，是我向她要水了吗？我好像并没有要过。就我的性格推想，我也是要不出口的。那么她为什么端水给我，就是一个很耐人寻味并且寻而无果的问题了。

这个姑娘后来嫁到了本村，嫁给了我的一个当阿訇的堂舅，我这个堂舅虽则年纪不大，与我相仿，却是誉满一方的阿訇了。我有一次去他家，见到我那个舅母，戴着盖头忙碌着，一脸的庄重与安静，她一定早忘记豁口那里的事情了。真是要为她庆幸，嫁了那样一个丈夫，可得身心的稳重与安静，要是跟了我会怎么样呢？我不禁自嘲地摇头了。

还有一个姑娘有时会在我的念头里突然地一闪，像一个带蜜归来的蜂子在我的眼前重重地掠过那样。

其实她的面目,我连一丝印象也没有了。有时突然想起,会有个形象在那里,并不很远,但试图看清时,却雾一样,一丝丝化得没有了。

是一个黄昏,在一块洋芋地里,洋芋正开花,地里弥漫着一股呛人的香气,还有一些小昆虫在夕照里飞来飞去,似乎在这个时候,作为它们,更主要的是一种声音。

我和那个姑娘在洋芋地里给羊铲草。她年长我一些,隐约记得有些胖。也许是黄昏缓缓地来临了的缘故,也许和浓烈的香气与缥缈的虫声有关,那天我突然很想做一点什么。一切都是懵懵懂懂的,一切又都有着暗示、催促和诱惑。淡蓝色的洋芋花在残照里,在将临的黄昏里灼灼地盛开着,像是要如火如荼地欢喜一场才罢休,像是不要求人这么安静着、含蓄着,而是要人热烈起来,狂放起来,那也正是洋芋叶子正肥盛的时候,蹲下身子铲草,很容易将人遮掩的。良好的隐蔽性会使人获得安全感和行动感。我一次次蹲下身子,检验着隐蔽的程度。我们一定说过什么话吧。我都说了些什么呢?但我的记忆是,好像那天我们并没有说什么。只是被一种浓烈又特殊的气氛支配并压抑着。她好像始终沉默着,而且总是在远处,和我保持着一段无法缩短的距离,也总是给我一个背影,似乎在躲着我什么,似乎已经知道了我的用心,但又不完全走开去,好像乐于和我一同承受、经历并在忍耐中等待着一个什么。我想她要是和我有同样的心思,该是多么好啊。我们只要蹲下来不出声,外面什么也看不见的。我想把我铲的这些草都给她。我想让她坐下来歇缓着,由我一个人铲草。只要她出个声音,开个口,什么要求我都会答应的。她胖胖的像一只煨在热灰中的烧洋芋。我动了无数的心思，打了许多算盘，但好像蜜蜂在蜜里被滞留住了那样，没有一个心思和盘算终而化为现实。夕照完全没有了，远处落着大片阳光的地方显得冰凉和寂寥起来，夜影不知从哪里出来，雾一样将洋芋地缓缓地轻罩了，那无数的洋芋花像一一沉浸在一种迷蒙的水汽中，像要一一化成薄雾悄悄散去。我不记得那天走出洋芋地的情景了，好像夜幕落下来，把我们和那些花朵虫鸣以及在夜幕里愈显浓烈的香气，一律轻松地遮掩在那块洋芋地里了。从洋芋地向西上一个小坡，是村里的坟院。多年来我总是有一个古怪的感觉，觉得那个在黄昏的洋芋地里动心思的孩子并不完全是我，他只是投在我心里的一个灵动而又慌乱的记忆。而且他好像不合时宜地揭开了一个什么，触犯了一个什么，因此和那些花香虫鸣一道，和那个受他牵累的姑娘一道，被轻轻落下来的夜幕永远地遮没消融在了那块洋芋地里。

忽然一天，清晨，那女子的家里热闹起来，许多人都叽叽喳喳地围拢在那里。原来她家的院子里挖出了古物，一些手镯、铜像什么的。许多古物上面爬满了绿锈。那姑娘用一领红围巾包着头脸，只露出鼻尖和眼睛，旁若无人地蹲在院子里切洋芋，一只公鸡领着几只母鸡挑肥拣瘦地啄着她切碎的洋芋。

不久他们举家搬到百十里外的同心韦州去了。听说他们原来就是那地方人，不过是又搬回原处而已。

听父亲说，他们后来又来过一次，把他们老人的坟迁走了，再就没有来过。

当然是再也没有见过那姑娘。

痕迹

他们搬家的时候，我们都跑去看，几辆啦啦车停在那里，掌车辕的马或骡子鼻翼上戴着红花，雄赳赳地打着响鼻，此外也就没有更多地记下什么。

最后要说的是我的表妹祖格。

祖格小我五岁，在我们的邻村水塘清，是大姑姑的长女。小时候，我们常到姑姑家去，一大帮娃娃住在一个做伙房的深窑里，夜里大家都兴奋地睡不着，就说古今。按规定是一人说一个，但祖格总是不说，到她那里，就像车轮子突然卡住不动那样，要静上半天，无论大家怎么抗议，怂恿，祖格都不出声，好像她突然之间在夜黑里消失了似的。只好跳过她去让下一个说。但别人说时，她又吃吃地笑，好像每一句话都可以令她失笑似的，而且听得出，她是在拼命地压抑着，她的所有的笑都是突破她的压抑笑出来的。

记不清自己多大了，是十一二岁吧，一次，不知什么原因，她跟着我来我家。在连接着两个村子的那条黄土小路上，我领着祖格走着。天气非常好，两边的糜地里，风声浑厚又清澈地响着。塄坎上扎着吓唬麻雀的稻草人，风吹着他僵直的胳膊一动一动。一眼就能看到头的小路，走起来却是很长的，渐渐地都走得有些腿发软。

忽然祖格说她要尿。

就蹲下来尿。我背过脸去，看着一边沉甸甸的糜穗马鬃似的一拂一拂，像沉重的果实使它们在喘气似的。

尿完了。我看到一小点尿。心里突然一动。表妹一边有些别扭地提着裤子，一边不很着意地望着另一边。我突然有些躁动，心异常地跳起来，脸也突然间发烫着了。我就上去手忙脚乱地帮表妹系裤子。她的裤带是一根布条。我看到衣襟下面，她的瘦瘦的肚子轻轻地一起一伏,使她的肚脐眼在这起伏里有着些微的变化。我给祖格系裤带时她撩起衣襟低头看着。然后我就领着她继续走,心里实在乱糟糟的。我把她的手扔开来自己走着。一会儿又领上。祖格不以为意,好像怎么着都行。后来在一个塄坎上,我问祖格累不,她点头。于是我俩就坐下来缓着。我顺手拔下糜子来,编成一个帽子,戴在头上。糜穗儿就在我眼前沉甸甸地荡来荡去。风把头上的草帽吹得空空地响着,使人感觉一种遥远和荒凉。祖格歆羡地看着我的帽子。我看见她的眼睛被掠过的清风吹得眯着,嘴唇也干干的,使她的嘴小起来。她的脸原本就不大,像清澈的大气把她的脸又稀释掉了一些似的。我让她坐得离我远些。就着手给她编了一个。扔给她让戴上。戴了,却从头上直掼到脖子里去,糜穗摇荡,糜叶摆动,倒使她因此格外显得好看起来。祖格也似乎感到自己被隆重地打扮了一下,羞怯又满足地笑着。她的牙齿似乎还都没有长得坚固。再一次走起来的时候,我让祖格在前面跑,我也跑,风吹得草帽响着,好像把人的一些东西吹掠到很远处去了。表妹边跑边笑,那小女孩才有的笑被清风吹送得这里一片那里一片,一大群麻雀情势危急地从头顶上飞掠过去,我们边跑边看,脚下失控,都倒在地上了。起来起来。你先起来,我说。但表妹伸出小手让我拉她一把。我没有拉。我起身自己又跑起来,跑出很远,回头见表妹还坐在原地,很不高兴的样子。

  第二天给一个比我大几岁的孩子说这事,他手里握着弹弓,蹲在塄坎上射糜地里的麻雀,不断地拉满弓噗噗地虚射着。听完我的话,他带着一种古怪的表情,嘲弄地看着我说,你是一个瓜松。

  我们这里说媳妇习惯于亲套亲,亲上亲,等我上高中的时候,家里就给我张罗媳妇了，爷爷的主张是把祖格许配给我。

大姑姑也很中意我。那时候祖格已出落成一个大姑娘，身材高挑，比我高出半个头，而且文静贤淑，脸上总有着一丝忧郁似的。我不置可否，父亲说，娃娃还在念书，话让在着，再等几年吧。

后来我就考上了一所大学，虽是很不知名的一个师范学校，但在方圆还是引起了轰动。我开始不很同意这门亲事了。

于是到后来，我和表妹就各自有了自己的妻子和丈夫。大姑姑是一个好强人，对这事一直耿耿于怀。你不是干部吗？你不是因为这个才不找我的女儿吗？我也找一个干部叫你看看。完全是为了赌气争强，凭着大姑姑的出手阔绰，凭着表妹本身的条件，果然很容易就找了一个干部。

去年夏天，我骑摩托车回家，在公路上看到一个身材高挑的年轻女人在前面走着，禁不住多看了两眼，于是就看出那正是表妹祖格。她去了大姑家，正要回家去呢。

我于是就用摩托车送她回去。

表妹坐在后面，明显地觉到她与我保持着一点距离。

但我真切地觉到我们的心理都是复杂的。都有些激动和感慨，都有些深情和迷茫。我希望她的手臂伸过来搂在我的腰里，紧紧地，唯此一次。

一路上我们都没有说什么。

大日头快要落下去了，柏油路像水一样流向前方，我把车开得很快，一会儿就到了表妹的村子，果然如我所料，表妹也没有强邀我到她家里去。

返回去时，车行得缓慢，我一路慢悠悠地想着一些什么。

汉民干妈

干妈叫翟文玲，汉族，现在已经七十多岁了。几十年前在我们村小学任教。我们村子那时候还有个学校，如今没有了。如今村里的孩子都是跑到邻村去上学，一部分家境好一些的就去县城上学了。村里有个姓丁的宗教人士，是县政协委员，多次以提案形式呼吁给我们村设个学校，但直到今天也无动静。我们村子，两头的近邻，一头叫水塘清，有个学校；一头是县城，自然有学校的，大概正是这一原因，使得我们村子里倒没了学校。也没有医疗点，买点阿司匹林四环素也只得到县城去。一个没有医疗点的村子，一个没有学校的村子，但大家的日子也照旧过着。

接着说干妈。

干妈那时候教的是我父亲他们，学生统共有十来个。干妈家在县城东门口，离村子不是很远，但干妈还是住在学校里，一周才回去一次。教室就是那间小房子，后来我们也在里面读过书。一些桌子像害过麻疹似的，上面刻满了字，有些字看得出就是我父亲他们那辈人刻的。刻得最多的是毛主席万岁和天安门。旁边是一眼小窑洞，干妈就住在里面。空寂的校院，孤孤的窑洞，村里没有任何一个女人敢单独睡在这里的。干妈好像是有些清高，很少走出学校，去村里串门。村里的女人们也不大来串她的门，男人们就更不来的。其实放学不久，干妈就把校门锁上了。父亲他们有时候会从校门里悄悄地望进去，见窑洞的门是虚掩着的，偶尔开着，门帘也搭起着，虚虚的显得安静，然而却看不见干妈。校院里有一棵杏树，一些枝杆枯死了，春来花开的时候，只局部开出一些花来。麻雀就落在那些枯枝上，望着一边的杏花叽叽叫。一根粗粗的枯枝下，吊着一只旧的犁铧，尖儿已生出锈来。上学放学的时候，都得敲它。它沉闷地响着，沉闷中也有着一种锐音，在这地穴似的沉闷里回旋着。夜影落下的时候，着了夜影的犁铧会重起来。忽然地一看，就见干妈窑洞的小窗上，已亮着了。那小窗子暖暖地安静着，似要移到远处去。有时候就觉得那窗子真是远了一些。不久窗子也就暗下去了。窑洞在夜蓝里孤清着，院子里也一派清寂，像很容易生出寒意来。

但有时候父亲他们也会去干妈的窑洞里坐坐，譬如抬一桶水去倒在干妈的水缸里，譬如捡拾了一些树枝让干妈去生炉子，这样的时候，干妈总是会留父亲他们在窑洞内坐一会儿。而且和课堂上相比较，干妈这时会显出一些不同，她的威严少了，显出温和来，脸似乎比上课时胖了一些，甚至是有些腼腆和失措。这大概和她把头发松开有关。原本她的头发在后面束紧着的，到窑洞里却松开来，把两耳也遮着了。而且她脱去外衣，露出下面的袄袄来。这个袄袄看来是很旧了。袄袄上有时还要系一个围裙。这些都使干妈和课堂上的她相比，像是换了一个人。除了讲课，干妈的话不算多的。把父亲他们留下来后，她就好像在考虑着和自己的学生说什么。她手忙脚乱地要寻找什么给父亲他们玩，但窑洞里似乎没有可以供孩子们玩耍的东西。她就抱歉地笑一笑，让父亲他们玩，她自己开始备课，或者批改作业。这时候，她的围裙已解下来，挂在墙上了。她就着灯光写写画画的，把容易滑下来的头发用左手撩在耳后，而且手就闲闲地留驻在那里，长时间也不拿开。这样她的脸就被胳膊及其所成的阴影遮掩着，不容易被看到。她似乎不满意灯头的大小，一会儿就要拧开来调一调，有时候把灯头调得那么小，显得局促，灯几乎要灭了，她就忙用针把陷下去的灯头挑上来。看样子她是不愿意灯头太大的。实话说，灯也只是勉强地亮着，就使窑洞里的阴影部分很显庞大，像在地窖里似的。有时灯火会自己忽闪起来，而且叭叭叭干响，其中有什么在炸裂着，这是煤油不纯的缘故。这时候她就看着那闪烁的灯头，等它像个梦中惊哭的婴儿那样渐渐稳定下来，就又开始自己的工作。

父亲他们虽然不知怎么玩才好，但他们是很乐意在干妈这里多待一会儿的。他们像老鼠一样叽叽哝哝的，突然弄出一个什么声音来，使他们觉得这声音超出了限度，于是不安地看向干妈，但干妈放在耳郭后面的手一动不动，像没听到一样，有时她也表示听到了，就侧过头给他们笑笑，鼓励他们继续玩下去。在灯影里，干妈的侧脸给父亲他们留下了难以磨灭的印象。

为解决村里千百号人的吃水问题，村里备了两辆驴车，天天去县城拉水。驴车的车槽里装有一只大铁桶，其大小正好可以嵌入车槽里。星期六下午，放学后，干妈就会乘着最后一趟拉水的车回县城去。干妈有些胖，上车就显出一点困难来，有时身边的一个女人就会顺势帮干妈一下，这就使干妈上车后，脸一直红着。驴总是急躁着要走，拉水的人在驴前拦着，让干妈在前面上车，后面上车车辕容易挑起来。由于慌乱，干妈有时会做出要在后面上车的样子。无论拉水的人怎么劝，干妈也不会骑在水桶上。她总是在水桶上坐着，干妈的个头也不高，坐在水桶上后，脚是踩不到车拦上的，这使她显出一些危险来。你骑上嘛，骑上稳当。拉水的人说。但干妈红着脸示意他赶紧走。父亲他们会一直看着驴车拐上公路去，那时

痕迹 135

候公路两边还有高大的杨树的,父亲他们一直看着他们的老师危险地坐在高高的水桶上,在林荫道里愈走愈远,直到看不见。父亲说,有时觉得只一片树叶就将驴车和驴车上的干妈遮得不见了。

对于干妈的教书,父亲的评价是扎实。干妈常常会让他们一个字写三页。虽然满满的三页纸只写着同一个字,但一个也不能马虎的,不能缺胳膊少腿,不能写得斜躺顺卧。要是被干妈的红笔点出一个不满意的来,那么就得再写三页。这是语文。算术干妈最有兴趣的是口算,叫起一个学生来,先让他从1数到100,再从100倒过来数到1,这样倒着数是不容易的,只有父亲和黑义杰才可以勉强完成。接下来干妈就会增加难度,问8+5等于几,很快又会问5+8等于几,这就搞得学生有些纳闷,干妈于是又回到起点,问8+5等于几,刚才学生还答得上来的,这番却答不上来了。干妈就会让那个学生站着听课,不能坐下,不能摇摆着身子,有时候一直要站到放学。干妈在课堂上是很严格的,父亲他们都有些怕她。

但对于父亲和黑老太爷(我后面将会写到他)的二儿子黑义杰,干妈却是赞赏有加的,由衷的喜爱是藏也藏不住的。她经常勉励他们好好学,以便有更好的老师能教他们,她说她那点知识就是全部学到手也没多少的。

这一点知遇之恩,父亲记了一辈子,他常常会以一种特别的口气说起干妈来,好像干妈是一个怎么说也说不尽的人,好像干妈多么了不得,世上的知识分子,也好像只有干妈一个人似的。

然而父亲在干妈跟前,只上了半年学,就因爷爷的劳改而辍学了。

对于父亲的辍学,干妈也是无法可想,只是常常在黑义杰跟前打听父亲的情况。黑义杰来对父亲说,翟老师又问你呢。这话是容易让父亲哭鼻子的。但父亲辍学后就不再到学校里去了。有时在公路上远远地看见坐在水桶上的干妈,也急忙忙将目光收回来。

但后来父亲还是去找干妈了。

父亲收到了爷爷从劳改队寄来的信,就拿了去找干妈,请她帮着给爷爷回封信。原本想着干妈不会答应的,毕竟是往劳改队上写信嘛,没想到却很爽快地答应了。而且和父亲要了地址,她礼拜天代父亲在县城寄出。信封邮票当然都是需花钱的,但干妈不要。那时候她还只是父亲的老师,还不是我的干妈。见回信细腻又周详,爷爷回信的时候,字也就显得多起来,而且对代笔人表示了很大的谢意。爷爷并不知道代笔者是谁。爷爷和父亲平均一月就能互相通信一次,如此一年下来,干妈就得代父亲写至少十二封信。实际上干妈还没有写满一年。一天,父亲去写信,干妈把信写好,装入信封,贴了邮票,却不让父亲走。她的桌上有着几册识字课本和一本字典,还有一支半新的钢笔。干妈对父亲说,并不是她不想代写信了,而是她突然想到这正好是一个逼父亲学文化的机会,你一天学三个字,一个月就是九十个字,半年就能学近六百个字,六百个字就可以写一封简单的信了。这就是干妈的意思。她把桌上的东西都送给了父亲。父亲就这样开始了自己学文化,自己学着写信。爷爷一共劳改了十年,等爷爷从劳改队回来时,父亲的信已经写得很好了。后来乡上招民办教师,父亲斗胆去考,语文得了98分,作文满分,与这多年的写信自是不无关系。父亲非常后悔的是,干妈赠他的字典和钢笔,他朝朝夕夕用了那么多年,后来却由于马虎,弄得不见了,现在想起来真是后悔得很。父亲说那字典干妈自己常常就备在手头的，闲下来就翻一翻，一种不由自主的习惯似的。父亲他们那时候都觉得那大概是世界上最有用最神秘的书了。用牛皮纸方方正正地包着。给父亲后，过了许多天，父亲才在书脊上看到干妈的名字，写得那么工整，那么小，像连这工整的字也是一种污染，看来干妈自己对它也是很珍惜的啊。

父亲说他现在真是想不通自己怎么会丢了那字典和钢笔。他并没有丢，但是却没有了。

我生下来后，哭闹得厉害。我们这里有个乡俗，孩子哭闹不已时，就给他寻个干大干妈，算是改水流渠。不知什么来由，找干大干妈时，回族时兴找汉族，汉族也时兴找回族。父亲自然一下子就想到了他的老师，于是去请。干妈很少在村里串门子的，然而却欣然地来了。把一个银锁儿系在我的被子里，把一条红头绳拴在我的脖子里，另外还给了我五角钱。干妈当时的工资是一月八块钱。就这样她成了我的干妈。我也有了一个异族亲人。她好像很惦记我，一改不串门的习惯，不时就会带些腼腆笑嘻嘻地出现在我家门口。

第二年，她就调到别的村里去教书了。行前她又来了我家一趟，按照回族的方式，拿了一包红糖，一包白糖，用麻纸包着，中间贴着一长条红纸。又放了五角钱给我。她把五角钱亲自放到我手里，然后把我拿钱的手用力握了握，就红着脸走了。

父亲母亲都能详尽地说这些，好像这所有一切都发生在昨天。

但我却是一点子印象也没有了。

加入石舒清作品读者交流群
读名篇精品，感悟真情世界
入群指南详见本书 尾页

奶奶家的故事

奶奶

记得归有光写过一篇《祭母文》，末一句是：呜呼，世竟有无母之人，发语痛切，叫人难忘。

那么没有奶奶的人会怎么样呢？

我生下来时爷爷在劳改队，奶奶已故去整7年了。爷爷虽不在身边，以后终有可见之时，奶奶却永远地见不着了。奶奶活了一世，无论娘家婆家，竟是连一张照片也未能留下。只有听见过的人说奶奶像谁像谁。有的说像我大姑，也是那样一个心直口快的人，也是大姑那样的模样；有的说像奶奶的一个妹妹。但是人们总是乐于给亡人一些美化的，譬如说奶奶虽然像大姑，但大姑是个长脸，奶奶的脸相对要圆一些；虽说像她的一个妹妹，但是没她的妹妹那么黑，相对要白一点的。我就想，奶奶在世上活了39年，竟是连一张照片也没有留下。

如果说人是种种感情的构成，那么一个人终生没见过他的奶奶，没被他的奶奶疼过，教养过，是否对他的性格以至一生都有影响？看过这样的说法，说往大海里投一粒石子，那么大海将因此转为另一个大海。如果人是一个海，那么他的奶奶就远非一粒石子可比。我有时会琢磨这些事情。几十年来，我从许多人口里听到过对奶奶的描述，我发现描述的力量是不可小觑的，种种的描述汇合起来，可以将一个亡人复活。反正听得多了，我就觉得奶奶我是见过的，奶奶也把我疼过的，一种气息离我那么近，那么熟悉，那么亲切，我觉得那不是任何一个亲人的气息，就是奶奶的气息。我发现一些必然的亲情，纵然缺失，人也会在想象中把它给补上。

我有时觉得，没见过面的奶奶在冥冥中真切地关注着我的。

就像奶奶的一生没留下一张照片一样，奶奶的一生也没有过上几天好日子。奶奶的娘家就在本村，柳姓，很穷的。说是奶奶的父亲，常年穿着一双无后跟的鞋，一条无腰的裤子。无腰的裤子怎么穿呢？他就穿着一条无腰的裤子。娘家穷了女儿贱，因此奶奶就很受我家的小看。那时候除了我太太，我的祖太太也还在的，两个老人规矩颇多，家法甚严，尤其对奶奶。那娘家人也不给奶奶争气。奶奶不是有个像她的妹妹吗？那时候还是个毛头女子，冬天了也没有鞋穿，几乎每天早上，她都背着迪迪儿（奶奶的二弟）来我家，在伙房门口立定着，也不敢进来，眼巴巴地看着奶奶烙馍馍。一双开满了裂口的脚冻得撮到了一起，不时将一只脚冻得撮到另一只脚上去。迪迪儿在她的被子里一点点滑下去，快要掉下去了，她才用用力，两手在后面将他向上托托，身子颠一颠，将流着鼻涕的迪迪儿重新颠上来。祖太太和太太拐着小脚，频频地在伙房里出进着，神情严峻，像是给着奶奶一些威慑和警告。奶奶窘迫至极，不停地使着眼色，给着妹妹种种暗示，但妹妹像看不到似的，粘在门口就是不走。后来奶奶终于想出了一个法子，在大馍馍下烙一个小馍馍，这样一眼看去，总还是只有一个大馍馍。奶奶相机行事，有时不待小馍馍烙好，就寻个间隙，手疾眼快地将烫烫的馍馍塞入妹妹腋下去，赤着脚的妹妹驮着流鼻涕的迪迪儿，一阵风似的就不见了。但是一天祖太太却不动声色地掀开大馍馍，隐在下面的小馍馍就证据似的显露出来。家里为此动了一场大干戈。爷爷竟用楦鞋的木楦头把奶奶砸得昏死过去。太太只有爷爷这么一个儿子，见奶奶无声无息地躺在地上，就唤着爷爷的名字让爷爷不要怕，自己从窖里打上水来，一桶桶泼向奶奶，奶奶就活了过来。我们真是不能相信爷爷竟有如此作为。然而听说爷爷打起奶奶来真是很毒辣的。受不了爷爷的打，奶奶会跑回娘家去。娘家很近，跑上一面小坡就到了。但是娘家人却不敢收留奶奶，劝她回去，这时候爷爷却赶到了，在奶奶的一只脚脖子上握了，当着奶奶娘家人的面将奶奶拖回家去。爷爷晚年连一只老鼠也不忍弄死，真是想不到他竟会这么做。但这些事让爷爷的晚年也是够受的。后来奶奶不再跑回娘家去了，一旦爷爷动手，她会不吭声不挣扎让爷爷打，好像那一刻她不是一个人，而只是一袋粮食或一个无感觉的枕头。等爷爷打完，她就起来，开始从容而又细致地收拾自己，把身上的土尘拍打干净，把衣服上的褶皱一一抚平展，把脸慢条斯理地洗干净，对着镜子往脸上涂雪花膏，把已不成样子的首帕解开来，一圈儿一圈儿裹缠停当，然后打开木箱，把一些头上的饰花拿出来，那是结婚时用的，又依样一一别在头上。接着在镜子里旁若无人地把自己端详老半天，好像是自己把自己也看不够似的。有时候奶奶还会对着镜子里的自己古怪地笑一笑。然后就上炕去，将枕头摆正，拉开被子，睡下来，奶奶会这样一动不动地睡上一整天，甚至更长时间，到了该做饭的时候，也不见她起来，到了该填炕的时候，她还是一动不动。奶奶的这一招是很厉害的，使老于世情的祖太太和太太都一时有些束手无策,只好由她们两个老人家颤巍巍地忙这个忙那个了。

听好几个人津津乐道过奶奶的这一点。想着对住镜子,往自己刚刚受过拳脚的脸上涂雪花膏的奶奶,我百感交集。我当然恨不起祖太太、太太还有爷爷来,他们一一有着他们的苦楚,但我却感慨于我的奶奶,觉得她身上真是有些不简单的东西。

母亲说到一件事。

说小姑姑生下后,祖太太和太太都已经年岁很大了,抱不动孩子了。于是奶奶就背着不足三个月的小姑姑去参加生产队的劳动。拔麦子的时候,奶奶征得队长的同意,用一个个麦捆围成一个圆圈,将小姑姑圈在里面,拔一阵麦子就来看一下,拔一阵就来看一下。为了能来看顾小姑姑,又免于掉队,奶奶常常拼了命似的拔到前面去,看到余出一大截了,就跑过来将小姑姑看一看,用围巾遮着奶头将小姑姑奶一奶。

爷爷被抓去劳改不久,奶奶就生下小叔叔来。小叔叔是个夜哭郎,一到夜里就被谁惊吓着一样哭起来。奶奶整夜整夜将小叔抱着。那时候小姑姑可以带小叔了,奶奶就去参加劳动挣工分。奶奶一边劳动,一边打瞌睡。大家都说真是把这个女人服了,能一边劳动,一边睡觉,两不误。奶奶喜欢背粪。背粪可以不动手,而且一背斗粪背着,要走老远才可以倒下。这样奶奶可以一边走一边得以睡觉。

奶奶的无常连她自己也没有料到。她已经参加了一天的劳动回来,小叔看到奶奶,哭闹着要从小姑姑的怀里挣脱出来。小叔要吃奶。奶奶一边洗手,一边叮工夫亲着小叔。这时候灶洞里的火很旺,锅里的水也发出响声来,锅盖上也冒着水汽了。奶奶准备一边做饭一边见缝插针地给小叔喂奶。但是她突然就像被谁推了一下那样栽倒去，祖太太费尽了力气扶起奶奶的一瞬，其实奶奶已经气走了。

那时候没吃到奶的小叔大哭着，受了惊吓的小姑也大哭起来。

奶奶无常时才39岁。

都说奶奶是累死的，说奶奶要是给小叔喂了奶再上路，她的遗憾和牵挂，会少一些的吧。

大太太

大太太就是奶奶的妈妈，我们叫她大太太。于是就会还有个二太太的，是大太太的妯娌，后面我会写到她的。

和她的女儿不一样，大太太一直熬到近九十岁才辞世而去，我考上大学的时候，大太太还活在世上。一看大太太，就觉得这世界是很古老了。

大太太年轻时个头一定很高。她老了以后看上去还很高的。而且身板瘦直，行走不需拄杖的。我总是疑心没人买一根拐杖给大太太。大太太的脸像一只放久了的梨，在无尽的岁月里缓缓塌陷过似的，给人一种枯索感。有不少老人斑在她的脸上，像是要连缀起来，将她的脸用老人斑遮没掉。有些老人斑很像萎落很久的一小片蝶翅。但大太太的牙也还有一些的。她两边的大牙没有了，中间的牙却还在，这就使大太太的两腮深进去，使她的嘴也有些向前突出。她的嘴总是不停地嚅动着，像总有一小块馍馍在她嘴里。她吃东西时，食物就弄到前面来让还没有掉落的牙咀嚼，这样咀嚼的时候，她的样子是有些古怪的，让人觉得有些害怕，好像她不是在吃东西，而是在念咒语。她走起路来轻得如一根秸秆，一点声音也没有，落在地上的身影也很稀淡了，但身子骨的硬朗也还是看得来的。常常有人夸她这么大岁数了，还有几个牙在，牙没有掉光不说，身子骨也这么硬朗。她的耳朵也还可以的。人夸奖的时候，她就露出欣慰的样子，说真主不收，就这样子活着吧，可是呢，眼睛不行了，做针线是不行了，在日头下面走，刚开始还可以，走一阵子就黑洞洞的，不知道往哪里去了。大太太的眼睛是不行了，像两只烂在水里的小鱼。

大舅爷上新疆了，落户在新疆的奇台县，三年五载也回不来一次；二舅爷，也就是被姐姐背着看我奶奶烙馍馍的那个孩子，后来搬去同心住了。大太太就在小儿子跟前住着。这个小儿子，我们叫他三舅爷，有一个儿子，患有小儿麻痹，从我们记事起，他就像一只青蛙趴在大太太被子里。他就是在大太太的被子里长大的，两条有麻痹症的腿，生机也还有的，就从大太太的被子里渐渐地长下来，软软地荡来荡去，一点力气也使不上的样子。大太太家在坡上面，我们家在坡下面。五六月的时候，歇晌的羊群就休息在这长坡一侧的墙影里，这样的时候，大太太总是从家里出来，在门前的斜坡上坐着，遮住眼晒日头。这时候她的孙子就拖着两条残腿爬来爬去，用羊粪蛋儿将一个个在骄阳里跑着的蚂蚁摁住，然后松开来看它们还跑不跑。那些在墙影里的羊似乎还是热得受不了，肚子起伏得厉害。一种羊臊味混合在阳光里，使人有一种快意的迷乱和昏沉。有时大太太会向孙子喝一声，因为他惊动得羊不能休息。但孙子却把羊粪蛋一粒粒投向她了，大多投不中的。她也不躲闪，即使打在身上也不当回事。

爷爷要是买点新菜回来，总会让母亲揪点面片啥的，特意把大太太叫来，吃一顿，也算是改善一下大太太的生活。这样的事是常有的，十天半月总会有一次。爷爷亏待了奶奶，也许以此在奶奶的妈妈身上表达着一些愧意吧。大太太每叫必来。但是却把她背上的"包袱"卸去了。她来我家吃饭的时候，从不带着她那个有病的孙子同来。我记得她先是把面片一一吃完。母亲的面片做得很好，似乎不劳大太太咀嚼的。爷爷在一边不停地劝她揿菜，说这是新菜，刚下来的。大太太就伸出筷头去揿一根两根，很稀罕的。似乎菜只有这样一根两根吃才会吃出滋味来。把碗里的面片吃净，大太太神情像是因此从容了许多，于是开始慢慢地喝汤，一口一口慢慢地呷着，像这汤中有无尽的滋味似的。这时候她就会劝母亲给我们兄妹俩吃好，要吃到时节，要常常烧几个洋芋给娃娃准备下，因为娃娃的肚子和大人的肚子不一样，娃娃的肚子里有火哩，而且感慨地说，娃们正是长身体的时节，要吃好呢。也就是这样一些近于没用的话，大太太却总是不忘记对母亲说，因此话虽显平常，却让我记了下来，而且像一缕缕沉香一样，使人渐渐地咀嚼出一些绵绵无尽却又言说不清的滋味来。

  我的记忆里，大太太好像是没有哭过，也没有病过，也没有吃过药，打过针。她老得那么硬朗，像是已经超越了任何一种疾病，然后，当她真的觉得无力，再也起不了床的时候，她的归真期也就到了。她不是病痛折磨死的，她是那种力竭而归的人。

  我还记得大太太辞世时的情景，是一个秋日黄昏，夜蓝如雾，许多孩子在巷子里追逐着秋蝉，这时候大太太家的正房里，窗户被灯光映亮着。屋子里静静的，院子里也静静的，似乎大家在静静地等着一缸水缓缓地自己满上来。不时传来孩子们捕捉秋蝉的声音，时远时近，像对这里的安静不会有任何干扰。突然窗上的灯光忽闪了一下，接着就听到了一些哭声，像从骤裂的缸里流出水来。大太太就这样清清静静地归真了。

记忆是无序的，有时候觉得关于大太太的一些片段，倒像是发生在她老人家归真之后。

有一年大太太远在新疆的孙女儿回来了。那时孤陋寡闻，因此在我看来，那是世上很洋气的女子了。想不到大太太竟有如此出众的孙女儿。就觉得，人还是远走高飞的好啊，远走高飞一番，再落下来时，即使落于原处，也会显得不同。母亲请她来我家吃饭。她轻轻呷饭的声音让我觉得比音乐都好听。她当时十七八岁的样子。我送了几本书给她看。她拿走了。但是母亲说她并没有上过几年学的。小叔比我更喜欢她。我俩心照不宣地到大太太家去，大太太正在和面。大太太那么老了还在和面，让人觉得某种异样。她的孙女儿坐在炕边上，将双手压在臀下面想什么心思。不时偏头看一看窗外。小叔似乎很害羞，装了样子拉风匣。这时候大太太的眼睛好像被什么障住了，她用揉面的手擦眼睛，眼液清晰地擦到手上，又用这手去揉面。这时候我就看到那女子重重皱了一下眉头，真是好看之极，接着宣布说，今天的饭她不吃，她饱着呢，让大太太一会儿少下一些。大太太揉着面说，你总是饱着呢饱着呢，不吃饭咋得行嘛。

这事给我留下了很深的印象，我说不清是大太太往手上擦眼泪还是她的蹙眉头让我记住了这情景，总之这两样都让我难忘，直到如今，想起来也还历历在目。

大太太的三儿媳个头也是很高，肩膀也宽，像一峰不疾不忙的骆驼。但她脸上总像是带着一些不愉快,话也很少,像她那样一张平板的面孔,嘴也不易张开来似的。

倒也没有听说她与大太太之间有什么龃龉。

但是却记得一次她在拔麦子,麦子很高,很容易将人隐住。我们两家的麦地紧挨着。

正午时分,日头火一般照着,麦头子焦躁得像要炸裂开来。这时候远远地看到大太太背着小儿麻痹症的孙子,手里还端着一个饭盆。

看来她是来给儿媳送饭了。

到地头,她四处张望着,不能肯定儿媳在哪里。望了一会儿,她就喊起来,老三媳妇,老三媳妇,她这样喊着。滚烫的正午,这年迈的声音像被生生掰开的干土块,能冒出烟来。

我们听得清清楚楚,远处的人也听到了,站起来看一下,像是受不了日照似的,又蹲下去。

但是任大太太那样喊着,她家那密密实实的麦地里,一点子回音也没有。

让人一时觉得,这世界像一个巨大的死海,被头顶的烈日无休止地暴晒着。

二太太

奶奶的父亲有一个弟弟,我们叫他二太爷。二太爷我见过的,穿得很讲究。上衣口袋里露出一条表链子,一头系在纽扣上。他有时扯扯那链子,就钓鱼一样从他的口袋里钓出一块怀表来。他还戴着石头镜。在日头下面,他的石头镜会显出浓重的颜色来,这时候要看老半天，才能看到他的眼睛在深红的镜片后面动着，一眨一眨，似两缕暗火。他貌相古奇，下巴上有银须一缕，些微的风也可以拂得它动。有一天二太爷家里乱糟糟的，像蜂子在分窝。原来二太太去世了。我要写的二太太不是这个二太太。过了大概一月左右，一头驴驮着一个老人来到了二太爷家。她像一把新扎出的笤帚一样精干而又清爽，这就是二太爷娶的新伴儿。二太爷是个任性施为的老人，儿女们都同意他找个新伴儿的，但求他稍缓时日，以免笑话。他是不管这些的，反正儿女们也拿他没有办法。只要是儿女，他的拐杖抡起来，哪个都可以打的。

我要说的二太太就是这个新娶来的二太太。

娶她时的情景至今也还记得，好像日头升起不高她就被娶来了。她高坐在一头被打扮得妖娆的驴背上，随着驴有节奏地走，她一下一下微微地晃着。穿得很干净很麻利，给人一种浑然无迹的感觉。虽然两边有铜镫的，她的脚却不在铜镫里。她斜坐在驴上，像如此坐着会利于她的观望。两只小脚孵出不久的黑鸡娃似的，次第在驴身的一侧。觉得那铜镫虽不为她所用，却并不显得多余，一种略显繁复和华丽的点缀似的。一个人在前面牵着驴，后面也还有几个人默默地随跟着，完全是走亲戚的样子，但气氛总还是有些异样，有着一些时隐时现的喜气。他们一行经过的时候，像约好了似的，一些墙后面会露出一些头来看。有些男人女人直接立在自家的门口望着。脸上的神情是他们日常所没有的。最容易闹腾起来的还是娃娃们，些许的一点喜气和氛围就把他们激动起来了，总是驴前驴后地游戏着，好像他们的游戏是独立的，与这桩事无关。然而看到驴队走远了时，他们又会装作追蜂逐蝶的样子追上来。有时几个娃娃追逐着，嬉笑着会迎着驴跑下来，使驴几乎要受惊了，牵驴的人立刻把住驴脸一侧的笼头，使驴站定着，有些着恼和威胁地看着娃娃们从驴身边跑过去。新媳妇，新媳妇。跑过驴子的一瞬，娃们终于不失时机地这样喊出来了。

这大概是世上最老的新媳妇了吧。她高坐在驴上，在日照下好像是有些瞌睡。

我们也会去看二太爷。二太爷家在一个高台子上，可以居高望远。门外有一棵颇显沧桑的老榆树，很大的冠盖，几只麻雀在里面煞有介事地闹着。树下是一把老木椅，可坐可躺，二太爷就坐在那椅子上，银须飘拂，神情郑重地望着高台下面的巷子里。石头镜片反光的原因，不容易看到二太爷的眼睛。一边立着他的枣红色虎头拐杖，显得沉着又威猛。二太爷手里端着盖碗茶，不时会呷一口，但听得出来茶水已经没有了。他把这没有茶水的盖碗不时递到嘴边呷一口，眼睛还是望着下面的。

新女婿新女婿，眼睛花，耳朵背，挂着拐棍儿打瞌睡。

也有这样喊向二太爷的，见二太爷转头寻拐杖时，我们就跑散了。

两个老人就这么着生活到了一起。

二太爷的几个儿子也大都生出胡须了，他在儿子们跟前是极威严的，他们也真的有些怕他。原本的计划是，让两个老人到几个儿子家吃派饭的，这家一月，那家一月，轮换着来。但二太爷不同意，他让儿子们把粮啊肉啊的拿来，他们老两口自己做着吃。听说二太爷规定得很死，一周须给他们老两口送几斤肉，由谁送，都是明明白白清清楚楚的。送不来可不得了，送不来天都能塌下来。没有不依数送来的，送迟了都不成。有时候二太爷对买来的肉不满意，还会掼出门外去，给来送肉的儿子或儿媳一个下不了台。这时候二太太就拐了小脚出去，把那肉再拾回来。这样的一个掼一个拾，就使二太爷的后人觉得，给他找了这么一个伴儿还真是有必要的，不然他掼出去，在他们真是无办法的。而且令他们放心的是，这个老女人把二太爷侍候得很好，话也少，几乎是像个哑巴。他们暗中也比较了一下，自己的母亲在世的时候，二太爷的脾气似乎要大，要大得多，而且是非也多。如今这个老人的替代使二太爷温驯了许多，除了将肉掼一掼外，另外也并无别的什么，而且掼出去的肉也不会让他们为难。老实讲，也许是受了二太爷的影响，他们自己的母亲有时候也这样掼给他们看的。并且，是非明显是少了许多。他们的老人他们是熟悉的，有时看见二太爷的眉毛挑一挑，他们就紧张起来，知道是要挨训了，这时候二太太就会有意无意地咳嗽一声，或者有意无意把什么弄出一声轻响，于是二太爷挑起来的眉毛又恢复为原状，把自己的怨愤化入几声故意的咳嗽里。这些，他们也是能体察到的。当然，不能说自己的母亲怎样怎样，自己的母亲再掼这扔那再不给面子也还是自己的母亲，但这个二太太，也实在让他们觉得不错的。觉得即使挑剔，也挑剔不出她多少毛病的。有时候看到她对二太爷的影响简直远远大过了自己的母亲，想母亲给二太爷生了一大堆儿女，辛辛苦苦伴他过了那么多年，却不如这么一个初来乍到的老女人，他们心里是有些难过和不忿的。但他们打起来就好吗？他们打起来就是对亡故的母亲最好的安慰吗？比较来比较去，就还是觉着他们这样子的好。他们如此难侍候的一个老人，就算是交给她了，算是把一桩棘手的事交给她了，给他们省了多少心啊。

有那么多儿子尽心地供养着,他们的生活之好是不用说的。但不知为什么,二太爷又弄了几袋子葵花在屋里出售。也许是觉得日子寂寞吧。于是二太太家就成了一个让我们惦记的地方,有几分钱也跑到她家里去买葵花。他俩住的屋子小小的,然而总是香喷喷的,总是静足着。这与两个老人的做礼拜有关,点香有关。到她家去时,香炉里总有几根香的。香烟袅袅,似在叙说着一种安宁与静足,似乎任何声音也不得惊扰了这吐露不尽的轻渺的香烟。这屋子里干净得令人不敢大声呼吸。屋内显得简洁,无一样多余物,却给人一种盈实感、余裕感,墙上贴满了香袋儿,有的做成圆形,有的扇形。我的许多小说里都有屋墙上贴香袋的文字,实际上都来自这间小屋给我的记忆。她家的铺盖、碗碟、水缸,等等,无一不给人一种静足感,像生活在这里已无可补充似的。有时我们会要求喝水。那缸虽然用结实的木盖压着,却让人觉得其中必有水的。缸稍上的墙面上有一个木钉,木钉上挂着静得要发出声音的木勺儿。她不让我们动她的木勺。她自己舀了让我们喝。推过木盖,果然一缸清水像孕妇那样静谧着满足着。她舀水的声音使我们想打嗝。我们会拿出五分钱来买她的葵花。葵花袋在案板下的帘后面。她个头不高,不需太弯了腰的。用罐头瓶盖儿舀了葵花,小心着倒入我们的口袋里去。二太爷戴了石头镜,在一张小木桌后坐着看经。经卷摊开在小桌上,那些神秘华丽的阿拉伯文像清水里嬉戏的蝌蚪那样映照在他的脸上。虽只有五分钱,但可能是两个三个孩子去买葵花,她就把出钱的孩子先打发掉,然后捏出一小撮来给另外的孩子,等他们把手完全展开,她才把攥着的手舒开来。她的手有些浮肿,泛

奶奶家的故事

着青光，像馒头。有时我们去了，两个老人正在做礼拜。二太爷已经立不起来了，只好坐着礼。二太太在他身边立起来跪下去，轻轻地，一点声音都没有。这时候我们就在门侧悄悄地立着等，在缭绕的清香和弥漫的静足里控制着我们的呼吸。

二太爷归真时有遗言，遗言据说是责令儿子们一如既往地孝顺二太太，不然他在土里头也不会放过儿子们的。

对二太太，他们也还不错的。

二太爷的次子就是柳阿訇，学高德重，载誉一方，说二太太一人太过孤单，就接去他家住了。

但过了不足半年，二太太就趁着一次受凉感冒，辞世而去。为了让街坊四邻看在眼里，二太爷的儿子们近于大张旗鼓地送葬了她。

但比较于这个近于铺张的葬礼，大家夸得更多的还是二太太，夸她的死。

柳秉堂

柳秉堂是二舅太爷的一个孙子。粗粗算一下，二舅太爷的孙子孙女大概有七八十个之多。

柳秉堂个头矮壮，方面大耳，有些官样。

我第一次记得刘秉堂，是他当兵的时候。应该是20世纪70年代的事吧。那时候当兵是很光荣的，而且还热闹，不像现在这样冷清。现在当兵好像只是一家一户的事，有时当兵的孩子已经走了，村里其他人还不知道。那时候你想不知道也不行的。

记得一伙人敲锣打鼓进村来，一路被村人簇拥着往柳秉堂家去了。柳秉堂家的院子里就挤满了人，二舅太爷、柳秉堂及柳秉堂的父母都被挂了红戴了花。锣鼓敲得院子里盛不下。把人们的脸都敲得乱麻麻的看不清楚。锣鼓声像个有形的东西不断地塞入两耳里去，使人的耳心里胀膨膨的，震颤着，有生痛感。许多天过去了，锣鼓声还依稀耳边。我们这样一个回族村庄，一贯清汤寡水，极少锣鼓声的。村里有锣鼓声，在我的记忆里只有那一次。记忆因此就格外深牢。二舅太爷举着一只中心发红的喇叭讲了几句话。另外一个穿军装的人也对着喇叭讲话。他讲话的声音从喇叭里出来，使我奇怪地觉得这声音与他那动着的嘴是不相关的。他那动着的嘴好像是没有声音。我那时只撑着看柳秉堂。柳秉堂穿了军装，身上的红和胸前的花使他的脸有些看不大清。我真是把他羡慕坏了。我看了看他脚上的鞋。一只鞋带被谁踩开了，拖长在一边，带尖儿已沾着土了。不容易越过红花看到他的脸，但他吊在两边的手却可以看得到的。他的手指胖乎乎的，像在出汗，而且梦中似的一动一动。如今还能想起这些来，但是在喧天的锣鼓声里，镜头不能稳定，呼啦一下，那天的情景就转成一片挤挤挨挨的油菜，中间晕晕乎乎地开出一些花来。

我们都觉得自此柳秉堂不再是和我们一样的人了。

有一年柳秉堂回来探亲，他已显得威武又洋气，完全不像村里人了。他要借机会去邻村看看不久前出嫁的姐姐。骑自行车去。许多村里人站在那里看他骑自行车。他不会骑的，一下子就倒了。他就让车子躺着拍打身上的土。大家善意地笑着，向他讲着一些骑车的法子。于是跑出一个人帮他把车子扶起来，又跑出几个人去教他骑车子。他们把定车子，让他骑上去，然后他们扶持着让车子前行，就这样一直扶出很远去。那时候村里人都情不自禁地呵护着柳秉堂，好像他是村里少有的一个人物，是全村人的骄傲。

后来柳秉堂就复员回来了。军装也不再穿。很快又是结婚。看来和村里人已没什么两样。但是大家还是觉得他那种训练有素的走是特别的。无聊时，大家在村口或麦场上簇拥成一群，让柳秉堂在前面走，他们跟在后面学他的走步。然而却不易学得像的。后来柳秉堂似乎厌倦了，不愿再教，大家也不愿再学了似的。

毕竟柳秉堂是当过兵的。后来就比较容易地成了行政村的村长。论柳秉堂的长相，当村长都是屈才之任。但虽说只当了个村长，却使柳秉堂的官样儿显了出来。他去乡上开会时，可一套一套说出许多来。他甚至到福建开过会。一个村长，跨区越省地去开会实在是不易有的，也许全县只选了他这么一个村长，一定觉得他长相口才都不辱使命，才千里挑一，委以重任的。

不久柳秉堂就有摩托骑了。那时候村里还没人骑摩托。后来他又换过多个摩托，当然都是越换越好。看得出他和乡上县上关系都很好的，常有工作人员到他家里来。他也是很大方的，宰了羊招待他们。有时候上面来的人会亲戚一样在他们家住好多天。从他家出来的人说，都在打麻将，每个人脚跟前都是一堆钱，一会儿这个脚跟前多一些，一会儿那个脚跟前多一些，哈欠连连地打着，觉却是不睡的。还有女的。有一个女的，喜欢骂脏话，嘴角有一根烟，她骂脏话时，烟不需拿下来，她就那样咬着烟骂了，烟只是翘一翘，她的脏话已经骂完了。柳秉堂的女人和孩子在另一间房里待着。不时会听到柳秉堂的吆喝声，让女人添一些水来，让女人拿一些茶来，让女人端一些馒头来。有时被呼来的是柳秉堂的一个儿子或者女儿，从柳秉堂手里接过钱来，去买花生米或烟，也要给女人们买口香糖。薄荷的薄荷的。那女人把嘴角的烟又翘一翘，这样追着说。

我们这里是个穷地方，常常有种种救济物划拨下来，有时是衣物，有时是化肥，有时是苜蓿籽，有时就是钱。于是得了音信的乡亲们就去找柳秉堂。柳秉堂的院子里一时就吵得厉害。听来听去，也似乎只是柳秉堂一个人在吵着而已。你日能了去告吧，日能了去告吧。听到柳秉堂这样喊着说，去的人就碰得一鼻子灰似的，嘟嘟囔囔地从柳秉堂家里出来。

在县城上中学时，常常在街上能看到柳秉堂。他骑在一辆硕大的摩托上，手伸到前面去把着车柄，距离着屁股很远，像是首尾不能相顾似的。他的屁股突出着，看来真是很肥硕的，稳稳地坐在摩托上，永远不会掉下来那样。有时会碰到他好几次，上午下午都能碰到。他还是原样骑在摩托上，摩托缓缓地行驶着，连辐条也可以看得清楚，他则是左顾右盼着，好像无须在乎方向似的，好像他那车不同一般，会自控方向的。我有些纳闷，想不清他这样近于无聊地来去着，究竟是在看什么，他一个村长，难道一点正经事也没有吗？难道当了村长就只是这样稳稳地坐在摩托上，让摩托驮着游来逛去吗？

有时看见我，他就缓缓地点着富态的头，向我笑一笑，我也就给他笑一笑，看着他缓缓地驶过去，想着不久他还要老样子驶过来的，我就走得快些，以免碰到他，再给他笑。

许多次下了晚自习，在灯光夜影里，我看见他坐在县城中心花园的栏杆上，和几个人抽着烟说笑什么，眼睛猎人一样看着来去的女人和女学生，旁边就停着他的大摩托，忠心耿耿的样子。

奶奶家的故事　　155

终于听到他在县城的一家宾馆包了一间房，长期地住在那里，很少回家了。女人带着孩子去闹过几回。闹什么闹，他是不喜欢这样子的。听说他们嚷嚷着要离婚了。但离来离去的总还是在一起。他的女人有时候也很得意的。我父亲摆着一个布匹摊，她是常客，最习惯于问的话是，来啥新料子了吗？

有一桩事，让父亲很生气，是这样的，因要拓宽公路，一些路边的责任田被占了，我家也有的，公家自然有相应赔偿，让受损失的村民凭条去信用社领取赔偿款。父亲就去领。三百多块钱。但是营业员在电脑上看了看，便说父亲的贷款尚未还清，怎么可以领款呢？父亲从来不曾贷过款的。营业员就拿出父亲的身份证和签字来。身份证是父亲的，几年前被柳秉堂要走了，说是有化肥要给父亲，化肥自然是没见。身份证父亲也不大用得着的，就没去讨要，想不到却被抵押在了这里。签字一看就不是自己的。回村一说，一片哗然，原来有好几个人的身份证已几年不在身边了，都被柳秉堂拿去了，众口一词，说是柳秉堂答应要给他们化肥。

去问柳秉堂，柳秉堂说，不是那个事，你们不要动，我去给你们问，忽而又一脸诧异，说，身份证我当时就退给你们了吧。

这么着几个月就又忽悠忽悠地过去了。

这期间父亲算了一个账，贷款是二百多元，都好几年了，年年有利息的，加上年年的利息，是多少？怕是要比自己想领的三百多元还要多。再一个，不管有多少张嘴，自己的身份证在人家信用社里也总是一个事实。

要是人家抢白一句，你的身份证，怎么跑到我这里来了？这样一问，怎么回答人家。

说不是我给你们，我是给了柳秉堂……唉算了算了，越说越复杂了，那个占地费就不领了吧，只要那笔贷款不追着来要就行了……柳秉堂这个不是人的东西啊，这样狠狠地骂一句，也好像是必要的。

过了一段时间，乡上要选举，听说柳秉堂也是候选人之一。

这一消息使大家吃惊而又振奋，立即相互串通，统一口径，说闭口藏舌吧，再不说那件事了，不要为咱们指甲盖大的一点事坏了人家的大事。

尕舅爷

尕舅爷是二舅太爷的长子，柳秉堂的父亲。尕即小的意思。譬如小娃娃，我们这里就会呼为尕娃，究其源，这应该是从临夏那里传来的一种说法。临夏人常常喜说尕，尕娃、尕小子、尕媳妇，要是嘴生得小而巧，也会称为尕嘴嘴儿。譬如他们把马仲英就呼为尕司令。给人一种感觉，这个司令年纪不大，麻利精干。

但把二舅太爷的长子呼为尕舅爷，戏谑的成分就多些。只能在后面偷着叫，当面不能这样喊的。当面喊就算是骂人了。尕舅爷个头很小，像一个袖珍人。二舅太爷生了五个儿子，其他四个都五大三粗的，只尕舅爷个头小得可以在口袋里装走。他是长子嘛，就让人觉得好像是拿他做了个试验品，就像我们搞复印的时候，第一张纸总是带些试验的意思，印出来一看，不行，就把它作废了，还可以，就依此印下去。挖洋芋时也有这个体会，挖出一棵芋树来，下面缀着好几个粗头胖脚的洋芋，叫人看着喜欢，然而在这些粗头胖脚之间，却偏有着那么一两个小到几乎可以被忽略的。大者何以大，小者何以小，都似乎神秘到有些不可说的。然而尕舅爷却娶了一个胖大的女人，似乎是命运对他的一种补偿，如此搭配的好处是，他们的儿女们高矮胖瘦都还可以，单从他们身上看，是想不到他们会有那样一个矮小的父亲的。因为我是个头矮小的人，老婆也不能算高，就常常因此怏怏，发现小个子男人心里，要个高个子女人做老婆的愿望，会一直有的。

笔头转过来说尕舅爷。

尕舅爷是个生意人，和我的父亲一样，他也一直经营布匹。他是很能吃苦的。他并不在县城弄一个布匹铺稳定下来（虽然这对他来说很容易的），姜太公钓鱼那样坐收渔利。不像我父亲和我叔叔他们，只往县城跑，尕舅爷他是往下跑，往各个乡跑，有时候还跑到很偏的村子里去。当然都是带着他从兰州西安等地调来的布匹，刚开始是骑着自行车，后来是摩托，后来又是手扶和四门六座。事实证明他是对的。你们不是都去县城吗？各个乡镇的市场就因此空白了下来，他就去填充这些空白。哪个乡有集他到哪个乡。老百姓嘛，有时候不一定有现钱的，没现钱不要紧，没现钱粮食有没有？鸡啊羊啊的有没有？在乡下，这些是比钱容易有的，于是尕舅爷就用他的布换乡亲们的粮食，大豆啊、小麦啊、扁豆啊，等等，什么都可以的，胡麻油也可以的。这样尕舅爷从卖布的又成了贩粮的，还换鸡羊、羊皮、牛皮、狗皮等，也换的，反正只要是有用的东西，人家拿来悄悄地问，没有现钱，这个可以换几尺布吗？尕舅爷都会换的。说来尕舅爷收到的现钱并不是很多，他基本上做的是以物易物的生意。生意奇怪的越做越大，需要人手，他就把几个儿子号召起来，连襟进去。生意最为红火的时候，甚至把当村长的柳秉堂也拉得入伙了。把几个女婿和外甥也叫来帮忙。家里一下子弄了好几辆车，三辆四门六座，一辆是最先买的手扶。每天日头上来不久，他家的车就次第响起来，然后几辆车的声音汇同一处，劲头十足，震得半个村子都动弹着。不久看见几辆满载着布匹的车从巷子里鱼贯而下，三辆四门六座在前面，司机们都戴着墨镜，志得意满的样子，末后是那辆手扶，由尕舅爷的外甥开着，尕舅爷的外甥，也戴着一副墨镜的。好像只要开车，无论什么车，就需有一副墨镜戴着的。手扶上是高耸而又结实的布匹垛。尕舅爷像一只生蛋的母鸡，高高地坐在布垛中间，一只手握紧着勒过布垛的绳子。尕舅爷好像没有戴过墨镜，而且虽然买了三辆四门六座了，他却总是坐在手扶上。

这样满载着的四辆车浩浩荡荡地出村子去，真是有一些气势的。等上了公路，四辆车就分道而行，分赴不同的乡镇。听说尕舅爷更乐意直接去一些村子。

为了方便车进车出，尕舅爷的街门挖了重做，做得很大。在门口用铁绳系了两条狗。两条狗野狗似的凶蛮，常常狗仗人势地撕咬着，扯动得铁链子哗啦哗啦响。

大家有时会猜测尕舅爷有多少钱，都觉得这是一个超乎自己猜测和想象的数字。想着他要是把他的钱给村里人手一份，那么一个人能得到多少。

但是没想到尕舅爷的家业垮起来那么快。尕舅爷经营了那么多年的一份家业，说垮一下子就垮掉了。这让我想起那些坍塌的大建筑来，越是大的建筑，一旦坍塌，就越是不可收拾。

尕舅爷的生意一夜之间好像就不能做了，先是来了一些外地人，带着几个法警，在尕舅爷家里盘桓了大半天，然后把他的几车布匹都拉走了，布匹都在车上，他们连车带布都弄走了。那天，如一个向来满满的涝坝忽然干涸了似的，我们村子里很有些异样。黄昏的时候，由一个个烟囱里溅出的火星令人觉得空虚和不安。夜好像比平日更早一些来到了村子，天上寥落着几颗虚淡的星星，像不愿有更多的星星来到村子的上空那样。

消息是容易打探到的，是容易散布出来的。大家很快就对尕舅爷的情况有了了解了，说什么家大业大呀，原来那些布，大都是赊人家的。都赊了人家好几年了，先赊的没还上，后面又连续赊，终于引起了人家怀疑和反感，告了官，这才有了那天连布带车弄走的一幕，但是远远还没有算完，还该着人家的账的。该着多少？大家就觉得这是一个超乎自己猜测和想象的数字。

听说尕舅爷在夜里把儿子女婿们招齐，大发脾气，茶杯摔碎在地上了，饭桌也一脚踹到地上去了，他用最难听的话骂他的儿子们和女婿们，给他们一一定了钱数，限了时日，到时若不依数拿来，他就上吊给他们看。他手里果然有一根绳子的，他抖着绳子让他们看，然后就把绳子装入怀里去。

别人且不说他，这一来可是把我父亲和我叔叔害苦了。生意人之间，在钱财上总是有些往还的。原来以为尕舅爷生意兴旺，家大业大，巴不得和尕舅爷合作的，结果到末了，叔叔有一万二在尕舅爷那里，父亲则有四千。

就赶紧抹下面皮去要。到门上要债的人很多。门上的两条狗更为穷凶极恶地咬着，像要把每一个到门口讨要的人撕成碎片也不能解恨。

叔叔为了讨来这一万二，专意从兰州请了一个布匹商，让他住在自己家里，和自己演一个双簧戏。叔叔几乎天天和那个兰州人在院子里吵得不可开交，几乎是要打起来了。我马上给你我马上给你，你再不要嚷！叔叔这样大声地说着，就让兰州人少安毋躁，接着自己就去尕舅爷家了。尕舅爷就住在小坡上面，和我们与叔叔家都是邻居。叔叔和兰州人的吵架，声音那么响，气势那么盛，不要说邻居，更远一些都可听到的。叔叔和兰州人嚷了几天才到尕舅爷家里去，这样可以显出叔叔的万不得已来。尕舅爷正坐在炕上摸自己的脚指头。窗帘儿拉着，屋里黑洞洞的，看不见他的脸。叔叔就给尕舅爷说一个色俩目，说舅舅，外甥今儿得罪你来了，你大概也听到了，要账的人从兰州下来，住在家里不走，吵得把房顶都要揭开了，不是当外甥的逼你，是人家逼我。叔叔的意思是一万二的话不说了，两千块钱算是外甥给舅舅的茶叶钱，算孝敬舅舅了，说着叔叔又对着坐在墙影里摸脚指头的尕舅爷道出一个色俩目，表示这两千块钱已可以不作为账债了，这个口唤（允诺同意之意）他给了。剩下的一万元钱，叔叔的意思是，做两次给，先给上七千，把远路上来讨账的打发走，只要把讨账的打发走，取个暂时的轻松，一切都好说，余剩的三千块钱，这一次就不要了，挪到下次吧，人的手头都有个紧的时节松的时节嘛。末后叔叔又一次声明说，要不是人来逼他，他也不这样子逼舅舅的。

叔叔说话的时候，尕舅爷一直摸着脚指头，头偏向一边，看着黑乎乎的窗帘，好像自己更愿意变为一块木头来听叔叔说这些。叔叔说完后，他又那样看了一会儿窗帘，就转过脸来，对住叔叔说，叔叔和兰州人嚷的那些，他都听到了，他的脸像火烧着一样啊，他

奶奶家的故事　　161

都想着一头碰死去,再不要听这些吵闹。但碰死咋办呢?账这么多咋能碰死呢?又不能指望儿子们还的。说到儿子们,他声音哽咽了一下。他说情是情,财是财,一万二就是一万二,不能算作一万,他还是会按一万二还给叔叔的,他让叔叔先回去,先安顿好兰州人,让他不要嚷,他马上就想办法,七千也给不上的,先给上五千吧。叔叔同意。请尕舅爷和他同去说给兰州人听,会更具说服力的,如此兰州人也就不嚷嚷了。但尕舅爷不去。尕舅爷让叔叔相信他,腾出点时间来让他想办法。

叔叔就回来了。

但是没想到尕舅爷却背着一屁股债上新疆了。叔叔看到尕舅爷出了村子,在公路上走着,心下窃喜,以为尕舅爷是去张罗钱了,但没想到他是去新疆了。

叔叔真是偷鸡不成,反蚀一把米,双簧戏是叔叔一手策划导演的,兰州人在他家住了一个礼拜,要好吃好喝地供着呀,而且人家来去的车费也得叔叔掏腰包的。

听说尕舅爷在新疆打工。叔叔近乎诅咒地说,他七十几岁的人了,谁要他打工呀,他能打个啥工呀。虽然尕舅爷去新疆了,但讨债的人还是陆续到他门上来。两条叫得很凶的狗,也神鬼不觉地被人药死了,龇着牙瞪着眼睛,躺在大得有些虚妄的门上。

这期间尕舅爷的几个儿子,除却柳秉堂,都因债务干系,被公安局逮去拘留过。

叔叔还和尕舅爷的一个儿子打过一架,那人叫尕喜,跟了他母亲,胖大而结实,他把叔叔撂倒在自家的院子里,用手指着叔叔的鼻尖让叔叔认清他是谁,叔叔跑回家来拿刀子,要不是父亲夺得及时，劝得痛切，大祸就闯下了。

忽然一天，尕舅爷悄没声息地回来了。

他真是像一条影子回到了村子。

他呦了几只羊放着，这使他很容易早出晚归，很容易隐匿在山野僻背处避人耳目。有时会在一个僻背处看到他，像一只脱毛的乌鸦那样蹲着，一只手蒙在脸上想什么。

父亲喜欢掐着指头算账的，喜欢算我们有多少家底，就总是要算到那四千块钱。

还有你尕舅爷借的四千。父亲说。

我说那还能算数吗？

父亲生气地说，咋能不算，那是我一分一分挣的，又不是偷的抢的。

歇牛

这一篇写的是努努舅爷，是二舅太爷的老三。

我为什么要写努努舅爷，因为他生了十个儿子，末后又生了一个女儿。这样的生法是不多的。而且这十一个娃娃都活了下来，无一夭折，在我们这个地方，这也是不多见的。举个例子说，外奶奶生了十五个娃娃，是我所见的生娃娃最多的人，但却只活了十个，活了五个儿子，五个女儿，五个夭折了。按这个比例算，努努舅爷无疑是得了网开一面的照顾的。

但是这么多的娃娃可怎么活。母亲只生了我和妹妹两个，低标准时候也没东西吃。十一个嗷嗷待哺的嘴张着，在那样的时候，

奶奶家的故事

究竟拿什么来填充它们呢？而且还要娶媳妇的啊，一个萝卜一个坑儿，十个儿子就得十个媳妇，我们这里虽穷，却是很讲排场的，说色俩目呀端开口茶呀，等等，规矩多得很，哪一个规矩上都得花一大笔，瓜熟蒂落，还要娶，对为人父母者来说，娶一个儿媳回来，无疑等同于打了一次险情四伏的战役。少说，一个媳妇也得两万，十个媳妇就得二十万块。二十万块钱，不要说挣，想都不敢想的。村里人都说，那么多儿子，一个个儿媳妇娶齐备，努努成了个什么样子呢？牙掉光了吧，脸上掐也掐不出肉了吧，一把老骨头了吧。总之大家都觉得即使努努舅爷有几两油，也支不住十个儿媳来榨的。何况他看上去就没有几两油的。村里人把给儿子娶媳妇叫上慢坡，一个慢坡爬上去，当父母的一下子就老了，努努舅爷可是这样长长的十个慢坡啊，都猜着努努舅爷能爬几个慢坡。总会有几个慢坡他爬不动，丢下让儿子们自己爬的。大家都是这样的预测。但没想到努努舅爷把这十个慢坡都爬了下来，而且看样子，他的精神和体力也还可以的。

村里人从努努舅爷身上得启示不少，有为儿子的婚事发愁的，有埋怨声的，就会遭人抢白，说你看人家努努，人家十个儿子都没叫嚷，你叫嚷个啥嘛。看到努努舅爷的儿媳妇一个一个不耽搁地娶进门里，大家惊诧之余，也得启迪，车到山前必有路啊，没有翻不过去的火焰山啊。但惊诧也一直有的，他努努总不能白娶人家的女子吧，他那些娶媳妇的钱都是哪里来的呢？

但儿子太多的努努舅爷总还是有些与众不同，仅从走路的样子上也能见出一些分晓来。努努舅爷走路，好像是前有召唤，后有催逼，他总给人一种脚不点地的样子，总像是小跑着。虽然他的双脚走得那样忙乱，但身子总还是前倾着，像他的脚赶不上身体的需要似的。别人有了急事才像他那样走走，他却是一以贯之，一直那样走着的。换个人，一定受不了的。然而把一个人换成他，也一定和他一样的走法吧。他总是单独走着，极少与人并肩行走。大概一来他不能忍耐别人的慢慢腾腾，二来别人也撑不上他那个走的。他也很少停步与人闲话拉扯。他在路上遇到熟人，走的姿势一定保持着的，绝不会停下来的，只是侧了身子，边走边和人打招呼，呼啦一下子就过去了。人会觉得是一小股焦躁的风掠过自己去了。

他与人的招呼是极简单的，多时只是点点头，笑一笑而已。

我就想，他这样跑一般走着的人，晚上是如何休息的呢？休息的时候，是不是会觉得像坐了长途车那样，身子还在动，并且是有些眩晕？有一段时间他也做生意了，他做的当然是小本生意，自己做了许多小木凳运到城里去出售。他把那些小木凳装在一个尿素袋里，凹凹凸凸地背了就走，像急着把它们要扔入火里似的。

就这么着，他的十个儿媳妇都娶到手了，去年，他的一个女儿也出嫁了。

但我觉得他总是在忙碌着。真的，在他身上似乎更能体会得出"忙碌"这个词的含义。忙忙碌碌，忙忙碌碌，像个打场的碌子那样无法休歇下来。

我们这个村子呈坡形，他家在村子的最上端，前面就是那条贯通着村子，直伸向梁顶的村巷。我常常喜欢由这巷子里上去，立在梁顶端受风吹，看看整个村子。有时候也带了朋友从这里上去，就常常能碰到努努舅爷的。他总是在忙碌着，在门前与他的儿子给牛羊铡草啊；往操锹的手里猛唾一下，起劲地散着门口的一大堆粪

奶奶家的故事　　**165**

啊，把麦垛散开在麦场上啊，等等，总之是很难碰到他闲着的。

有时我会指指他，给朋友说说。

人和人是不一样的，他好像缺乏他父亲的那份福分和脾气。二舅太爷并没有他这么多的儿子的，但是统辖役使着儿子们，可以把自己的晚年安排得井井有条，游刃有余，他却不能这样的。不知他为什么不这样做，他这样做是很容易抓取个例子给儿子们看的。不知他这样要求过儿子们没有，不知他要求了，儿子们又会怎么办。反正他完全没有像他的父亲那样来度过他的晚年。树大分枝，儿子们成家不久就从老院里分出去了，把他和他的女人留在老院里。他的女人不像他那样总是急煎煎的，她当然也劳动，但她的劳动里面却似乎有着一种安静。她总是慢条斯理地做着一些女人才做的活计，她可以在一件活计上做很久。但他就不能。他的手里一会儿是这个农具，很快又会是另一样农具，这就使人有一种错觉，好像他家的活儿，大多是被他做了，女人只是力所能及地帮着他而已。按说那么多娃娃呼啦一声飞走了，那么多吃饭的嘴没有了，那么多要穿鞋的脚没有了，家里应该是清静了不少的，活计也不该再那样多的。但活计就是多得做不了。这时候他的女人是当奶奶的人了，奶奶就得看孙子啊，儿子这么多，孙子也就少不了的，还不能偏心，哪个儿子的孩子也是孙子，儿子们矜持着，不很来老院里吃饭了，孙子们却来的。孙子们来吃爷爷奶奶的饭，爷爷奶奶是没办法的，甚至是欢喜的啊。因此一顿饭总是要做到够孙子们吃。努努舅爷成了一个专职犁地的人。儿子们好强争胜，到外面去打工了，挣钱了，正是挣钱的好时节啊，总不能等着犁那几亩薄地错过好时机吧。于是都出去打工了，捎话带信让父亲给帮着犁犁，又说父亲要是顾不上犁就不犁了，叫荒着去。这是什么话？到了犁地的时节就得犁地，咋能叫荒着去。他就去给犁。给这个儿子犁了，那个儿子也是打工去了挣钱去了，怎么办呢？儿媳妇早就盯着看的，早就准备着说闲话的。也还是去给人家犁。是儿子的地就得犁。这样他就成了村里犁地最多的人。有人打趣，那么多儿子孙子，可以编几个班，自己还犁地？他说娃们打工去了，回不来啊。说的时候，口气里竟禁不住有一些得意的。

有一次我领了一个搞摄影的朋友在梁顶上装风弄雅地站着，这时候听得咣啷咣啷响，很古老的声音。就看到他赶着牛，肩着犁从梁后面转上来。我就指了他给朋友说。朋友闭起一只眼睛，啪啪啪给他照了好几张相。他有些困惑地看我们，等明白过来时就笑了，手摩挲着脖子后面，好像他这个样子，承不起为他照相的。

另有一次，日光实在是好，天上也净无片云，有清澈的风吹掠着，使人觉得是一种难得的享受。我就想去梁顶上走走，让这颇有劲道却看不见的风将我吹吹。梁顶上有小小的一片杨树林，不知哪里来的许多塑料袋，缠绕在一棵棵清高的杨树上了，在风里哗哗响，这时我看到努努舅爷操了一根长杆子，往下挑那些塑料袋，塑料袋很不容易被挑脱，有时挑下来，却被风借势吹走了，然而也有挑下来的，努努舅爷就落下杆子来，将塑料袋看一看，装入口袋里去。

我忽然心里一动。这虽然仍是一种劳动，但也可视为一种游戏的。在努努舅爷的一生中，这样的劳动是不多的吧。

我就没有走上梁顶去。我有些快慰地回去了，留下努努舅爷挑那些塑料袋。

母亲家的故事

赢草

母亲多次讲起过这两则关于草的故事。

那时候不常烧炭，也没有炭可烧。炭贵得很，烧不起。但火是天天需要的，烧饭填炕都得要火。于是村里人都到山里去寻柴草来烧。

有一种草，叫草把子，整个草都形似草根。正是这种草，却是颇耐烧的。到山里铲来烧的，其实就是这种草。这是一种藏在地里，不愿意长出来的草。好像它只需有个根就行了。根极结实，拳头大小，和土长在一起，把土都变成了它的一部分，拿在手里沉甸甸的。连在这根上的土，也是可以烧的。其实根本无法从草根里将土分离出来。都说之所以烧着耐实，正是因为这草根里板结了土的原因。母亲和大姨那时候就负责给家里铲草把子。草把子是一种野性十足的草，庄稼地里是找不到它的，往往要跑到荒山里去，它在其他草不长的地方长着。那时候爷爷还没有去劳改，也铲这种草的。爷爷好像容易找到这种草，哪里这种草盛，爷爷就会出现在哪里，而且似乎由于爷爷的到来，这些草都把自己放大了一轮。不久母亲和大姨就发现了这一点，她们远远地跟着爷爷，等爷爷一个人在僻背处铲一会儿，她们就悄悄地出现在他周围，爷爷扬着铲子让她们铲，嘱咐她们不要给人说。当然是不说的。见到了这么喜人的草把子，她们都有些贪婪起来，好像怎么铲都嫌慢。这时候却挑起食来，一些小草把子看不上了，只拣大的铲着。爷爷看在眼里，也不说什么，把她们没有铲的草把子一一铲掉。爷爷铲起草把子来不像母亲她们，总是挑好的铲，爷爷是不计大小，一朵挨着一朵铲过去，这就使爷爷铲过的地方，很干净，不会再有一个草把子了。爷爷的动作倒不快，但铲下的草把子却很可观，有时候爷爷一个人铲的草把子，几乎超过了母亲和大姨两个人的劳动总和。爷爷不能将它们一下子背回去，就余下来，在上面丢一个土块。不知道爷爷丢这样一个土块做什么。实际上爷爷第二天来，不铲，只将这些背回去也可以的。但爷爷来了还是铲，埋头铲个不停，倒是又余下一些来，几天下来，爷爷余了好几堆草把子。每个草把子上都有一个土块。爷爷好像有意在山里晒着这些草把子。母亲和大姨看着爷爷这样干，有些纳闷，同时又觉得爷爷很有主意似的。但是一天夜里，母亲和大姨领了她们的几个叔叔，把爷爷晒在山里的草把子都偷偷背回去了。这样一来，母亲和大姨就不好再跟着爷爷去铲草把子，山上到处都是铲草把子的人，她们得躲开爷爷去寻草把子了。爷爷被逮去劳改后，母亲就容易想起偷爷爷草把子的事来，说真是没想到自己会成为他的儿媳妇。母亲说她曾经迷信地想过，是否偷了爷爷的草把子，作为报应和惩罚，才使她成了爷爷的儿媳妇。因为母亲刚嫁到我家那几年，我家的日子真是再糟糕不过的。为几堆草竟输掉自己，母亲觉得这个账怎么算都是划不来的。

有时候铲完草把子，一小堆一小堆的在地上，还没有装入各自的背斗里去。这时候大家喜欢做一个游戏，那就是来赢这些草。站在远处，往一堆堆草上扔铲子，铲子落在草堆上了，就算赢。母亲和大姨是赢过也输过的。然而总不至于输得一朵草也不剩。但是有一次铲子不知怎么了,母亲和大姨都是不能把它扔到草堆上,越是这样,越是要扔的,扔到后来,不仅没赢来别人的一朵草,倒是把自己的几堆草输得一朵也没有了。

怎么办,背着空背斗回去?

这时候母亲和大姨就打起了虎儿奶奶的主意。虎儿奶奶,已经是很老的人了,老人是麻眼子,即盲人。她也跟大家到山里来铲草把子。来的时候,随便找一只手,让她牵着,把她引到有草把子的地方。她一路高高低低地走着,脸上总是挂着一种笑,像时刻对牵着她的人表示着感激似的。

她看不到草把子,得用手摸。她的手在地上慢慢地摸过去,有时候会摸到什么扎她的手,她的手像是很能忍耐疼痛似的,顿一顿,小心地越过扎手的东西,再缓缓摸过去。她的脸上也是摸索的样子。摸到一朵,她就把它握紧,怕它逃了似的,脸上的表情也笃定下来,就用着力把它铲下来。草把子是很结实的,不容易铲下来。过于锋利或者过于老钝的铲子都不适合铲它。实际上虎儿奶奶这样铲草把子,也可算一种功夫的。有人试着闭了眼,像虎儿奶奶那样摸索着草把子,首先的一个感觉是茫然,好像睁眼可见的草把子随着眼睛的闭起来就没有了,摸老半天也摸不到一朵,这个倒在其次,关键是摸到了怎么铲,虽然一只手握着草把子,但握铲子的手却不容易将它一次次铲到,有时候就铲空了,铲子空空地铲出去,容易将自己带跌倒,有时还会将握草把子的手铲伤。大家都觉得像虎儿奶奶这样铲草把子,一天也铲不了几朵的,这样子铲草,人心里容易铲出火来,容易疯掉的啊。

但虎儿奶奶却认准了一件事情似的,那样笃定地铲着,大家不得不佩服,虽然她的摸索当然是比不上用眼睛直接来看好,但她的摸索还是很不一般的,有时候她的手甚至是很有把握地伸向一朵草去。她铲起来也是让人佩服的,用力地铲着,表情痛苦,震得腮边干干的肉皮颤动着,好像她根本就不担心铲空,更不会铲到手上去的。虎儿奶奶铲草把子的样子使人觉得有一些恐怖,好像她是在干着一桩图财害命的事。她和别人不一样,别人都是扔小堆儿,最后把这些小堆儿都集中到背斗里去。虎儿奶奶不能这样子干的,她扔下小堆儿自己就会看不见的,其实她根本无法积一个草堆儿出来。她是这样,她时时把自己的背斗牵在身边,铲下一朵来,直接扔到背斗里去。这样使她放心不少。但一下一下地牵背斗,也实在浪费了她不少时间。但她是不用追打玩闹的,她也用不着像她们那样把铲子扔到别人的草堆上赢草,她不用赢别人的草,别人就也无法来赢她的草,因此在她们赢草的时间,她还是神情笃定地铲着自己的草,不受半点影响和诱惑。她似乎连尿也不用尿的,她一蹲下来就不再立起,直到铲完最后一朵草才将两腿僵僵地弯着,打着战儿,立起来。她独自是摸不回去的。虽然能摸索到草把子,然而在这荒山里,离家那么远,独自是摸索不回去的。她估摸着时间,只要身边还有响动,只要觉得还有一个人在身边,她就舍不得站起来,她还要趁这个工夫再铲几朵草。她总是最后一个回去的人。

有时候当然还想铲的,但大家都要回去了,她也只得回去。多时候她的背斗都没有满,显得意犹未尽。但也很可观的。有时候她的背斗竟满了,或竟溢出少许来。她就用力把余出来的装入背斗里去,看那样子,真是恨不得将余出来的草装进口袋里去。这样的机会自然是绝少的。

母亲和大姨那天输了草,虽然时已黄昏,却不敢回去,大姨还亡羊补牢般地铲着,母亲却一点铲草的心思也没有了。劳动了大半天竟被人全部赢去,这使得母亲什么也不想再做了。虎儿奶奶听到旁边还有人,就一直铲着,虽然她并不清楚这留下未走的人究竟是谁。虎儿奶奶就这样铲满了背斗。背斗高得冒出了一个小尖。虎儿奶奶摸着,手拄在膝尖上颤巍巍地站了起来。

虽然疲惫,但老人更显出满足来。她第一次建议留下来的人回家。回吧,可能不早了。虎儿奶奶说。

母亲忽然丢了一个土块到铲草的大姨前,她像是有了一个主意,招呼大姨过来。两个人一嘀咕,一下子就决定了。

于是母亲就自荐说要帮虎儿奶奶背草。母亲把自己的空背斗套在大姨的背斗上,让大姨一个人背着。

开始虎儿奶奶还有些狐疑,看得见眼球在她的眼帘下动着,像在计谋和权衡什么,但是经不住母亲和大姨的花言巧语,就让母亲背上了。但是她走在母亲一侧,将背斗系儿握着。这样握着,母亲背起来是很别扭的。母亲说这样别扭,虎儿奶奶的眼球在眼皮下又动了动,就改作跟在母亲身后,将背斗沿儿抓着。母亲和大姨一路还是花言巧语着,就使得虎儿奶奶的脸上变幻无定,一会儿是感激涕零的笑,很快又像被谁提醒了似的,那笑难堪起来,又转为一脸的狐疑了。

母亲走得很快,虎儿奶奶高高低低地跟着,几乎跟不上,有几次几乎要被脚下的坑儿窝儿或凸出的土块绊跌倒了。她终于忍不住,劝母亲走慢些。母亲说天就要黑了,回去还要填炕做饭哩,就这都嫌慢啊。后来虎儿奶奶终于喘息着跟不上了。

大姨就建议母亲先回,回去帮虎儿奶奶把草放下,她陪虎儿奶奶在后面走。

虎儿奶奶立即表示不同意,而且要抢过草来自己背。但母亲却一用力,跑到前面去了。

母亲背了草跑着,听见虎儿奶奶在身后哭喊着、追着,那声音那么可怕,像谁在撕着她的嘴,在一寸一寸撕裂着她的肠子,母亲被这声音吓得魂飞魄散,她想停也不敢停下来了,只是跑。不久又看见大姨跑上来。母亲剜了大姨一眼,呵斥大姨去照顾虎儿奶奶,大姨却绕一个圈子,跑到前面去了。

母亲把虎儿奶奶的草背回了自己家里,但是她却不知道把它倒在哪里才是。她想把自己也藏起来,然而好像没有个可供躲藏的地方。母亲把草如往常那样倒在炕洞口,然后自己跑出街门去了。大姨追到门口大声地喊着,母亲慌忙跑过一个墙角去,她觉得那个墙角像是突然地倒下来,将大姨压得没有了。

直到今天母亲说起这事,还显得心有余悸。

那天险些儿出了人命,屋里刚刚点着灯,虎儿大就提着刀子寻上门来,也是运气,那天家里意外的人多,几个外爷都在的,蹲在夜幕下的墙根里说什么,虎儿大就提着刀子进门来了。

慑于人多,虎儿大终于没有动刀子。

外爷在几个兄弟的责骂声里,将倒在炕洞口的草把子重新装起,亲自背到虎儿家去了。草把子竟好像变多了,一背斗装不了,余剩少许,当队长的三外爷就装在一只小筛子里,端着和外爷一起到虎儿家去。

母亲家的故事　　173

外奶奶

从我母亲开始，外奶奶一连生了四个丫头，这就使外太爷一家很是小看外奶奶。那时候的公婆对于儿媳，好像都是有许多森严的家法。外奶奶生下三姨不到一周，就到山里去铲草把子了。外奶奶跟母亲说，那时候觉得自己就像一只有无数孔隙的筛子，风一下子就把她吹透彻了。月子里见了风是不得了的，外奶奶的身子都肿起来了。但人好像是什么苦都能受，有些女人坐月子，门帘窗帘都要加厚，这一月门里是决然不敢出去的，窗子跟前也不能坐，怕一丝游风吹到自己身上，成天呻吟着咳嗽着，好像比一朵花还要娇弱。外奶奶月子里就在风中来去，也把一条心狠下来，母亲她们姊妹几个也不疼了，想着自己在风里招上病，一下子死掉倒好。却死不掉，倒就活下来了。外奶奶是一年生一个娃，除了母亲和大姨断了奶外，三姨和四姨都还吃奶的。母亲她们几个头像乱草一样睡了一炕，饿得大哭。外奶奶却去山里铲草把子了，没法喂她们。那时候，外太太的家法真是严酷，她好像有将四个孙女儿饿死两个的预谋，不允许外奶奶奶她们。外奶奶奶自己的女儿也要经过外太太的同意。家人在地里劳动着，外奶奶的奶头胀得痛，奶水溢出来将衣服都湿了，但是不敢出声。只有外太太发话了，让她回去奶孩子，才脚不沾地跑回去。外太太让她不要磨洋工，快去快回。外奶奶把这个女儿奶几口，把那个女儿奶几口，然后又脚不沾地跑回地里来。她好像因奶娃而惭愧了，好像因此误了工，好像奶娃的时候可算是她休息的时候，因此返回到地里，她就会加倍勤勉地劳动，这样子才能取得外太太的满意。

外奶奶还有一个妯娌，伶牙俐齿，颇得外太太的欢喜。说来就是给我家黄花被的那个老人。虽然同是儿媳妇，对她外太太却宽容着，姑息着，好像总是对她可以网开一面。外奶奶的这个妯娌自然为自己的处境得意，但有时也暗暗教唆外奶奶，让她偏不要听外太太的话，偏拧着来，看外太太能把她怎么样。但外奶奶是拧着来不了的。人和人是不一样的，虽然同是儿媳妇，一个可以拧着来而无什么事，一个顺着来也可以惹得婆婆不舒服。外奶奶顺从着也可以使外太太火冒三丈。在两个儿媳妇面前，外太太简直就是两个人。

有一桩事情是关于外奶奶燎牛头的。

外太太让外奶奶燎一个牛头，要求是，要把好火候，把这个牛头燎得黄葱葱儿的，意思是要像剥去皮的葱一样干净。不能焦了一块，不能有一块没燎到，更不能燎破了。外奶奶小小心心、战战兢兢地燎着这个牛头。但是越小心越出事，这一面燎好了，得燎另一面了，牛头很沉，外奶奶得两手推着它才能翻过去，没想到将烧红的铲锅——就是拿它来燎牛头的……忘在了一边，翻过去，那好不容易燎得干净的一边正好压在铲锅上，滋啦滋啦响，冒出烟来。连忙翻过来一看，已烫破一大块了。外太太就把外爷叫来看，说她是怎么怎么叮嘱了的，但是你看你看，弄成了啥样子。外爷抓起烧红的铲锅，一下子就按在了外奶奶的脖子里。

母亲说，原本以为家里对外奶奶不好，是因为生了四个女儿的缘故，但后来外奶奶生下儿子后，家里人依然小看着外奶奶，好像她生的儿子也不值钱似的，好像她生了儿子也微不足道似的，好像她生女儿可以成为轻薄她的很厉害的理由，但生了儿子却不能相

母亲家的故事

应地成为她荣耀的理由。她的妯娌，相反，一个孩子也不生，她连一个女儿也不愿生出来，但她不知用什么法子赢得了家人的青睐，她不但在这个森严的大家庭里自处余裕，有时如果她乐意，她还可以帮外奶奶一些忙的。外奶奶做熟饭，她就过来端去让外太爷外太太吃，外奶奶是不能端的。虽然饭是外奶奶做的，但却没有给老人端饭的资格，好像她端去，老人们就会油然地不快，而且因这不快，很可能就不吃这饭了。外奶奶做好饭，到正房门口轻轻地咳嗽一声，她的妯娌就出来端饭了。外太太有时会唤外奶奶的妯娌去给她揉肚子、捶背，两个人就嗡嗡嘤嘤地说着话，有时她轻轻地捶着，会使婆婆一脸安静地入梦乡里去，然而要是换了外奶奶捶背会怎么样呢？外奶奶一想手都会颤起来，她想要是外太太真的唤她捶背她该怎么办呢？她为这个想法慌张起来，她试着捶了几下枕头，觉得连那枕头也会对着自己叫起来的。后来外奶奶的妯娌想与外奶奶要个女儿抚养，以遭寂寞，那时候除四个女儿之外，外奶奶又生出两个儿子一个女儿了，外太太于是便做主，把那最小的女儿给了外奶奶的妯娌，还是外奶奶奶着，但却已不再是她的女儿了。

  说不清一切为什么成了这样子。但外奶奶渐渐也习惯了这样子。外奶奶被人轻蔑惯了，她一辈子都安于在人的轻蔑里活着，要是谁重视她，要给她以尊敬，她反而就非常不自在了，要从这重视和尊敬里逃出去。

  外奶奶似乎乐于被人轻贱着，活掉自己的一生。

大哥

外奶奶一生生了十五个孩子，活了十个，五个夭折了。

其实在母亲之前，外奶奶生的是儿子，外奶奶一连生了两个儿子，才生下母亲来。只是这两个男娃，都没有活下来，一个生下来就是死的，另一个大概活了还不足十天。活了不足十天的这个孩子，就是母亲的大哥，他原本是可以活下来的，但是却被一只公鸡吃掉了。说来真是有些匪夷所思。

外奶奶是十三岁就结的婚。她是跟婶婶长大的，外奶奶的妈妈几乎没来得及生下外奶奶就去世了，外奶奶的大是个精神异常的人，于是外奶奶的婶婶就把外奶奶抱去了。联系着外奶奶和她妈妈的脐带被剪断的时候，她的妈妈已经闭上了眼睛。

外奶奶生下母亲的大哥时，才十四岁，其实外奶奶也还算个孩子，可能是孩子生孩子的原因吧，外奶奶生下来的那个娃儿非常小，比外爷的脚大不了多少，他吃完奶就睡去了，似乎他来到世上的任务就是，偶尔哑哑那两个还没有长足的奶头，然后就是漫漫无际地睡觉。外爷好像对这个比他的脚长不了多少的孩子也无多大兴趣。

炎炎六月，麦黄似金。一家老小都去地里收麦子了，连外太太也拐着小脚去了，留下外奶奶在伙房里坐月子。

那时候家里有一只公鸡，冠高羽长，很是轩昂的，它有时像鹰一样从高高的墙头上飞落下来，肆意欺侮院里的任何一只母鸡。它看起来沉甸甸的，然而走起来却可以显得很轻盈，有时竟可以单爪独立，顾盼自雄。这公鸡是有些不寻常的，然而想不到它竟会吃人。

母亲家的故事

母亲的大哥是白天睡得好，夜里却乐于哭个不休的。他一哭外爷就会睡不安生，就会骂，外奶奶只好起来将他抱着，将奶头喂入他嘴里去，自己坐着睡觉，这样睡觉是不踏实的。外奶奶就趁着儿子白天睡觉的时候，自己也睡睡。

那天外奶奶给儿子喂足了奶，看他睡熟了，她就靠墙坐着，觉得屋子里的盆儿罐儿都发出一些幽玄的声音来，都要缓缓地融入一片薄雾里去，她勉强睁了几次眼想看清它们，但它们好像连成了一片，轻轻遮盖在她的眼睛上。外奶奶就这样睡着了。等她惊醒来，就看见那只公鸡在炕上雄野地站着，一下一下在啄食什么。外奶奶真是不敢相信它在吃自己的儿子，它已经把他啄死了，啄得他看起来像一些稀粥。

外奶奶听到自己的喊身使屋内的盆儿罐儿连成一片叫起来。

外奶奶伸手推了公鸡一下，那手感吓了她一跳，她觉得自己不是推在了一只鸡上，而是推在了一堆翻滚的肠子上，一堆硬邦邦的蛇上，而且是那么有力，倒好像它是来推她的。

外奶奶一下子用被子包了头，颤抖着。她听见房上的椽子都抖得哗哗哗的。

直到听见院里传来说话声和脚步声，外奶奶还不敢掀开被子，把自己露出来。

外太太

就像时间会使一些日用家常的器皿成为文物一样，时间也会使一些草民百姓显得不平凡起来。听人述说陈年旧事，我们常常能感到一些传奇色彩和艺术魅力。时间湮灭着一切，但也允许某些湮灭存储于人们的记忆，并将这些记忆艺术化。从这个角度来说，历史的也即艺术的。这是点闲话，其实是要说外太太。外太太在生活中一定是一个平平常常的人，但我觉得，听过许多人对她的讲述后，她倒好像是我看过的某本书里的人物。

外太太生了六个儿子，没女儿。六个儿子都存活了下来，这就不简单。外太太是怎么哺育养活六个儿子的，不得而知。当然一定是很艰辛的，但事实是这六个儿子都是外太太一手带大的。外太爷是一个性格野烈的人，很少在家里待着，他常常骑着一匹紫黑的骡子四处游荡，骡子身上除了他，还有一个皮褡裢，一边装着牲口的草料，另一边装着他的干粮和盘缠。听说外太太问过他这样的话，问他知道自己有几个儿子吗？他把鞭子在院子里摔响了一下，认为外太太这话问得过分了，带挑衅性的。但外太太是不很怕外太爷的。一次外太太拽了骡子的尾巴，不让外太爷走，外太爷只是挥鞭打骡子，却不敢将鞭子挥向后面的外太太。外太太一剪子剪掉了骡子的一小截尾巴，才使它负痛而去。骑着一匹短尾巴的骡子闯世界，这在外太爷是有些难堪的。听说外太爷另外还有女人，也还有孩子，在打草湾。外太太说这是一个骡子吃两个槽里的草，到了儿就没有一个槽是它的。

那时候村里只有十余户人，每户都有着百十亩地的。有一年，麦子黄了，颗粒焦躁着，要在骄阳的暴晒里破壳出来。外太爷当然不在的。偏外太太的六个儿子，四个得了一种怪病，在炕上比赛着龇牙咧嘴。内外交困，外太太急坏了。就到县城里去，车马店里住着一伙河州人。外太太问他们想挣钱吗？问挣什么钱。外太太说挖

母亲家的故事　　179

金子，实际上是拔麦子。这一伙人原本不是麦客，但不知怎么被外太太说动了，风风火火来给她拔麦子，外太太烧了茶，蒸了大馒头，一个馒头有一个枕头大，然后外太太就用扁担挑了两个筐子，一筐里是大馒头，一筐里是浓茶，一路挑到麦地里去，让河州人放开了吃喝。河州人吃得高兴，喝得痛快，就脱光了上身，唱着花儿拔麦子，没用上三天，就把麦子全拔倒了。

外太爷回来看几个有病的儿子，向外太太竖起了大拇指头。

外太太的邻居是一个脱姓老人，老人的婆姨娃娃都跑到新疆去讨生活了，他一个人留下来守着老院子。等婆姨娃娃住稳定了，招呼老人，老人再去新疆。老人是一个糖匠，用小米熬糖。那种糖叫糖瓜子，白得像剥开的树皮或折断的骨头。熬糖瓜子需要一口很大的锅，可以把一头小牛煮在里面。老人在院子里选择了一处地方，搭了个草棚，一天里阳光可以很多时候照着这草棚子。老人就在草棚里架了锅熬糖，熬出糖来，总会给外太太送一些。外太太六个儿子（那时候好像还没有这么多，好像是四个）都喜欢吃糖的。老人有时候会端出一木盘来，是一个紫红的长条形的木盘。外太太也会让自己的孩子去给老人帮帮忙，淘淘米啊，劈一些柴火啊，等等，家里做了什么好吃的，也会使孩子给老人端一些过去。

总之邻居关系很好。

那时候常常闹土匪。听人说外太爷在外面就是当土匪的。当然这是个传言。不能说人不守家，骑了骡子到处逛就一定是土匪。但土匪如牛毛，真是很多。一个老实巴交的人，蒙了脸出现在别的村子时，他就成了个土匪。那时候人是很容易成为土匪的。外太爷的大儿子，就是外爷的哥哥，就是当土匪被割去了头，这个后面我要写到。有闹土匪的就有跑土匪的。跑土匪的就是事先得了土匪的信息，趁他们来前抛家舍业，扶老携幼，一下子跑入山里去。等土匪闹过，再返回家里来。常过着这样的日子。

一天村里就来了土匪。

一些人得信跑掉了，外太太的一个儿子正好出麻疹，不敢受风，就不敢跑掉。实际上外太太那时候即使想跑也来不及了。外太太有若干银圆，她想着无论如何，银圆是一块也不给。就装进一个旧铜盒，塞入炕洞里去了。用炕把把铜盒捅入炕洞里很深，远远的只是一点暗光，事先不知道，即使看到这点微光，也不要紧的，何况这点光也不易看到。旧铜在暗中是不易有光的。故意把炕洞开着，浅浅的填些荞柴进去，故意让炕洞冒烟。脱姓的老人也没有跑掉。其实他可以跑掉的，但他熬了一大锅糖，正滚沸着，好像在要求着他不要离开似的。他矛盾了好几次，就决定不跑了，自己一个老头子，一个熬糖的人，他们能把他怎么样呢？他虽然一直犹豫着，但人没有离开糖锅跟前。阳光从木棚缝隙里漏下几束来，有两束刺入糖瓜里去。糖锅里的热气浮起来，但是没有阳光亮，从糖锅浮起的水汽里能清晰地看到两道刺入锅里的光柱。灶膛里的火极热烈，訇訇訇，訇訇訇，像舔着礁石的波浪那样竞相舔向大肚子锅底。

这时候外太太却摸进熬糖的棚子里来，吓了老人一跳。外太太手里是一把大锁子，钥匙连在锁上。情况紧急，外太太要求老人把她和她的儿子们锁起来，土匪一看，就以为是跑到山里去了。其实真的跑土匪也是这样子的。门上锁一把锁子，证明着家里没人。

老人立即照办。

你们在里头悄悄蹲着,千万不要出声。锁了门,老人还在门外这样悄悄叮嘱着。把钥匙看了看,不知装入哪里才好。急中生智,脱掉鞋,装在里面,将鞋穿上,匆匆出去了。

不久就听到土匪到来的声音。

外太太和几个儿子盖着被子,在炕上坐着,有的孩子把头蒙住,但很快又露出来听着,外太太示意他们不要出声,最好是连呼吸也一下子没有。

大门是开着的,听见土匪们杂杂沓沓进来了,脱家的老人不知为什么也跟着的。这一家人跑得最早,我看得显显儿的,就从我门前头往过跑嘛。听见老人这样跟土匪们说。

觉得出土匪们在怀疑而机警地四望着。听见马喷响鼻的声音。

这一家我可以保证,要是有人,你们就把我的头揪下来,你们看嘛,连炕洞门都没来得及堵上。听到老人这样说着,完全在说着一个事实一样。接着他小心又殷勤地建议是否到另一家看看,他还可以带路的。

几个孩子的头都蒙在被子里了,外太太闭了眼睛,头抵在后墙上听着。忽然她的身子一震,有人用枪托砸窗子了。外太太把手在被子上几个隆起的地方轻轻压压,这是告诫孩子们不要出声。

几把枪来砸窗子了。

一扇窗子掉下来,砸在了被子上。被角儿因此被拉紧了。外太太煞白了脸,看着立在窗前的几个蒙面人。还有几个蒙面人在远处,他们中间立着老人,老人的脸一时那么遥远,那么不真切。

我看着你跑掉了嘛,你咋……老人向屋里喊着。

外太太向他苦笑着，摇了摇头。

有人开始用枪托砸老人，老人一边缩了脖子，举起胳膊将头护着，一边向外太太喊着，唉，媳妇子，你做个证嘛，你说你跑没跑，你把这个话说了就行了。

外太太只是看见他的嘴空洞地一开一合着，好像那是一个古窑洞，里面一颗牙也没有。她看见枪托打在他身上不发出声音。

好说好说，都是为着个光阴嘛，这媳妇子吓得话都不会说了。老人说。他已不再向外太太说什么，他只是一味地对用枪托砸他的土匪们点头哈腰着。说着。后来他好像终于说动了土匪们，土匪们簇拥着他出去了，他殷勤备至地给他们带着路。

窗前的一个土匪却没有离去，他用枪指着窗内。虽然蒙着脸，但他的眼睛却像是对外太太笑着，看身架他好像还是个孩子。

像有无边无际的看不见的雨在强烈的日光里细细密密地落着。

像整个世界成了一只巨大的耳朵，但这耳朵却是聋的。

突然就听见声音传来，是那样古怪的一种声音，简直不能相信一切声音里竟然还有这么一种声音，像将一筐活蹦乱跳的青蛙倒入了烧得通红的锅里。外太太的两只手主动地跳起来，死死地堵住了自己的耳朵。

一会儿，土匪们过来了。看见每匹马前面都打开着一条草料袋，马甩着尾巴，悠闲地吃着草料。

土匪们都围在炕洞门口，看外太太用长长的炕把子往外钩什么。有人指着外太太的屁股在嘀咕着。外太太终于将铜盒钩出来，但是烫手得不能拿。有人往铜盒上泼水，铜盒发出焦躁难耐的声音，而且向四面冒出短促急迫的烟来，好像它时刻都会爆炸似的。

铜盒打开来。

很快又关上。就不见了。

那天，土匪们又宰了外太太家的一只牛儿子，在一只缸里煮了，大吃大嚼了一通，才撤去。

外太太是第二天才到脱姓老人家里去的，那时候日头已经升起老高，熬糖棚前站满了人。外太太看见沸腾的糖锅已安静下去了，上面浮了厚厚的一层污物，除了一只人的脚枯寂地伸出锅沿外，大锅里好像是煮着一件老棉袄。

外太爷

外太太我没有印象，只依稀记得一个为她送葬的场面。外太爷，留于我的印象却是很清晰的。

到我这里时，外太爷的胡子全白了。外太爷个头不高，然而像一棵核桃树似的，很显结实。我记得外太爷那时总是坐在有阳光的院子里，神定气闲地捻毛线。还是那样的办法，在筷子上扎一只洋芋，然后捻动筷子，使洋芋飞转，于是缠在筷头的毛线就同着飞转起来了。有时候我们这些娃娃会帮外太爷捻线，外太爷只是坐在那里将撕化的羊毛做成线的雏形，我们在一头帮他捻筷子转洋芋，这样可以捻出很长的线来。我们在线的一头看见另一头的外太爷那么远，好像是睡着了，但撕化的羊毛却总是从他那边源源不断地输送过来。

外太爷用这些捻好的线给我们这些娃娃织毛袜子。

现在想起外太爷坐在院子里捻毛线，给人一种岁月醇厚、地老天荒的感觉。

另外还记得外太爷扶着我的小姨在院子里学走路。外太爷蹲下来，握住小姨的两只小手。嘴里不停地说着吧嗒、吧嗒，随着吧嗒声，小姨一摇一晃地往前走，外太爷就蹲着，相应地退了走。不知小姨还记得这一幕否。小姨现在已是三个孩子的母亲了。

这就是我所见过的外太爷，和人们讲述的有些不同。我对外太爷有印象时，老人已年逾八十。一定是想折腾也折腾不动了。然而在年轻时，外太爷却是喜欢折腾的。他后来把外太太剪断了尾巴的骡子买了，换了一匹马骑着。后来又换了一匹骡子。外太爷是喜欢骑骡子的。

虽然外太爷晚年和外太太生活在一起，但他的确是另有家室的。外太爷归真后，那一边的人也来送葬，同父异母，有几个人的长相，和外爷们真是有些像的。那时候外太太已在土中了，不然他们即使能来送葬，也是会费些口舌的。

听过关于外太爷的许多故事，觉得老人像个侠客。我觉得与我父亲的这一脉相比，母亲那一脉的人是更豪爽更具有侠气的，他们喜欢闯世界，身上有侠气，虽然有时候会有一些鸡鸣狗盗的手段，但那种激情、那种活力、那种冒险精神却是我们这一方少有的，我们这一方尚静，习惯于在月亮下而不是在日头下做事。

外太爷常年浪游在外，故事是很多的，这里先说一个他和狼的故事。

一天夜里，外太爷从关桥堡（当年朱毛的大军曾在这里征战过）往同心走，半路上天就黑了，星星发着寒光，稀稀地照着，天上很显得冷清。外太爷在河滩里走着。河滩里没有水，布满了碎石子。看见骡子不时在石子上踢出火花来。只要低低咳嗽一声，满河

母亲家的故事　　185

道都会传出令人不安的回音来。其实外太爷早就发现一只狼在后面跟着。他并不是很怕，他怕的是它再引来更多的狼。狼太多，外太爷还是害怕的。外太爷想着找个地方好把它尽快地收拾掉。半道上碰到了一个看瓜的棚子，实际上是一个小窑洞，看来这里是常种瓜的。正是冬天，瓜早摘净了，窑洞里空着。外太爷就想避进这窑洞里去，夜半更深，他打算休息休息。骡子是非常结实的，而且是那种掌大辕的骡子，要是小一号的大车，这骡子独自可拉了走，跑得也快，总之狼未必能沾得上它的便宜。原本外太爷想着要骡子和自己在一起的，但窑洞太小，骡子即使跪着进来，也待不下的。因此外太爷卸下褡裢，在骡子的结实臀部狠狠拍了一掌，似乎能拍出一把火来，骡子嘶鸣了一声，就跑入深阔的夜幕里去了。外太爷看到一条黑影污水那样追着骡子去了，就把卸下的褡裢搬入窑洞里去，把门向里划上了。窑洞虽不怎么样，但门还是很结实的。外太爷是带着一个小油灯的，在窑壁间的一个凹处放了，一边坐着吃炒面，一边为骡子有些担心。不久门却响起来，像有利爪在门外面抓挠着。外太爷一边吃炒面，一边听着动静，有时那黑爪企图从门下面伸进来，但缝隙不大，使它几次的企图都失败了。外太爷带着两把刀子，一长一短，短的那把是弯月形的，极其锋利，向谁的脸上挖一下，就能很容易挖下半边脸来。外太爷把一长一短两把刀子都捏在手里，要是狼将门弄开，在扑进来的一瞬，可借势把长刀向它捅去，短刀可以戳它的眼睛。但不久狼放弃了挠门，转到窑顶去挠了，狼爪锋利，不久窑顶的土就开始往下掉，外太爷仰头看着，见最后的一小块土掉下来后，窑顶那里就出现了指尖大的一个洞，往上看去，黑得那么深，什么也看不见，有了一会儿的安静，好像狼离去了。似有游风从窑顶的小洞里下来，使灯不安地闪烁着。一会儿窑顶又掉起土来，那个小孔愈来愈大，能看到其中活动着的狼爪，忽然地一下，狼爪贯穿下窑顶来，外太爷翻身坐起的一瞬，狼爪像一条胳膊那样迅疾地提溜上去了。又是一会儿的安静，透过那小洞，可以看到那天上的寒星。过了很久。外太爷眼睛不眨地盯着，忽然觉得那洞里一暗，像是谁把高处那片有寒星的蓝天用厚布捂上了。外太爷立即把手伸上去，抓个正着，狼爪竟有着那么大的力量，竟似乎要带得外太爷裂破窑顶上去。外太爷拼力将狼爪拉下来，同时，锋利的月牙刀一束电光那样从狼爪上面的爪腕处贯穿过去了，听见狼嗥声像一股浓血那样泼到天上去。

外太爷丢开了狼爪。

狼嗥叫着，一次次努力着要把它的爪子抽出去，但是却被月牙刀子划住了，月牙刀不知多少次被带上去碰到窑顶上，不断地有土片和大滴的血掉下来。外太爷躲开着，让这些土片和污血不要掉在自己的身上，他后来又把长刀也插过它的腿去了。

不知什么时候，外太爷竟睡着了，等他醒来，天已大亮，只见狼腿长长地从窑顶垂下来，两把插在上面的刀子也歪斜着，像是也早就睡着了的样子。

从门缝里能看见阳光。

还没有打开门，外太爷就欣慰地听到骡子在清晨的朝气里喷响鼻的声音。

大爷

  大爷就是外太爷的长子,连我母亲也没有见过他。想见也见不上的,大爷结婚还没有三个月,头就被割掉了,在一个城垛上挑出来。

  关于大爷的具体情况,我所知极少。好像他的亲人们也说不出什么来。母亲有时说起大爷,也只是那几句,炒剩饭似的。反正那时候兵荒马乱,或者是被捉去当兵,或者被逼为匪。听说大爷跟着三道坡的兄弟俩当了土匪。那兄弟俩,直到新中国成立后才被枪决,在现在的县志上也能查到他们的名字,一个叫马四娃,一个叫马七娃。但大爷入伙不久,就出事了。他们被包围了(被什么军队包围了也不清楚),马四娃、马七娃是有枪的,枪法也还准,又是惯匪,且战且退,终于逃走了。可以说他们是丢下大爷逃走了。大爷那时候连枪都没有。看见情况紧急,大爷知道跑是跑不脱的,就隐在一个塄坎下,同时把头上的棉帽摘下来,伪装在坎畔上。他顺着塄坎弓着腰跑远去。果然许多子弹都往帽子上打。但最后躲在塄坎下的大爷还是被乱枪打死了。

  有人见过的,说大爷的头已被割下来了,在城垛上挑出来,算上大爷,一共挑出来十六个人头。果然得到通知,让大爷的家人去认领。外太爷去了,但是却空着手回来。不知为什么,在一些人头里竟没有找到大爷的人头。

  寒冬腊月,下了一场大雪,雪厚得能埋住人的靴子。人们趁机把雪往窖里背。这样子装瓷实满满一窖雪,等化为水时,就只剩少半窖。外太太一边背雪,一边哭儿子,泪水流到胸襟上,结成了一个个冰绺子。

大爷没有了,还有大奶奶,大奶奶怎么办?这个结婚还不到三个月的小媳妇怎么办?大奶奶的口碑很好,虽然男人没有了,但她还是忍耐着不说什么,她照样早起晚睡,照样做着一个儿媳妇该做的一切。她要是哭,也在夜里偷偷地哭。外太太偷着听着了,去说给外太爷,外太爷说,等一等吧,等等再看。外太太明白等的意思,那就是看大奶奶怀上孩子没有。

大奶奶没有怀上孩子,但大奶奶还是在没有男人的婆家待了近两年。

这时候大爷的弟弟,也就是我的外爷已经十七岁了,外太爷和外太太的目的正在这里,打算是让大奶奶往下挪一挪,做外爷的婆姨,这样就可以省出一笔开支,而且和大奶奶时间长了,大奶奶把他们尽心尽力侍候了这么久,之间也是有一些感情的,这样做,可算是两全其美。外太太问了大奶奶,大奶奶好像没什么意见的,反正已经是在这个家里了嘛。但是外爷却双脚跳起来表示不同意。

这么着又过了近一年,外爷娶到了外奶奶。娶外奶奶也几乎没有花什么钱。外奶奶跟着婶婶过,婶婶那时候自己有孩子了,就觉得外奶奶多余,外奶奶也不愿在婶婶家里待下去,正好外太爷有个什么事,很偶然地到外奶奶的婶婶家里去,看到出出进进忙个不停也不多话的外奶奶,外太爷就想开个玩笑,要这话不多又勤勉的小姑娘给自己当儿媳妇。外太爷的褡裢里装着一些盘缠(钱粮之意),也并不多。外太爷说,你们也不要问这里头有多少盘缠,就这点盘缠,换你的女儿给我当个儿媳妇。外太爷是开玩笑的,想着他们连女婿娃也还没有见嘛。没想到这个玩笑竟开成了真的。除了褡裢里的那点盘缠,外奶奶的叔叔婶婶果然没有向外太爷要更多。这样十三岁的外奶奶很快就成了外爷的女人。虽然没能实现那个两全其美,但这个儿媳花钱不多,应该说很便宜的,这使外太爷觉得满意。问题是,外奶奶的出现,使大奶奶多了出来,大奶奶在这个家里没自己的男人不说,连个自己的孩子也没有,外太爷外太太都觉得不能这样子下去了,他们觉得这是自己的一个负担和责任。

一天深夜,狗们突然乱叫起来,村里乱纷纷的,好像是来了土匪。不久却平息了。第二天大家才知道,原来昨夜里来了抢亲的,将大奶奶抢走了。虽然是深更半夜,还有大风吹刮着,但有人还是听到了大奶奶的哭喊声,有起早的人在离外太爷家不远的地方拾到了大奶奶的一只鞋。母亲对这一段是能道其详的。母亲说那时候就是这样,谁家有寡妇,就可能被人抢走。这是一个乡俗。只要被抢走就不能讨回来的。那么,大奶奶的哭喊声外太爷和外太太就没有听到么?实际上那天晚上,外太爷和外太太屋里的灯,一直是亮着的,在窗外的大风里听到乱纷纷的狗吠声时,那灯才神秘地熄了,一句话,来抢亲的人和外太爷早就密谋好了的。这样快刀斩乱麻的方式,也算是给了大奶奶一个出路。大奶奶被几十公里外的关桥堡人抢去了,她被谁抢去就得做谁的婆姨。

后来几十年,大奶奶竟然还和外太爷一家保持着联系,也到村里来的。外太爷外太太归真以后,也还来,这就使我有机会多次见到大奶奶,也见到她后来的丈夫。大奶奶来时,总是和她的丈夫一同来。老实讲,我觉得失望,大奶奶和那个男人都已老朽得不堪,可以想见即使年轻的时候,他们两个也都其貌不扬。看着他们两个,无法把其中任何一个与几十年前那个月黑风高的夜晚联系起来。

大奶奶是略懂点医道的，譬如不思饮食的人，若是让大奶奶以特殊的方式捋捋肚子，再用布条儿松松地系了，吃两个荷包蛋，那么从此而后，胃口就会渐好起来。

母亲让大奶奶多次给我捋肚子。

记得大奶奶第一次给我捋肚子时，记得她那枯瘦而又冰凉的手挨到我的肚皮上时，看着她那干牛皮一样的脸，不知为什么，我觉得辛酸，真想抱住她骨瘦如柴的老迈的身子哭一场。

但大奶奶却一边给我款款地捋肚子，一边和母亲款款地闲话，好像她并没有什么遗憾和抱怨可说。

外爷

外爷归真前一周，还用麦草给我家箍粮囤。粮囤就箍在院子里。虽是在同一个院子里，但有些地方，受日照时间会长些，粮囤就得箍在这样的地方。先得把干麦草用清水潮了，编草砖。草砖与砖同宽，然而却很长。拉直了，能长出街门外去。手段高的，用草箍一个粮囤只用一条草砖。就像一个清朝的人绕着脑袋把他的长辫子一圈圈盘缠起来。外爷席地而坐，文火慢熬那样编着草砖，像织毛衣，也像小姑娘辫辫子。我们都待在一边津津有味地看，旁边是一个搪瓷缸和一个暖瓶。外爷自倒自饮。编一会儿，就腾出手来喝一口茶，或者两口。好像喝一两口就够了，就可以编老大一会儿不用再喝了。仅是编草砖，就得一两天。我们看一会儿就会离去，觉得看久了意思也不大。看见外爷从早到晚，一天一天坐在院子里编草砖,会让人觉得时间像笨重的大砖头那样,静住了不动似的。用草砖箍粮囤,雨不能淋入,却可以受阳透风,这样子存贮的粮食就可以祛潮免腐,实在是一个极好的贮粮方式。然而极费工,而且村里会此手艺的人实在是没几个了。母亲请外爷来吃饭,无意地说到麻袋里的粮食受潮生芽的事,外爷就说我给你箍个草囤吧。说的时候父亲还在,母亲不好插言的,外爷已经年逾古稀了,母亲不想让外爷受此劳累,但外爷吃完了饭就到后院里看麦草,让父亲挑出一些干净的麦草来。第二天晨礼下来,外爷就来我家编草砖了。

外爷好像是一个淡漠于感情的人,像香炉中的灰烬那样,他的目光缺乏暖意。从他的眼里,不易看到让他激动和吃惊的东西,似乎所见的一切都平平常常,只配他这样平静地来看。听到过他打外奶奶的事,觉得颇费猜测,那一刻,外爷的眼里是怎样的呢?外爷的话也极少,一看外爷的眼睛和脸,就会觉得外爷是个话少的人。他的腮骨硬硬的,显出一种不灵活来。外爷的不多说话使他的脸上总有着一种石块似的镇定和孤清。人老了就容易说出孩子话来,外奶奶常揭短似的对母亲和姨娘们说,虽然现在,外爷对女儿们好像还不错的,但早先,女儿们小的时候,他可是很少疼她们。进门看见女儿拉在炕上了,手上都挖抓了屎,舞着手脚哇哇哭,他看着,一边用木瓢舀缸里的水喝,喝完,就出去了,像没有看到一样。但是,外奶奶这样颇带埋怨和挑拨的说法,在母亲和姨娘们那,却只能博得她们的一笑了。

母亲更容易举出一些例子来,可以证明外爷还是疼她们的。那时候常常闹土匪。外爷带外奶奶到一个叫打草湾的地方躲过一阵风头。

外奶奶的怀里抱着还在吃奶的三姨,被子里背着锅碗瓢盆一类，走起路来，咣当咣当响。外爷用马皮给外奶奶做了一双靴子，马毛都没有燎掉。从一场大雪里走出来时，马靴已成了两堆泥，只好用绳子绑缠了走。外爷挑着一副挑子，后面是米袋面袋等，挑子的前面是三个女儿，母亲、大姨、二姨挤在一个小笸箩里。到后来才发现笸箩里少了一个人，一看是少了母亲，好在雪地上踪迹明显，赶紧放下挑子跑回去找。跑到日头快落时才在一个雪窝里找到母亲，竟然还睡着，小被子捆得紧紧的。外爷抱了母亲，一点都走不动了，外奶奶赶来时，看到外爷把脸埋在母亲的脸上，像个哑巴那样哭着。都说母亲命大，幸亏是丢在了下雪天，不然在这荒山野岭间走着，回头不易找到走过的路的，而且母亲没有哭，还在睡梦中，要是哭出声音来，也会给狼听见的。

这件事给我不小的震动，外爷不仅是寻回了雪地里的母亲，还寻回了我们后来的一家人啊，不然，让我和妹妹去哪里找母亲呢？母亲也据此说着父女的情分。说等外爷把她们三姐妹从打草湾再挑回家时，外爷的肩头像害过黄水疮那样溃烂不堪了，因是两边换着挑，就使得两个肩膀都烂成那样子了。

这是一次。母亲说，还有一次，要不是外爷，她也早就不在世上了。这件事后面我会写到。

母亲还说到已经去世十年的大姨。大姨在长相上是最像外爷的。大姨患精神病那些年，把外爷的下巴上的胡子揪得参差不齐，几乎是揪光了。

大姨原本是一个心直口快、敢作敢当的人，这样的人，原本不易得精神病的，但是病不择人，她却得上了，可能是与她的儿子的夭折有关吧。我们这里人，受了汉人的影响，也是容易把精神病与

母亲家的故事

鬼鬼神神联系起来，说大姨是被什么什么鬼怪缠着呀。大姨的两条腿后来搞得像两根麻秆，姨父早就嫌弃了，就把大姨推给了娘家。大姨一天嘻嘻哈哈，指东说西，就把家里的气氛搞得阴森恐怖，觉得连风匣里也藏着鬼的，觉得只要把一只碗倒扣住，其中立刻就有了一个鬼，觉得连院子里那些树啊葵花啊什么的，都是由一个个鬼所变而来。

就没有人敢陪大姨了，尤其夜里，连外奶奶也不敢陪了。建议夜里把大姨捆牢在屋里的炕柱上，天亮时再去给她松开。

外爷没有这样做，他自己去陪大姨了。大姨那时候住在一个小窑洞里。那窑洞原是一个磨坊，里面也盘着炕的。窑洞很深，在窑洞口是看不到炕的。夜里，外爷就拦在炕边上陪大姨，怕她跑掉。大姨天天夜里都会在窑洞里闹大半夜，听不到外爷的声音。过了几天，大家看到外爷好像不一样了，像是换了一个人，这才看到外爷的胡子受过什么劫掠似的，余剩没有几根了。原来是被大姨拔成了这样。

大姨后来病好了，说到拔外爷的胡子时，她又羞愧又后悔，摇着头哭得很伤心。

我总是觉得外爷脸上有着一种让鬼魂害怕的东西。这也许与少时印象有关，外爷陪大姨住在那个深窑洞里的情景留给我的印象极深。另外，夜半更深的时候，外爷还来我家，给父亲看过病。

有那么几年，父亲身上总出一些小疙瘩。我们叫瘰疬子。父亲听了一些方子，把烧红的驴粪趁夜倒入别家的烟囱里去，但是效果不著。于是就请外爷来。外爷总是来得很晚，那时候，我们都像是睡过了一觉，偶尔睁开眼睛，见父亲趴着，外爷一边口里念念有词，一边用手指在舌尖上蘸一下，用这手指在那些小疙瘩周围画着圆圈。把这叫禁子。说是只有等到星星出齐，禁起来效果才能最好。有时候我们会觉得这是一个梦境，外爷是一个梦中人。但他的面相却有助于我们睡眠。睡眼蒙眬地看一会儿，又睡过去，也不知道外爷是什么时候走的。

和爷爷一样，外爷也是一个皮匠。记得他总是一个人忙乎着，硝皮子啊、铲皮子啊，坐在阳光亮亮的窗前，一针一线不紧不慢地做着他的皮活。外爷骨节粗大的手指上戴着一个大顶针。他有时会脱下顶针来，调一个个儿再戴上去。外爷有一个石头镜，做皮活的时候就戴上，然而眼镜滑落到鼻尖上去，离他的眼睛有些远，由之间的空隙里可以清晰地看到外爷眨动的双眼，这让人觉得外爷总是透过镜片看着深处的什么。他的眼睛总是勉力地睁着，使眉毛耸上去，离开了原来的位置。我总觉得外爷好像一生都在做着同一件皮袄。要是把外爷一生做的皮袄堆在一起，连他自己也会吃一惊的吧。有一年，外爷因为做皮活，让公家抓进班房里去了，直到今天我还记得大舅二舅轮换着给外爷送饭的情景。

我们家人口不多，有几年，风调雨顺，年年可得一个丰收的，在我们这里可算稀见。有一天父亲突然决定将草囤里的陈粮卖掉，将新粮装入里面去。打开草囤时，那些装了好几年的陈粮新簌簌的，只是经了岁月，个头略小了一些。但父亲将草囤打开后却乱了手脚，他发现自己再也无法把它盘缠成一个紧凑完整、浑然一体的草囤了。那些草囤扭头摆尾，显得蛮犟，像是不愿与父亲合作。

父亲两手里把着断裂的草砖叹气。

这时候外爷的坟头，坟草长得连一点坟土也看不见了。

母亲家的故事　　195

我觉得在外爷的坟头上密生这么多野草真是很适宜的。

我一直觉得外爷长得像一个传教士，还记得我第一次见到托尔斯泰的照片时，吃了一惊，我发现这个老人，真是像我的外爷。

杨阿訇

母亲生下妹妹的时候，害过一场大病。

当时母亲还在坐月子，但是已经下炕了。女人生下孩子三到七天，才可以从炕上下来活动。我们这里谓之"下炕"。母亲不但下炕了，还要做一些家务，还要为参加生产队劳动的父亲和姑姑们做饭。

那天就是做饭的时候出的事。

母亲把面皮擀好，切碎，就等着锅里的水滚沸起来。母亲从门槛上的日光里看时间。劳动的人也快回来了。等着也是等着，而且干等着水就好像故意地滚不开来，母亲就想趁这个时候做一点别的什么。活该出事。一只瓷盆里母亲调了一些黑面，等着发酵了就烙馍馍。那一刻母亲突然想看看面发酵了没有。瓷盆在锅上侧的一条木板上。母亲伸手去拿瓷盆，她拿了瓷盆的一个边沿，然而没想到它竟是那样沉。一下子就从母亲手里掉下去了。母亲只听见咣的一声响，水溅起来，溅到母亲的身上脸上，快要沸开来的水，母亲竟没有觉到痛。母亲说她就觉得一种声音从两耳里响出去，无穷无尽似的。她从冒着热气的水里抓出面盆放到一边，没觉到痛。只觉得手像被剥了一层皮。她看见锅里的水绕着一个核心快速地旋转着，使她觉得眩晕，觉得一种近于神秘的恐惧。这时候从灶膛的火里流出水来，淋在母亲的双脚上，一些还没有来得及熄灭的树枝也同着水流出来，掉在地上，湿漉漉的，火熄灭的地方开始起劲地冒出烟来。

这时候，歇工的父亲已经走在了院子里。小姑姑走在最前面，她先看到了这一幕，见母亲像劫后余生似的站在锅边，手不自然地又开着。小姑姑怔了怔，立刻跑出去了。父亲那时候脾气非常不好，动辄会拿母亲出气的。何况母亲打了锅。小姑姑当然知道这一点，她是跑去叫外奶奶了。外奶奶很快就来。边跑边喊父亲不要为难母亲，不要对母亲动拳脚，因为母亲还在月子里的，至于他们几个人的午饭，外奶奶说，她马上做，在她家里做。而且答应，把她家的锅可先拿来，安在我们的灶上。总算稳住了父亲。外奶奶赶紧跑回去做了一大脸盆饭端过来。那时候母亲已坐在炕上了，望着父亲姑姑他们吃饭，母亲觉得自己耳里的那种声音把他们与她隔开着，觉得他们很陌生。她一口也不吃。趁父亲他们吃饭的机会，外奶奶又带着大舅舅来了，大舅舅的头上顶着一口锅，外奶奶说话得算数的，她得把她家的锅给我家拿来，因为她的坐月子的女儿把我家的锅打破了。但是外奶奶家的锅不合于我家的灶头，锅略有些小。要是大些倒可凑合的，却有些小。外奶奶就把锅安上，端来一些潮土，填实在四围的缝隙里，虽然有烟丝从锅边儿上逸出来，需要泥一泥，但却不可以泥的，说是月子里若泥了锅灶，会将月婆的奶水堵住的。那么就只好这样了。外奶奶把那个破锅带回去了，让外爷背到城里收拾收拾，回来他们好用。

但母亲受这番惊吓后，却似得了什么病，神思恍惚，累得连自己的手也拿不起来。连妹妹也奶不动了，也不想奶。妹妹大哭的时候，母亲木然地躺在她旁边，像没有听到一样。母亲的一只手被烫坏了，外奶奶烧了许多棉花灰给她贴上，又用布缠了。母亲可能觉得这只手使她不舒服，总是想把它拿起来，放到眼前看看，但手重得拿不起来。

母亲像个天天被挖取着的面袋子那样空起来，她的嘴不舒服似的一张一张，好像一些牙要掉下来。

外爷和外奶奶用一辆架子车把母亲和妹妹接回她家去了。母亲没有奶可以给妹妹吃，外奶奶就泡馍馍喂妹妹。

这时候外爷从殷家山请来了杨阿訇，开始给母亲治病。杨阿訇说母亲得的是惊痨，惊痨有70天的，有100天的，什么意思呢？意思是有的挨过70天就下场了，有的能挨过100天。连外爷都哭起来。外爷对杨阿訇说，阿訇老人家呀，我这个女子还有两个娃呢，你费心着给看看吧，看好了我给你好好做几件皮袄。

杨阿訇就开始给母亲治病。

把母亲的每一个手指头都用大针挑破了，在母亲后背里隔一个骨节扎一个大针，然后又灸那一个个针眼。母亲被折腾得死去活来。外爷和外奶奶两个人将母亲死按着。这样了几天后，杨阿訇开始给母亲叫魂。他在一碗清水里丢了七粒麦子，手秉一炷香对着碗里念念有词。母亲的魂叫得极艰难，两天以后，六粒麦子聚到一起不再分开，但一粒远躲着，凭杨阿訇怎样施展功夫它也不靠拢来。杨阿訇额上的汗流到鼻尖上，鼻尖上的汗掉到下巴上，胸襟上。母亲也看着那麦粒。母亲说那一碗水她觉得是那样的大，像一个笸箩，那一粒麦子看起来是那样的遥远和老谋深算。外爷在一边不停地给杨阿訇擦汗。后来，一直到第三天，香不知燃去几根了，杨阿訇手上的这炷香也燃得只余寸许。杨阿訇把这残香在自己的指关节上量了量,忽然丢到碗里去,母亲说她看得那么清楚,就像失踪的羊突然看到了羊群那样,那只远远的游离的麦子忽然归拢到这六粒麦子上来,箭似的。七粒麦子簇紧在一起,缓缓地旋转着,像得胜的球员在相互拥抱着庆功。

杨阿訇长舒了一口气。

他说你女子有救,魂叫回来了。

外爷外奶奶的感激之情自是没法说。

杨阿訇让母亲休息几天,他说他还要来的,这之间让外爷趁着三伏,打一个长虫,让乌鸡吃了,再把乌鸡宰了煮熟,让母亲连肉带骨吃掉,再去叫他。我们这里把蛇叫长虫。

外爷开始早出晚归,一天晌午,天热得要爆炸了,外爷拎回了一条长虫,立即在院子里切成了许多段,然后和在面食里,让外奶奶喂给一只乌鸡。那只吃了长虫的乌鸡在树荫里站着,穿了棉袄似的直喘气。到后来它的毛都像刺猬那样竖起来了。乌鸡被宰后,流出紫黑的血来,院子里的狗过来嗅了嗅,带着一种厌恶的神情离开了。

母亲开始吃鸡肉鸡骨头。外爷把鸡骨头研成粉末,让母亲用手抓着吃。鸡肉的味道完全地没有了,只是一种说不上来的怪味,母亲说吃土也没有那么难受。母亲说正是三伏天嘛,看到鸡肉下面的蛆在蠕动,但是为了这个病,母亲抖去肉上的蛆,还是把那些肉带骨粉都吃掉了。

等杨阿訇再来时,母亲已经坐在炕上缝被子了。这是好久以来都没有的事,母亲盖着的被子破了,旧棉花出来,直堆到母亲的下颌上,母亲也不觉,但是现在母亲开始收拾这些旧棉花了,这是一个迹象啊。

杨阿訇笑得连眼睛也看不见了。

这次来,杨阿訇是给母亲出汗。在一大盆冒着热气的开水上支了一些木片,让只穿着衬衣衬裤的母亲坐在上面。等母亲获准从木片上下来时,她的衬衣衬裤像从水里捞出来似的。

这次出汗后,母亲慢慢地好起来。

外爷精工细做了几件皮袄,给杨阿訇背去道谢。母亲见过那几件皮袄的,母亲说在外爷一生做过的皮袄里,那几件无疑是最好的了。

其实母亲的病情好转,与外爷的一次冒险也不无关系,但外爷却在杨阿訇面前绝口不提。

三姨

其实当时在外奶奶家接受杨阿訇看病的,并非母亲一人,还有三姨。但三姨不像母亲,母亲是配合着杨阿訇的,三姨却好像处处在跟杨阿訇作对。杨阿訇要给她背里扎针时,她连衣服也不脱。后来当然是被脱了。但杨阿訇的第一根针就折掉了,三姨反抗得厉害,使杨阿訇无法把针扎到适当的位置上去。第一根针尖是折在了骨头里,把杨阿訇也吓得不轻。有一些特别的疗法只好在三姨这里就取消了。杨阿訇给三姨出汗,压了好几层被子将三姨包住,但一会儿三姨就掀开被子来。杨阿訇悄悄对外爷说,先一个一个治吧,一个一个治吧,听杨阿訇的口气,有些将三姨放弃的意思。他也给三姨叫了魂,但是终于没有叫全,有两粒麦子一东一南,远远地浪游着,显得叛逆又无情。似乎神亲自来召唤它们,它们也这样子的。

外爷对杨阿訇说,那就先一个一个治吧,一个一个治吧。就都把主要精力放在了我母亲身上。当时也是考虑到,母亲是有两个嗷嗷待哺的娃娃的,三姨却只是一个人,来去牵挂可少一些的。当时这也是一个理由。但三姨却似乎为摆脱了治病而高兴,她在门外的炕洞边铺一条破褥子,坐在上面晒日头。日头晒得三姨慵慵的直打呵欠。有时就在褥子上睡着了。外奶奶看在眼里,嘴难过得一憋一憋,她觉得睡着的女儿已经像一个亡人。

三姨的嘴上,被狗抓破的地方,已结着一个痂了,看起来就像是一条踏扁后又被晒干了的虫子。人懦弱轻贱了就容易招来欺侮,连畜生也这样的。三姨捡拾了一背斗牛粪驴粪背着回家时,忽然从一只窄窄的门里窜出一只黑狗,它像人那样立起来,用爪子在三姨嘴上挖了一下,就跑掉了,像早就埋伏着,终于完成了一个任务似的。三姨的下唇被抓破了,几乎撕到了下巴那里。外爷外奶奶骑了青骡子去看时,三姨靠墙睡着,背对着他们,不让他们看自己的脸,只是抖动肩膀压抑了声音哭。她的婆婆说,不要紧的,已经是上了长药,过几天就好的。三姨的这个婆婆是很坏的。人活在世上,大概总是不免要受人欺负,因此也总是需要欺负一些人,以有个平衡。三姨的婆婆虽然穿着补丁摞补丁的衣服,脸也瘦黑得像烧焦了的土豆,但是这样一个女人却欺负三姨,似乎从中体会着自己的价值和意义似的。她让三姨做一种馍馍,十里不同俗,三姨不会做这种馍馍,婆婆就摔碗砸碟子,说连这么个都不会做,我们花钱娶你做啥呢?我们还不如娶个木头桩桩,木头桩桩还能拴马拴羊的,还可以劈了当柴烧的,它还不用吃闲饭,不惹人生闲气。三姨是个有心人,虽然不很说话,但是在一边偷偷地看婆婆怎么做那个馍馍,就学会了,做得比婆婆做的还要好吃。婆婆更加生气了，说你要谁啊，要谁啊，明明会做你说你不会，明明会你说你不会，你啥意思我问？你啥意思？你说说你到底是啥意思，要不是怕糟蹋五谷，我真想撇给狗吃去。婆婆的话简直是像一锅搅团那样翻过来翻过去地搅着，叫三姨觉得简直是没办法再活。三姨有病后，婆婆断定三姨害的是痨病，于是就教唆儿子要想办法。三姨夫于是不和三姨住在一起了。他在院子里睡着，反正是夏天，夜幕下的院子也是很凉爽的，要是碰到下雨什么的，他就把铺盖铺到父母的屋地上凑合。他是怕三姨的痨病传到自己身上。我们村的一个人，叫碎麻乃，他的女人正是三姨夫这个村里的，一天碎麻乃有事去那村里了。三姨的婆婆就对三姨说，她得了信息，外奶奶的病重得很，问三姨去不去看。当时已经是有着暮色了，三姨着急得很，哀求三姨父和自己同去。三姨父支支吾吾。那婆婆说，正好你们村的碎麻乃来了，夜里要回去的，你跟着他回去吧。一男一女夜行，这总是有些不方便吧，但三姨心里着急得厉害，想着婆家的老小也都知道的，自己又不是偷偷摸摸，而且那碎麻乃，绕来绕去的算也还算是自己的一个亲戚呢。这么一想，就跟上走了。鸡叫的时候外奶奶听到有人拍门，吓了一跳。而三姨看到前来开门的外奶奶，也很觉得诧异。但谣言很快就出来了，说三姨怎么怎么的不要脸呐，黑天半夜跟上人走了呐，瞒得多么紧呐，不要说是她的婆婆，连她的丈夫也没看出丝毫迹象来啊。

真是有一万个嘴也说不清了。外爷外奶奶还要拉着三姨前去婆家论理，但三姨说什么也不去了。

你是人家的人，你咋能不回去呢？外奶奶一次次逼三姨。

三姨说，我这个样子回去，人家们不喜欢，等我的病好了再回吧。就这么着，在外奶奶家住了下来。

谣言使外奶奶一家抬不起头来，按外奶奶的说法，那一段时间，真是把脸没当脸，当鞋底子用呢。

三姨夫还来看过三姨几次。母亲说，三姨父眉清目秀的，看着是面善人。他来看三姨时，大家都知趣地退出去，留下他与三姨单独在一起。外奶奶把三姨的指甲和头顶的头发剪了少许，和在给三姨父的饭里，让三姨父吃了。当然这都是暗中做的，不能让他发现。据说这样子可以改善小两口的关系。为了达到目的，又不至于让三姨父看出问题，嗅出味道，外奶奶真是下了不少功夫。但效果甚微。三姨父在三姨屋里待不了多久就会出来，到另外的房里去。这时候外奶奶就会带着侦察的神情去看三姨，三姨神情漠然，脸像哭泣过许多遭用不着再哭了似的，她让外奶奶打发三姨父回去，不要让他再来。外奶奶说，我咋能说这个话呢？我不好说的，他能来看你就还算不错嘛。

但三姨父后来就不怎么来了。再来的时候，三姨已经去世了，铺了一片门帘躺在屋地上。三姨父像别人那样拉去蒙面的布看了看，就匆匆出门去了。有人看见他在院子里的一堆麦草垛边立着，脸上好像有着一道已经干了的泪迹。

我对三姨父的具体面相忘了，身影却还隐约记得的。现在想起来，好像是由于屋子里太暗，看不清他似的。三姨无常的时候才十八岁。她刚回外奶奶家时，还没病到后来那个样子。她还用泥巴给我们做一种叫"哇呜"的乐器，鸡蛋大小的一团泥，中间空着，泥面上开了几个小孔，吹起来时，其声深厚幽远，使人觉得像在地深处响着。三姨吹一些曲子让我们听，她的嘴让狗抓破了，吹一吹哇呜她就要用手摸摸那里,好像是触摸那硬痂破了没有。外奶奶一次次进来,当着三姨的面,告诫我们说,三姨吹过的哇呜,我们千万不能再吹。其实用不着说的,三姨总是给我们捏出另外的哇呜来。哇呜声在院子里此起彼伏,使人觉得一切都很古老神秘起来。

其实外爷给母亲打了一条长虫后,接着还给三姨打了一条的。外爷把长虫在瓦片上焙干,研成粉末,装在一条布袋子里,像装了一袋子锯末。但三姨却死活不吃,她说她一闻心里便恶心,建议让母亲吃,说母亲还有两个娃娃,她无所谓的。

一时找不到乌鸡,母亲竟然像吃炒面一样把那条研成粉末的长虫吃了。但母亲的反应把外爷外奶奶简直吓坏了,不久母亲就像一团面那样发起来,整个人肿得像个馒头,眼睛早在脸上没有了,两腮和鼻子齐平着,嘴唇肿得翻出来,肚子也像一口锅了。即使怀我们兄妹的时候,母亲也不是这样的肚子。

吓得一家人大哭,只好听天由命了。

但三天过去,却逐渐消下来,而且母亲浑身出来无数榆皮似的鳞片,手一抓,纷纷脱落了。外爷说这是把身体里面的毒赶出来了啊。

杨阿訇来时,外爷没敢说,只说遵阿訇所嘱,将长虫喂了乌鸡,又将乌鸡连肉带骨吃了,才成为今天这样子。

幸亏母亲没有将那个长虫吃完。吃到后来,母亲觉得如果再吃下去会使自己将五脏六腑尽数吐出,就没再吃。这真是很奇妙的,要是母亲将那些剧毒的粉末都吃了,会怎么样呢?假如母亲只吃了一只长虫,而没有后来这只长虫可吃,又会怎么样呢?而且虽是吃长虫,但两次的吃法很是不同,结果好一切都好,从这所得的好结果来看,那么两种吃法的相异也是深具玄机的吧。

外爷鼓励三姨把剩的那点蛇末吃掉。

三姨不吃。

外爷外奶奶后来才觉得，三姨并非是怕扎针或者怕吃长虫，三姨好像是不打算治自己的病了，她明显地推拒着、拖延着，好像有意让自己的病一天一天重起来。外爷外奶奶真的意识到这一点，想采取措施时，已经晚了。非常奇怪的是，他们可以逼着母亲做这个做那个，以利母亲的病情，杨阿訇在母亲的后背依骨节为序，一根根进针时，母亲终于是忍不住了，连骂带哭，甚至骂杨阿訇，骂很难听的话，但外爷外奶奶汗如雨下地将母亲控制着，不让她因疼痛而脱离治疗。但对于三姨，却似乎可以迁就，三姨不让给她的后背里扎针，就不扎；三姨推说不吃长虫，果真就不让她吃了，要是硬给她扎针，硬逼了她吃会怎么样呢？

三姨忽然想起自己的许多衣服还在婆家。实际三姨结婚还不足一年，那些衣服都是她的嫁妆。一天，三姨突然焦躁起来，她是那么急切地想见到自己的那些衣裳，她说有些她还没试过哩。那一家人的门已不好进了。外爷外奶奶也不愿进他们的门，就劝三姨，等病好了再穿吧，总之什么时候都是她的衣服嘛，现在这么个样子，穿也穿不好的。三姨大哭着，嘴里呼唤着她的一件件衣服的名字。外爷就派出大舅二舅去拿上几件。但他们却黯然地回来了，说三姨的婆家说了，钥匙找不见，一件儿也无法取出来。而三姨穿过的旧衣服旧鞋子，他们已经烧掉了，因为那上面是有痨病的。当然是不能说给三姨，哄她说，钥匙一下找不见了，找见后，三姨父会送来的。

这时候三姨却非常馋，馋得忍不住吮自己的手指。

母亲家的故事　205

一天，邻居的一只母鸡来串门，跳入三姨的屋里去，一步一步在地上踱着，好像炕上没有谁将它紧盯着似的。三姨看见那母鸡那么壮硕，冠子红红的肉肉的，三姨馋得口水都要流出来了，她想下炕去，别的且不说，先一嘴将那鸡冠子咬下来。那鸡预感到什么似的，倏地一下子跳上了门槛，跳出去走了，三姨眼睁睁地看着它走出门去。

外奶奶回来，三姨就要求将这鸡买来，宰了给她吃肉。没钱买。真是蹊跷，一天那鸡竟又踱入三姨的屋里来，三姨再也忍不住，而且忽然的竟有了一些力量，就跳下去，关上门，将它拦在屋里了，灶膛前有一个装草的背斗，三姨把它扣在背斗下了。

三姨然后请外太爷来给她宰鸡。外太爷把背斗拿开时，发现那鸡正缩紧着身子在生蛋，就又把它扣住。三姨像片刻也不能等了。好不容易等鸡将蛋生下，然后就把它宰掉了。三姨自己拔毛收拾。等外奶奶回来时，屋里已弥漫着肉香。揭开锅盖看时，已只有一半煮在锅里，一半已被三姨陆续吃掉了，三姨站在锅边不停地吮自己的手指。

这只鸡吃过的第二天，三姨的病重起来。

三姨坐在窗前哭喊说，她不行了，她觉着她就要无常了，让人去请柳阿訇来给她念讨白。这时候她突然失明了，看不见人了，她喊着外奶奶，妈，你在哪里？我咋看不到你了。外奶奶哭着把手给她。她说妈我害怕的。柳阿訇匆匆进来了，三姨的身子向后去，外爷就揽着，柳阿訇的讨白赶忙着念完，三姨就无常了。

三姨的埋体刚抬出这小屋去，小屋的门框就被锯掉了，上上下下都被锯掉了。三姨害的是姊妹痨，不这样还要传染的。

三姨送入坟院里后，外奶奶蹲在院子的一个角落里烧那些鸡毛，鸡毛不容易烧起来。外奶奶用一根筷子过来过去地翻拨着，好使每一片鸡毛都能烧完。

大姨

我最佩服和羡慕大姨的性格，大姨是一个心直口快的人。我觉得心直口快的人是有福气的人，一来不在自己心里积郁闷气，于己好；二来坦荡磊落，于人无隐瞒，人也不猜测，有助于形成一个良好的人际关系。我是一个闷声不响的人，容易被人视作有城府的人，实际我是多么期望自己想到就说啊，但话总是在我心里翻跟头，不容易出来，性格所限，真是没有办法。而且学也学不来的。虽出自同一父母，母亲的性格与大姨就有些两样，譬如到谁家去，母亲总是默默走进人家的院子里去，等揭起人家的门帘时人家才能知道是母亲来了，大姨不这样，大姨一进人家的院子就说起话来。挡狗来，有人吗？大姨会这样喊着说。

和大姨一席话谈下来，你会觉得她的话说完了，她的心里干干净净，轻轻松松的。我母亲是一个善良的、非常善解人意的人，她凡事都装在心里，容易委屈自己。但越是屈己迎人，越是与人不能搞好关系。母亲的客气是多了一些，总怕将人伤着，倒真的把人伤着了；总怕误解人，但人反过来就真将母亲误解了。我常常能体察到母亲在这一方面的委屈与痛楚。譬如某人当场刻薄母亲，母亲是心明如镜的人，她当然是听出来了，而且针尖扎心似的难受，但母亲容易隐忍,容易装得没听见。大姨断然不会这样的,大姨会马上还以牙齿,而且词锋比刻薄她的人还要锐利,要锐利许多,因为这样子,倒没人在大姨面前阴阴阳阳地说话。大姨的心直口快使她果断干脆,性格鲜明,亲朋邻里因此都对大姨很是信任和敬重。谁家有娶亲一类事情,会把大姨请去陪客说话,当然是陪女客。大姨说说笑笑,从容大方,使客人们既有一种做客的尊贵与新奇,又有着一种居家的自在与随意。有些人陪客时瞻前顾后,小小心心,总怕把话说错,总怕什么事做得不适当。大姨没这个担心的,她好像说什么做什么都是适当的。譬如她给客人端来馒头,不小心一只馒头从盘子里掉到地上,因为是大姨,客人就会善意地笑着看她捡起来,大姨甚至有让客人高高兴兴将这只馒头吃掉的本事,甚至会让大家抢着吃这只馒头,好像这只馒头因掉到地上而有了更多被吃的理由似的;譬如大姨给客人倒茶,不小心倒在了客人的衣服上或者打翻了茶杯,不要担心,大姨都是有办法解决这些事情的。她出的一些差错非但不成为难堪,反而往往因此生出很意外的效果来。外奶奶这一面人丁众多,男娃女娃都不少的,男娃娶亲时就叫大姨来陪客,女娃出嫁时就请大姨去当客,为主为宾,大姨都可以做到不辱使命。

  我以为大姨最大的不幸在于她嫁错了人。

  那个做我大姨父的人实在是配不上大姨的,他形容猥琐,趣味低级。当了大半辈子羊把式。他和大姨走在一起是有些滑稽的,一个从容坦荡,直道直行,一个却缩肩弓背,走着碎步,心里总藏着鬼祟似的。也不知大姨怎么就摊上了这么个男人,不知大姨和他在一起是怎么过的。他还不安分,和村里一个寡妇鬼混着。一天夜里,月亮很亮,大姨突然听到响动,起身一看,见院子里一个人走着,肩上扛着一袋粮食。大姨是胆大的,就喊了一声,并且下炕来开门欲追。那个人扔了粮袋,跑过来从外面拽着门穗,大姨在里面拼命地拉开着,并且作势向炕上喊大姨父的名字。实际大姨父不在,上山放羊去了。结果那人趁机在外面扣上门,他夺门而逃的一瞬,大姨几乎是吓坏了,借着清澈的冰凉的月光,她看出他很像是大姨父。当大姨父回来时,大姨故意说到这事,说家里来了贼,但大姨父支支吾吾,期期艾艾,说粮食既然没偷走,就不用管那么多了。大姨猜到大姨父偷自家的粮食是要送给相好的。一天夜里大姨翻过那寡妇的院墙去,大姨父来不及躲藏,和寡妇一起被大姨拦个正着。他们做梦也不会料到大姨会深夜里翻过墙来。寡妇把自己像一个肉馅那样胡乱地包紧在被子里。大姨父跪在地上给大姨赌咒发誓。

大姨虽是母亲的妹妹,结婚却早于母亲,这就使得她的儿子盘舍也大了我一岁。盘舍我还记得,小时候来外爷家,夜里撒了一泡尿在被子上,于是天没亮就逃回去了。十岁的时候,他因病夭折了,大姨哭着把他还挎在身上的玩具手枪取下来。这件事对大姨刺激很大,不久大姨精神就失常了。我现在忽然觉得,也许大姨早就受不了了,儿子的去世帮助了她,使她替自己找到了一个再好不过的崩溃理由。

大姨的疯病痊愈后,身体就没有恢复起来,有时还把血吐在卫生纸上。她又接连生了两个儿子,把身体完全地搞垮了。但人还是那样,想说了就说,高兴了就那样坦荡地笑出声来。一天早上,大家都觉得大姨神情异样,她在院子里详尽地转了转,在几个屋里转了转,伏在桌上,把相框里的照片一一看了很久。连草窑里也看了。然后坐在院台上,两手放在膝盖上晒日头,忽然就恶心似的叫一声,吐出一大口血来。接着便吐血不止。大姨就这么离开了世界,就这么活过了她的一辈子。

大姨无常后,外爷没有去送,外奶奶哭得厉害,但外爷不为所动,他说你们去吧,我跟我女儿见面的机会也快了。像为自己的这话负责似的,大姨无常还不到一年,外爷就也无常了。

其实连大姨也清楚外爷不去给她送葬的真正原因,那就是,他不愿见到我的那个大姨父。

琴

四外爷有过一把琴,相信村里许多人还把它记着的。

我们这样的纯回族村庄,总是对种种娱乐和娱乐方式有着忌讳,似乎是对人的欢乐有着一种轻蔑和警惕,好像种种欢乐中伏藏着祸端似的。直到今天,我们村里也很难找出一把琴来。

但在合作社的时候,村里似乎狂欢过一段时间,实际上也不过是晚上开开会、唱唱歌而已,舞好像不曾跳过的,但在我们这里,已可算是狂欢了。直到今天,大家搁过那时的辛苦和吃不饱肚子不说,还津津乐道于开会唱歌一类。说开会的时候,谁总是爱说话,爱说个"今天",唾沫星子也溅到别人的脸上去了,说谁谁谁在开会发言时丢的一个丑,说男的里面,谁唱得最好,女的里面,又是谁唱得最好,让我们觉得如在讲述着一个个历史事件和历史人物似的。这些被大家记忆并传述的人物,有些已经不在人世了,有些还活着的,但是已与人们所述说的他们很不一样了。一天,一个瘦得伶仃的女人来我家借钱，要给他的儿子治病，她的儿子害的是糖尿病，她想和父亲借几个钱，给儿子吊几瓶药。父亲借了她15块，她道着谢走了。母亲倒给她的茶，她在手里拿着，将杯子缓缓转动着，像在暖手，但是母亲注意到她连一口也没有喝。她走后，母亲感慨地又说起她当时在合作社里的事来，她那时是个积极分子，劳动积极，背一背斗粪，可以一路小跑着。唱歌也积极的，往往是要比大家快半拍，她的声音也还尖高，在合唱声里完全是一个异音。教歌子的知青总是一次次走到她跟前去，苦口婆心地纠正她，让她不要抢，看她的手势再唱，声音也不要那么刺耳，可以柔和一些，以中低音唱。说得她有些茫然，好像连她自己也找不到自己的中低音似的。她是积极分子当惯了，以为唱歌时领先一步也是好的，没想到弄成这个样子。最后就把她改成独唱了。她独唱的时候，许多耳朵都捂上了，然后捂紧着耳朵只看她的嘴动，直到她的嘴不见动时，再把堵耳朵的手纷纷拿开来。她的绰号就叫"快半拍"的。母亲说那时候她不但不瘦，还偏胖的，想不到后来会瘦到这样。而她的"快半拍"的绰号，直到今天也还有人叫着的。

村里来知青的事，我隐隐还记得的。当时觉得非常新鲜，好像老窖里换了一窖新水那样。说来奇怪，一想起当时村里来知青的事，我就很自然地想起几棵高高的白杨树来，高处的树叶被风吹得轻轻响着。我为什么记住了这么一个情景，而且和知青联系了起来，我一直没有找到答案。

知青有七八个之多，有男有女，分住在村里一些贫农家里。他们的面相都忘记了，只记得一伙年轻而富有生机的身影，像是要从一个虚静的底片里挣脱出来，还原成一种真实。记得最清楚的是一个姑娘,扎着两个硬邦邦的小辫,她的衬衣领子要比外衣领子大出许多,像两片荷叶,翻上来将上衣领子遮没了。但也只是记得这小辫和衣领,她的脸却似疾速流水中的投影那样,怎么也看不清楚了。她好像是一个骨干,常常是她立在社员们面前教歌子,有时是在地头上,有时是在夜空下的学校里。社员们像一群鱼被集中到沙滩上,比赛着张嘴鼓腮一番后,又稀哩哗啦退回到水里去。

知青们带着一些乐器,不但唱,有时也还伴奏的。

四外爷家里住着两个男知青,知青返城的时候,一个男知青把他的琴留给了四外爷。

四外爷是一个非常腼腆的人,他好像一辈子都怕和人说话似的。知青走后,就能听到四外爷的家里常常传出弹琴声来,那琴声总是碎散而突兀,好像是一些永远无法联系起来和谐起来的音符。当有人寻声而至时,四外爷就会把琴收起来,陪来人不声不响地坐着,让他终于受不了尴尬走掉。

但我们这些孩子却可以立在四外爷的窑洞门外听他弹琴,炕上有一面小桌,琴横在小桌上,四外爷坐在小桌后弹琴。那琴像如今的电子琴,尺余长,然而却是有弦无键的。只要我们不踏入门槛去,四外爷就不会赶走我们,也不会向我们这里看一眼。他只顾弹琴。他每一次都把手抬起得很高,手指像从油锅里出来那样支棱着,久久落不下去,眼睛也寻缝觅隙一般看着,好像总是拿不定主意,找不到一根合适的弦似的。他的手终于落下去拨弄时,我们的呼吸都屏住了,但总是只听到近于突兀的一响,而且余音很长,像一切主张和目的都在这余音里似的。这样子弹拨半天,四外爷好像已经是得到了弹琴的快乐,就用一个湿布片似的东西将琴擦一擦,这样无意地擦拭时，有时倒会突然出来一个很好听的声音，使我们面面相觑。四外爷把擦拭完的琴装入一个木盒里去，小心地扣上两边的小锁子。

听说有人去找四外爷借琴，没有成功；还有用一头羯羊换四外爷的琴的，四外爷也没有和他换。

这便使人对四外爷很有微词，说弹了那么久，也没见弹出一个曲子来，自己没本事弹，还不给人借。都说知青娃娃一定看着是个坏琴，弹不成了，才给他的，不然好好的一个琴，人家凭什么要给人呢？但那知青弹琴时大家也听过的，那真是……绝对不能说是一把坏琴的。

都觉得自己要是学弹那琴，不过三五天，就能弹出一个曲子来的，手真是痒痒得很呐。不知道那知青娃娃为什么把琴给了一个学不会弹琴的人。

我记得那时候结婚，要比现在热闹。尤其夜里闹床时，父亲他们还要唱知青教的歌子。一伙男人声音雄壮地唱着，好像要用这声音把那个花瓶一样坐着的新媳妇灌醉。这时候忽然有人提议说把四外爷叫来，让他给大家弹一曲，弹《马五哥和尕豆妹》，弹《马仲英打河州》。有人嚷嚷着说别叫别叫，他只会弹棉花，琴是弹不了的。但还是去叫了。不久沮丧地回来，说叫不来的。一个人嚷嚷着又去叫。这样有新媳妇在的场合，大家都是容易激奋的，乐意显得与众不同。你叫不来么？那么我去叫，我要叫来就是很长面子的事了。结果好几拨人去叫，弄得村里的狗都不安地叫起来，但四外爷还是没被叫来。叫来了他也不会弹，有人总结说。然而大家都是很沮丧的，想着一把琴嘛，此时不用，便待何时啊。

母亲家的故事　　213

有一段时间我们都去听四外爷弹琴，见四外爷坐在窑洞的门槛上，很下功夫地收拾着琴弦，原来一根琴弦断掉了，四外爷想把它像一条断线那样挽起来，但弦的长度好像不足，四外爷一次次拉紧着琴弦，一次次比试着，额头和鼻尖上都溢出汗来。

后来我们好像再没有听到过四外爷弹琴，他似乎一直坐在门槛上，借着院里的亮光在收拾那琴，身边放了一堆与修琴相关的东西，有改锥、钳子、蜡、胶布等，不知什么时候，琴弦已经断了好几根。这时候的琴看起来，虽然它并没有响，但是却给人一种业已瘫痪，发着噪声之感。四外爷把子弹头砸开来，用在烛火上烧红的改锥将子弹头里的锡点一点，然后举着去焊接断弦，我们围拢了看着，觉得比较起来，这个比弹琴要更有意思。

晚福

我七个外爷，现在只余四外爷和七外爷了，就像老人残剩在嘴里的两颗牙。

比较起来，四外爷晚年的日子是很不错的。四外爷的长子尤素夫，颇善经营，是我们村生意做得最大的人。他在家里用手机遥控着几辆运输车跑广东跑天津跑西藏，自己完全是一个喝茶聊天的闲人的样子。他又极孝顺。原本我们这里的规矩，老人大都是守着小儿子度过余生的。但尤素夫舅舅却在自己的院落旁边又盖了一套精巧玲珑的院子，这正是给父母准备的。他和弟弟商量了，把四外爷老两口接到这小院里来住。一天的主要工作就是礼拜参想，一心向教门，吃饭穿衣，人情往来的事，就无须再管了。因为要出进车，尤素夫舅舅的院门就很大。他给四外爷做的院门也大，和院子有些不相称的，好像这小院子也是要车进车出的。于是有人路过之际，往门里一瞥时，就常常能看到四外爷和四外奶奶在院台上各坐一只小凳，洗小净的样子（回族人礼拜前沐浴周身叫"大净"，清洗局部谓之"小净"）。他们好像总是在洗小净。有时也看到他们坐在小凳上，各执一杯茶，幽幽地喝着，或者是铺一片塑料布，坐在上面打发光阴似的擦擦菜捣捣花椒什么的。冬天下雪的时候，有人还在四外爷门外的墙根里看到过西瓜皮。冬天吃西瓜，这在村里人，是不曾见过的。后来我们村的柳阿訇由于在县城大寺开学，誉满一方，于是众多教民出散乜贴（具有宗教意味的钱物），玉成柳阿訇去麦加朝觐，尤素夫舅舅竟也申请到一个指标，出资让四外爷和柳阿訇一同朝觐去了。这真是轰动乡里的一件大事。出行那天，前来送行的人很多，有人还给四外爷挂了红以示喜庆和祝贺。四外爷是个腼腆人，后来他被这件事情被这么多人搞得有些不知所措。他的儿子代他讲了几句话。这时候看得出四外爷是很兴奋很得意的，层层叠叠的绸被面、缎被面在他身上沉甸甸的，显得华贵又喜庆，他更多是用一种精神的力量驮着这些。他双目微闭，以免看到那么多注视的眼睛，但是他始终微笑着。下巴上那一小撮胡子灵芝草似的长着，显出尊贵和不可小觑来。四外爷是个圆脸，而且长期面净无须，这在男人是不好看的。后来却懒懒散散若有似无的长出少许胡须来，而且一长出来就似乎是白的。这点胡须使四外爷的整个脸型都为之改观，好像是在圆中略略显出一点狭来。他的儿子讲完了大家就从四面躬身向四外爷道色俩目。色俩目汇合到一处，像滚滚浪涛涌向四外爷那里，四外爷就睁开眼睛来，微笑着给大家回色俩

母亲家的故事　　**215**

目,眼泪在他的眼里出来,顺着两颊长长地流下来,他的儿子在一边竟失声痛哭,许多人都抹着眼泪了。过于喜悦也只好流眼泪。四外爷从沙特朝觐归来,儿子和儿媳亲自到北京去接。朝觐回来就不是俗常人物了,就是哈志,许多人已经叫四外爷马哈志了。这样叫的时候,四外爷是有些腼腆的,似乎还不能完全适应这一称呼,但同时就使他在神情和那绺胡须上都显出某种尊贵和尊严来。村里有些什么大事,也乐意请他来撑撑场面了,但四外爷好像不习惯于这些场面,他即使出现在那里,也显出一种被胁迫而来的样子。四外奶奶这时候也搭起盖头来了,将脸在盖头中间露出一小片来,像她时时愿意躲在盖头后面修炼参想似的。

这就更容易看到老两口坐在门前的小凳上静静地洗小净了。他们洗耳朵、脖子,用沾了水的双手摸额头,将一只脚拎起来洗着,像高明的厨师娴熟地洗一条鱼那样。可以看到从他们的脚上流下来的水净亮着,好像比从汤瓶里倒出来时还要干净。两人各自一条干干净净的长毛巾,在肩上搭着,用一头余裕地擦拭胳膊或脚时,另一头还松松地搭在肩上。一个洗完了,擦拭干净了,会等另一个。两人都洗完,将汤瓶在门侧紧挨着摆放好,然后四外爷走在前面,四外奶奶跟在后面进屋去,开始做礼拜。

这样的情景让人看在眼里,心里觉得熨帖。

想老人就该这样子活啊。老人这样子活着,是儿女多大的安慰。

但有时看着老两口一个洗完了小净在静静地等候另一个,我心里会一动,我会想起母亲讲过的,老两口的往昔来。

现在好着就行了,往事有时候是不该回顾它的。

四外奶奶原本是个寡妇。她的丈夫去世了,她才得以嫁与了四外爷。与四外爷比起来,四外奶奶要高出他一头还多。而且从现在看,四外奶奶年轻时一定很好看的。也许这正是四外爷当初接受四外奶奶的一个原因。

母亲说四外爷后来将四外奶奶打得厉害。那真是可以说很毒辣,打起来不要命的。我想不通四外爷那么腼腆的一个人,怎么竟可以变了面孔,出手打人。或者在四外奶奶面前,四外爷已经是不腼腆的了吧。

四外奶奶虽然嫁给了四外爷,但她此前还生了一个儿子在前夫家的。许多女人都劝四外奶奶,在自己的心上狠狠揪上一把,把这一疙瘩肉从此忘掉去,就当作没有生,就当作以前没嫁过人,一嫁就嫁给了四外爷。但是怎么劝也无效的,四外奶奶一得机会就偷偷去看她的儿子。给儿子带一些好吃的去,给儿子做一双鞋送去,搂住儿子哭上一场。忙忙往回跑,但是半路上就把四外爷碰上了。母亲说翻山越沟的,一个人不敢走,四外奶奶会领她去做伴的。四外爷简直像一个鬼那样拦在路上,一看见四外奶奶就从地上跳起来,四外奶奶是根本跑不过他的。一沾身就打,那真是往死里打。骑在四外奶奶身上,手里攥着干土块打她。四外奶奶的两只手完全是无效地拦挡着。母亲那时候还小,不敢拉,只是哭的。四外爷总要把自己打累了才放手,这时候四外奶奶就像从门缝里生生挤出的一只母鸡那样逃走了,一身凌乱的样子,她边跑边哭,边收拾着头巾。母亲也哭着追在她后面。一次四外爷正在打四外奶奶,突然过来两个骑自行车的人,他们实际是不相关的路过者,刚开始还劝解着,后来一个矮壮的突然揪住四外爷的胸脯,要打他了。母亲说四外爷当时不说话，也不看那个揪他胸脯的人，只是偏头看坐在地上边哭边倒鞋里面浮土的四外奶奶。那人见四外奶奶穿上鞋走出老远，才松开了抓四外爷胸脯的手。四外奶奶的娘家在邻村，有时她谎称去娘家，四外爷偷偷跟着，见她果然是去了娘家，但四外奶奶虚晃一枪，迅速从后沟里过去，直奔她的儿子那里去了。然而一次却发现四外爷虎视眈眈地坐在后沟里的一丛芨芨草旁边。四外奶奶蹲下来，两手捂紧着口袋，做好挨打的姿势。那一次四外爷差点折断了四外奶奶的一根手指，还把她的鼻子打破了，血流了一脸，看上去真是很可怕的。她捂紧在口袋里的东西也被四外爷翻出来撒了一地，四外爷用脚踩它们来解恨，是些洋糖、核桃和孩子玩的弹豆。四外奶奶装作被打得很重（实际也是这样），起不来，就在地上躺着，闭住眼睛不说话，一只鼻孔里不时还漏出血来，等四外爷从沟里上去，在梁顶上晃一晃，不见了，四外奶奶就爬起来，把零散在地上的东西重新装入口袋，用土把有血的脸涂抹涂抹，就领了母亲去看她的儿子。她有些舍不得地给了母亲一块糖，那块糖的糖纸都被四外爷踩得没有了。上面的土用衣襟揩也揩不净，只能吮一会儿才能吮出糖的样子来。到村边，照例是母亲去那家唤她的儿子出来。四外奶奶一边哭一边把自己口袋里的东西掏出来，装入儿子的口袋里去。儿子的口袋底部破出一个洞来，装入去的东西从洞里掉下来，儿子的手指头也从那洞里伸出来让四外奶奶看。四外奶奶翻起衣襟来看那小洞，手在自己的头巾上摸着看有无针线，没有。为了方便，我们这里的女人常常在围巾上别有针线的。后来四外奶奶用一个土块垫底，将那小洞堵住，才算把那些东西装在了儿子的口袋里。她搂住儿子哭，舍不得放开，但又怕那样子让儿子怕，就向他笑着，问爷爷奶奶待他怎么样。实际上她笑的样子比哭好看不了多少。后来母亲实在是不敢跟四外奶奶去看她的儿子，四外奶奶就带了大姨去，后来又带了外奶奶去，一次惹得外奶奶也挨了四外爷一顿拳脚。

母亲忆及这事，很容易感慨的，说四外奶奶为了她的那个儿子，真正是重活了一世人。

重活了一世人是我们这里的一种说法，就好比说一个人去了地狱一趟，又活过来了，甚至比这个还要艰难辛酸的。

二舅

外奶奶一共生了15个孩子，存活10个，儿子5个，女儿5个。舅舅们几乎都是矮个子，养儿从舅，害得我也没能长高，几十年来一直是个心头之痛。现在渐渐晓得了一点此消彼长的道理，一边在另一端下着功夫，一边也就不很以个头的高矮为意了。

但凡事不过三，何况我已有五个舅舅了，于是很自然也就有了意外，这意外即是，二舅非但没有随着兄弟们矮下来，反而高上去，显得出类拔萃，像一棵白杨树生在了杏树、桃树中间，并且二舅轮廓显明，气质坚毅，一看就是个男子汉。

也想过，我要是像二舅就好了。

二舅当过民兵排长，很小的时候，就记得二舅常常把一挺机枪扛回家来，在院子里用油擦洗着，记得机枪上有一个圆盘，二舅卸它下来，擦拭着机枪的内面。我们在旁边看，远远爬在机枪后面，手不碰到枪上去，学模学样地做着样子。机枪看上去就很沉，二舅扛着机枪回来时，真是英姿勃勃，没有比机枪更好的装扮他的了。

二舅他们还打靶，在一个坝湾里趴着，有时能打一整天。靶子在远远的山坡下一字排开着，枪声不断地响着，不知打到靶上没有。还记得那枪声，先是响亮，继而就沉闷下来，好像后半段子弹是在一个深洞里飞行着的。

我们常去挖子弹捡炮筒。子弹砸出里面的锡来，熔成一团，拿到生资公司去卖钱，炮筒当哨子吹。把余剩不多的铅笔裹一点棉花或纸，插在炮筒里还可多用一些时日。听说二舅的枪法是比较准的。二舅常常喊着口令，把队伍从外面带着跑入坝湾里来，打一天靶，再喊着口令把他们带走。他们在坝湾里滚了一身土，跑离坝湾的时候，身上的尘土就飞扬开来，使他们跑在土雾中。有时营长段正富会来，二舅就跑上去给段营长立正敬礼，汇报情况，两个人都用的是平常不用的声音，在坝湾里震出回音来，听着让人振奋又恐惧。

不知道为什么二舅后来再也没有当民兵，而且好像民兵一个也没有了。不知道二舅的那挺机枪哪里去了。枪声四起的坝湾里也寂寞起来，终于是种了粮食或苜蓿，冬天的时候，有人会赶了羊来这里放牧。

但二舅毕竟是二舅，他忽然娶回一个县城的女子来。那女子叫园旦。果然和村里长大的女子是有些不同。个头高挑，胖瘦适中，很少笑，一笑时就会让人有一种没看够看不够的感觉。她最大的一个好处是，常常会给我们母子三人留一些饭，我们也总是如期而至，她把一个饭盆推给母亲，让母亲给我们舀着吃，自己唰啦唰啦洗锅，也不大和我们说话，但模样是很亲善的。若是我们去迟了，她已洗完锅了，就把饭盆炖在锅里，饭总是热腾腾的。母亲把这个弟媳妇夸得不行。我对她也有着一种莫名的好感，记得我已经在中心小学上四年级了，评上了三好学生，发了一张挂图做奖品，记不清上面画的是什么了，我就把它给二舅母拿去了，二舅母很高兴，挂在了自己小得像鸟窝的新房里，有一个细节我一直难忘，当时四姨也在的，四姨比我还要小一岁，懵懂无知，忽然说了一句男女性事的话，说得具体又直接，二舅母一下子红了脸，迅速地看了我一眼，装作侧身做别的了。我那时自然也不能尽了其意，但也觉得这不是什么好话，尤其不是一般的话，不是随口就说的话，但这话让二舅母一下子就红透了脸的样子，真是给我留下了太深的记忆，有时想起，心里不禁一动，觉得有些事情在人心里所生的波澜比事情本身还要美好有味。

二舅母现在已是做奶奶的人了。二舅脖子里的头发也见白起来，扛机枪的那个青年早已是被岁月淘洗得不见影踪了。他现在在县城开了一家氧焊店，常常戴着墨镜，举着一个铁罩给人焊门窗焊车子什么的，日子也还可以的。二舅与二舅母是强强联合，一个儿子和三个女儿都生得魁伟英武，如花似玉，导演刘苗苗见了我那个表弟说，哎呀，当个演员是不用化妆的，见了我那三个表妹说，哎呀，真是养在深闺人不识啊。

二舅虽头发见白，却不愿做省油的灯，和一个寡居的女人好上了。这一下才让我看出二舅的痴情和固执来，二舅母率领了子女围攻他，唾骂他，竟不为所动，就是要和那女人好。

于是几个愤怒的人又一阵风似的卷入那女人家去，仇人相见，分外眼红，把那女人抓挠了个不成样子，把她的家砸了稀巴烂。

二舅就把那女人弄到医院里去疗治，朝朝暮暮陪着，连焊匠也不做了。

有一个小伙子,把我三个表妹中的一个爱得要死要活,于是在表妹的授意下,这勇不可当的小伙子闯入医院里,将那病床上的女人又是一顿狠揍。捎带着还给二舅来了几下。

这事情就闹大了。

小伙子和表妹都被公安局逮去了。拘留15天。

二舅买了些羊羔肉去拘留所看女儿,被我那个大辫子的表妹骂得近身不得,送去的羊羔肉也给扔了出来。

听说那女人不打算活了,想死,抱住二舅的头说,死太容易了,我就是舍不下你……

听说二舅母也不想活了,上吊的绳子准备好了,老鼠药也准备好了,就是舍不下几个娃娃。

邻居家的故事

河东河西

记得许多次，带了朋友来我家时，我都会指着我家下面的一家院落说，有相当一个时期，那都是我们村里光阴最好的一户人家。这样说时，我口气里总有些感慨的意思。然后大家就沉默地向那里看，像看着一个旧址遗迹似的。大家的脚像被裹缠住了，一时不易走开，会立在那里望上许久。这时候也似乎就能听到时间的声音，时间如风，在这拥塞又寂寥的空间里吹刮过去，让人觉得它那么轻易地更迭和剥蚀着一切。

那好像是一个弃置不用的院子，从一些断垣残壁看，院子里原本有数间房的，一些残壁上仍留有烟火的痕迹。但现在只余了孤零零的一间小房，像大人在一次大灾中遭毁灭了，撒手丢下的一个孤儿。那只能算是一间伙房。上面的青瓦片已显乌黑，并且长满了黑绿的苔藓，要是有风，会听到风吹瓦片的声音，会给人一种强烈的疏松感和凋零感。要是门上没有帘子，院里的晾绳上没有晾晒的衣服，会很容易觉得这是一个早已无人居住的院子。

主人黑姓。过世已经二十余年。现在一算，他过世的时候也就我现在这个年龄吧。生前却是很显赫的，是县水利局局长。村子里那时候连手扶也不多，整个村子也就一台手扶，自行车也没几辆的。但黑局长回村时，却开着吉普车回来。车就停在门前的巷子里。有时会停一天,到点灯时分才走。我们都跑去看。乡村寂寞,好像也因此有了些许节日气氛。摸一摸车辊辘啊,贴住车窗往里看啊,把手搭在冰凉的车灯上啊,等等。也很容易在车周围形成一个游乐场,弹豆啊,头鸡啊,捉小鸡啊,摔跤啊,总之是难得的热闹了一场,总之这一场近乎无中生有的热闹与这辆吉普车的到来有关。黑局长开门出来时,大家就会一哄而散,立在远处看黑局长胖胖的身子钻进车里去,然后车好像自己动起来,前进一下,后退一下,前进一下,后退一下,慢慢地掉转着头颅,忽然就像一只犹豫不决的蜻蜓支开两片翅膀那样,终于开走了。巷子里凹凸不平,车醉汉一样摇来晃去,后面的尾灯明灭不已,像不停地放着哑屁。车离开不久,我们的游戏就散了。留下许多弹豆的坑儿和乱糟糟的脚印寂寞在那里。

虽说是邻居,但黑局长留于我的印象,也好像只有两宗。如果黑局长真是一个什么大人物,需要我来讲讲他,那么纵是搜肠刮肚,我也只能说出这两件而已,而且真的说起来,又让人觉得实在是不值一说的。

黑局长和我家之间,有一麦场,盛夏的一天,黑局长在麦场的一只石磙上坐着扇扇子,汗出来,把他胸口的背心都湿了。那是一把半圆形的竹扇,淡绿色,好像它永远也不会枯黄似的。我在旁边看黑局长扇扇子,想着那会是一种什么感觉。黑局长的背心旗子那样不停地卷动着,随着背心在胸口的浮起涨开,会看到那里的毛丛汗津津的,他额上一绺汗湿的头发也噗沓噗沓的一动一动,像一小块厚厚的补丁似的。看样子,黑局长真是热得受不了了。我倒不觉得有多热。后来不知怎么地,扇子到了我手里,由我给黑局长扇扇子。黑局长端坐在那里,两腿松松地摆开着,两手不停地提拎着哗哗卷动的背心,不停地用含混的声音说着好,好。我拼了命给他扇着,用两手把住扇柄扇着,连我自己也觉到温热的一丝凉意从扇子上传过来。我看见黑局长额头上的那块"厚补丁"被我扇得跳起来了,像在不停地打着快板。扇了我一身汗。这事不知怎么让母亲看到了,我回去便生气地问我做什么去了。问是黑局长让我扇,还是我自己给他扇。这一点直到现在我似乎也回答不出。

那时候好像全村的鸡蛋都源源不断送到黑局长家去,我就送过多次,母亲把鸡蛋包在围巾里,让我拎了给黑局长家送去。在黑局长家门口,门开着一个小缝,他的女人把围巾包打开放在地上,将鸡蛋一一数着,放入一个小提篮里去,然后就把钱给我,进去了,门也轻轻地由里掩上。只要站在我家大门口,就能常常看到黑局长门口送鸡蛋的人,照旧是那一套,黑局长的女人把别人的鸡蛋一一拾入自己的篮子里去,默默地付钱,默默地走进去,门就从里面轻轻地掩上来。

一次我家的一只山羊吃苜蓿胀了,肚子像一口锅,斜在那里直喘气。只好宰掉。我们都高兴得很,舔着嘴唇指望着。但是没想到整只山羊被父亲用一辆架子车拉了,拉到黑局长家去了,这让我们对黑局长家有了不满和恨意。听说那时候黑局长就已经病了,和我家的山羊一样,他的肚子也鼓胀着。这一只山羊,听说是黑局长家给了我们不错的价钱,直到现在父亲还说起这事,说一只羊卖了个牛儿子的价。但据说黑局长本人并没有吃多少,他看着头畔的羊肉落下泪来。不久村里就来了好几辆车,气氛是异常严峻的,和我家的山羊一样,黑局长的肚子没法子消下去,就这么去世了。

邻居家的故事

接下来，他家的光阴就一天天从河东转到了河西。

我们也可以到他家去玩了。黑局长的女人应当说是村里最有教养最具气质的女人了吧，她长得有些像宋庆龄，但个头要高于宋庆龄一些，气质华贵又安静。她看人的时候，你觉得她好像是从一张相片上望着你，好像她浸身在一面大镜子里望着你。

她有三个儿子，一个女儿。都很出众的。不愧是干部的儿女，虽然和我们在一个村子里，但就是有些与我们不同。三个儿子都是方头大脸，像从精良的模里订制出来的，我们小时候总是喜欢唱一首歌："头大耳朵宽，长大能做官"，说的就是她的儿子们。

黑局长在世时，这女人就极少与村里人来往，丈夫过世后，她更是像把自己藏起来了，像一个修女。她那时候不过三十出头，却有意把自己打扮得老相起来，脚上穿着很笨的毡鞋，下身穿一件绒裤。不知道她为什么突然间成了这样。

那时候好像全村唯她家有一台缝纫机。为了生计，她开始做起缝纫师来了。到她家门口送鸡蛋的人换成了送衣服送布料的人，也不再在门口静静地候着，而是直接走入去，但总还是帮她把门轻轻地掩上。

不但是替人做成衣，缝缝补补的活也接的。我记得清楚的价格是，做一件衬衣六角钱，做一条裤子四角钱。由于她做工精细，有些地方还专意走两道线，预定的时间也从不爽约，因此大家虽然钱都很紧，缝缝补补的事大都自己解决，但她的活儿应该说还是不少。她的孩子们也常常呼我们去玩了，就见她似乎老是坐在缝纫机前忙碌着，一双穿着厚毡靴的脚像焊在了下面的踏板上那样，总是踩得缝纫机嗡嗡嗡嗡地响着。她有一套特别的教育孩子的办法，很少听到她呵斥孩子，当她的孩子说什么或做什么不中她的意时，她只需一边踩缝纫机，一边轻轻地看一眼就行了，这一眼也并非责备，而只是一个提醒，只是送达了一个信息而已。有时会是一声轻轻咳嗽，孩子们似乎对她的眼神和咳嗽都极熟悉极能明辨的，很容易就能取得立竿见影的效果。跟她的孩子玩耍，着实也让我们学到了不少东西。譬如说话能互相听见就行了，不必太大声的，譬如不能跑着进屋里来，门帘也不能掀起得过高。

　　她的缝纫的活儿并没有做上多久，渐渐村里的缝纫机也多了起来。忽然就看到她也去地里劳动了。什么都干，种洋芋啊，拔麦子啊，把堆在地里的积肥一背斗一背斗转开啊，她慢腾腾地做着这些，有时炎炎六月，拔麦子的人实在受不了那毒日头，于正响午时回去休息了，她的儿女也回去休息了，她还在地里慢腾腾地拔着，像她如此缓慢的速度可以使她不累似的。她还养了牛、养了羊，有时会看到她背着一大捆草从山上走下来。这些都让村里人感慨不已。虽然大家都不过是种地的，是土里头寻食吃的，但总还是觉得这女人不要落得和大家一样，觉得她做农活是一件让大家受不了的事情，没想到她不但做，还做得如此踏实。都知道她是坐过飞机的人，和她的丈夫黑局长从新疆乌鲁木齐一直坐到北京。她的脚寒，夏天也需穿毡靴，据说就是那次坐飞机得的病，太高了嘛，飞机下头是雪山，上头是雪花，就把脚冻坏了。老实说，村里人坐过班车的也没几个，让一个坐过飞机的女人和大家干一样的活计，下一样的笨苦，大家觉得心里头实在不是个味道。

　　但能怎么样呢？只是多一些感慨罢了。

　　女人之所以喂牛羊，并不是要以牛羊发财，而是要用它们给

邻居家的故事　　227

黑局长倒油。每到黑局长的忌日，她就为黑局长宰一只羊；要是大节气，譬如三年、十年、三十年，就宰一头牛。宰倒后第一桩事，就是把这牛羊分出一半来给公公婆婆送去。院子里有几棵果树，每年果子下了，第一桩事，也是亲自挑拣出一筐来，先给公公婆婆送去。在丈夫的忌日，还有一件大事就是她得好好哭一场，送走阿訇，送走亲朋好友，她就把自己关在套间里呜呜地哭一场。那时候一些人就会爬在自家的墙头上或院子里听她哭，有时自己也要忍不住跟着抹一些眼泪。

就是这样一个厌恶别人大声说话的人，后来自己却不得不大声说起话来，不知从什么时候起，她的双耳开始渐渐地失聪起来，大概是一只耳朵还略好些，听人说话时，她会侧着头，把一只耳朵放到前面听。人就得大声与她说话，她自己说话的声音也大了起来。但她的话是极少的。她用一双安静深邃的眼睛看着你，向你坦然而透彻地笑着，似乎一切不用说就可以明白的。她的双腮有很深的酒窝，直到她晚年时还看得清楚。

因为她的深居简出，我一直觉得她是活在世上的，前两天一问母亲，真是大吃一惊，母亲异样地将我看着，说她去世已经五六年了，难道我竟不知道吗？我只是觉得恍惚。母亲说，她后来跟小儿子搬到河那边去住了，老院留给了次子，这个我是知道的。母亲说她的女儿出嫁后她就几乎待在套间里不出来了，到她的套间里去，坐上半炷香的工夫才能看到她的脸从暗影里浮现出来。她的过世真是再容易不过，和前来看她的弟弟正在吃哈密瓜，忽然心口发闷，就吐起血来，等阿訇急急赶来念完讨白，她就近于叹息地吐出最后一口气。

母亲说，哭得最伤心的是公公婆婆，婆婆哭得晕过去了好几次。

阿西燕

阿西燕是黑局长的女儿，也是黑局长两口子最小的孩子。黑局长去世时，阿西燕不过四五岁吧。

在我们小时候的记忆里，阿西燕可算是我们见过的公主了。黑局长的小儿子叫盼盼，是一个骄傲的喜炫耀的孩子，偶尔会拿出他们家的影集让我们看。这是很开眼界的。我有一日盘点了一下，发现我初中二年级以前只有过两张照片，一张是周岁时照的，一张是五年级时和母亲妹妹的一张合影。自然是和盼盼家的照片无法相比。在他家的影集里，留影最多的当属阿西燕，有她在各个季节各种身姿的照片。盼盼说实际上照片最多的是他，只不过他不愿拿出来罢了。

黑局长开吉普车回来，偶尔车门打开，他会从车内接下阿西燕，抱着她，两手里还是她的玩具和零食，边走边亲着女儿的脸，那响响的亲吻声隔老远也听得到的。我的记忆是阿西燕穿着裙子，风掠得她的裙子花瓣似的动着。

我们都觉得阿西燕是与我们毫无关系的人，即使玩耍的孩子里有女孩子，我们也不会指望阿西燕能来和我们玩耍。要是我们正玩耍时她父亲把她抱下车来，那么他就只顾着向自己的家里去，只顾着亲她，对我们是视而不见的。阿西燕在她父亲的肩上带些困惑（我觉得还有鄙夷）地看着我们，就会使我们的游戏无趣起来，尴尬起来，好像我们不是在游戏，而是在做着一件蠢事傻事，直到他们父女回到家

邻居家的故事　229

里去,门掩上一小会儿时,我们才又清汤寡水地游戏起来。

　　黑局长在世时,他家的孩子里唯一出来同我们玩一玩的就是盼盼,盼盼在我们面前耍足了神气,摆够了威风。他不时会拿些玩具出来让我们开眼界,但好像是有个原则,总还是他耍,我们只是看他耍而已,譬如他拿一个小电灯分别照我们的脸,光点落在谁的脸上都会惹得我们哈哈大笑。他有一个旋笔刀,我们就把我们的铅笔拿去一一让他旋,盼盼也因此获得了不少满足似的。盼盼经常宣布说,在家里他是最受父母疼爱的。说阿西燕太爱哭,多看她一眼她也会哭。听口气他是把妹妹当作了一个对手,并且时时要说出一些贬低和诋毁她的话来。

　　一次他戴了两块手表出来,一条胳膊上戴一只,我们白白地羡慕着,把他围在中间听他说。当然都是玩具手表。盼盼说不光是这两只,家里还有多少多少的,他的一句话让我历久难忘,他说要是阿西燕完了(去世之意),那么他的手表就会有多少多少。

　　当时自然只是听听而已,后来阿西燕真的出事后,再回味他这话,就觉得真是童言无忌,一语成谶,不知道日后盼盼立在妹妹的埋体前时,会否还记得自己的这话。

　　说来叫人感慨,同一个村里人,比邻而居,但后来的近二十年时光里,我好像没很见过阿西燕。好像只是见过一次,她已是个大姑娘了,出来给我开门,一瞬之间我们两个竟都有些不认识了,可能是与我在外面上学工作有关。那时候她们已经搬到河那面去住了。一日不知为着个什么事,我去找她母亲。这一片都是新盖的院落,户数不少,可谓新村。我对这里还不很熟悉,向人打听了,才摸到她家门上。院落很显孤寂,但即使街门外面,也扫得干干净净。门向里闪着。我拍了好几次,才听到有人来开门。我暗想着来开门的会是谁,但没想到是她。门开了,一个大姑娘把着两边的门框,略带些诧异地望着我,但很快也就认出对方是谁了。你觉得时间有时候会把一些人礼物似的呈现于你面前,我那一刻就觉到一种礼物感。如果说在某一瞬间感到的是时间的残酷,那么在那一瞬,你就会感到时光的美好和神秘。从门里出来,再一次回望那孤寂的院子时感觉就很不一样了,愿意扒在门上就着门缝往里看看。

与自己关系不密切的人见过后也就放过一边了,记得当时回来,我还有些兴奋地对母亲说到见阿西燕的事,母亲说,她的家教严得很,说媒的人很多。母亲的这些话如今还能依稀记得,但从那以后阿西燕和我的生活一点关系也没有了。后来,也许,她订婚的时候,她出嫁的时候,我都秋风过耳那样听到过一点信息吧。

再一次听到她的消息,她已经成了一个亡人。原来她的丈夫是她大嫂的弟弟,这种亲套亲的联姻在农村很普遍,实际上大都没有什么好结果。阿西燕那样家教的女子,自身条件又那么好,嫁给那个小伙子不是他的福气吗?但世事乖张,他们小夫妻关系就是不很好。更为乖张的是,她的丈夫看上了同村的一个女人,而那个女人的丈夫却把阿西燕偷偷喜欢得不行。阿西燕是有家教的女子,自是不逾雷池,她好像很看重她这个姓氏,总是喜欢说绝不给黑家人丢脸的话。那个喜欢她的男人伤心得到外面打工去了。自己的老婆丢下来,终于和阿西燕的丈夫搞到了一起。阿西燕的母亲事后哭着说,女儿为了疼她,给她省心,这么大的事,从来没给她提到过一个字。偏她那个丈夫还是个得寸进尺的人,一天竟要求阿西燕帮他去给那个女人收粮食,原来她有了什么病,躺在炕上动不了,男人呢又不在，再不拔麦子就在地里淌光了。

阿西燕说你先走我随后来。丈夫是很信任阿西燕的话的，就前头走了。阿西燕就涮了一锅粥，和她的两个孩子一同喝了，结果药死了母女俩，儿子却让给救活了。原来阿西燕在粥里下了老鼠药，她想走的时候彻底一些，把两个孩子也一同带上。

黑家人去送葬，见一个柜子锁着，打开来是一些鞋，有爷爷奶奶的，有母亲的，有三个哥哥的，黑局长的二十年忌日快到了，看来这是阿西燕准备到时节拿给娘家的礼物。

那一针一线，得做多少时候啊。还找到她小时候的影集，有两册，里面点缀着少许娘家人的照片，她的两个孩子的照片。

她的母亲就在丈夫忌日的时候，哭一会儿丈夫，再哭女儿，哭一会儿女儿，再哭丈夫，好像把自己的肠子都哭断了。

舒尔布

舒尔布是黑局长的大儿子，是阿西燕的大哥。舒尔布的女人很喜欢小姑阿西燕，硬是要把阿西燕拽成自己的弟媳妇，拽是拽成了，却落了那么个下场。听说刚开始大家都不很同意，包括阿西燕自己。黑局长的女人起初打算把女儿给自己的一个侄子，但舒尔布后来也偏到媳妇一边去了，极力主张把妹妹嫁给自己的小舅子。他是家里的长子，又是个国家干部，父亲去世，他的意见自然在家里起着相当的作用。

现在想，倒像是一个结果要求着整个过程，因为阿西燕要有那样一个死，才有了前面那一系列不可更改的近乎必然的细节：先是那样一个与自家毫无关系的女子突然间成了自己的大嫂，这大嫂因为有一个小姑和一个弟弟，因此有了将他们撮合的念头，然后这念头就成长起来，普及开来，要成为很多人的念头，这念头似乎是自有能量的，而且颇谙攻伐之道，它先是在舒尔布女人的心里成为一个生机颇盛的种子，然后撺掇她说服舒尔布，一般来说，女人是容易说服丈夫的；然后再由舒尔布说服那个寡居自守的女人，做儿子的，也是容易说服母亲的；再由母亲说服女儿，当然没有比母亲与女儿更为知心的了，尤其像阿西燕那样的女子，更容易体谅母亲，因而也更容易被母亲说服的。这样一折折近乎严密和有力的推进下来，阿西燕就和那个她并不喜欢的小伙子成了两口子。就有了阿西燕那样的一个死。

有时候，仅从过程来看，好像构成过程的每一个细节都是可有可无，漫不经心的，都是偶然的，但从那铁板一块的结果回首看去，就会看到那可有可无原来只是一个幌子，那漫不经心实质上是煞费苦心，那一个个偶然其实都是防不胜防，将人麻痹了的必然。

都说阿西燕是毁在了那样一个大嫂上，说要是没有那样一个大嫂……这话议论的人很多，但怎么可能没有呢？阿西燕的大嫂与舒尔布的缘分，甚至没有她与她的小姑深。

阿西燕出事后，人们都认为舒尔布和女人的缘分是到头了，是该散伙的了，也真的听到他们要散伙的消息。但他们却一直过到现在。儿子都已经考上大学了，看来他们还会这样子下去的。

在这桩事上，有人是非常藐视舒尔布，有极端的人甚至说，舒尔布应该杀了自己的老婆给妹妹抵命，说他就是叫那些书给念坏了；但有的人对舒尔布却大加赞赏，说到底是知识分子，不让事情搅和到一起，一折一折分得很清。

舒尔布是我们村里第一个考上中专的人，考上了固原师范学校，他刚收到录取通知书，父亲就病故了。他头戴孝帽为父亲主持葬礼的样子赢得了大家的交口称赞。说不愧是黑局长的儿子呐。我们这里的人，是很在乎父母亡故后，儿女们眼泪的多少的。总有一些眼毒的人在一边窥看着计算着，谁的眼泪多谁的眼泪少，谁的哭声大谁的哭声小，谁在真哭谁在扮假，都会被悄悄流布并议论的。这样的时候会是一种很大的压力，搞得一些人在这方面或千方百计，或处境尴尬。但舒尔布那天没流一点泪，却意外地获得了大家更高的赞誉。好像他那天即使流一锅泪水也比不上一滴泪也不流似的，老虎不下狼儿子，对他的不流泪，大家是这样的说法。

舒尔布高大魁梧，无疑是个美男子。力量也极好。母亲认为这和他小时候的饮食有关。我们小时候，全村子的鸡蛋好像都供给他们家了。"头大耳朵宽，长大能做官。"那时候，我们常常朝着他这样喊过。其时觉得这好像是一句骂人的话，而且一嗓子一嗓子喊出来后，很让我们觉得解气。他好像超然事外，不和我们一般见识。虽是魁梧，他的性格却是偏于温良的，甚而是有些腼腆，说话慢条斯理，温文尔雅的，这和他的母亲有些像。看着他温静的脸，你会觉得虽然他是这样的大块头，但这样小着声音说话于他是相宜的。他的母亲对他的要求极为严格，上小学期间，因为他相貌英俊，一次就被学校化妆了上台演戏，回来他母亲就用刚从炉里拿出的火杵烫他，因为男子是不可化妆的，穆斯林也是不可化妆的。后来即使学校的文艺演出无须化妆，他也不参加了。

在我们小时候，舒尔布是最为出色的孩子了。我们的父母也不要求我们像他那样,好像在我们,他是不可企及的。他师范毕业后,分到一个离家很远的村子里教书。大家都感慨地说,黑局长要在,他就不会分到那么偏远的地方去了。口气里是颇带些同情的。其实他们自己的孩子在比这更为偏远的村子里如果捞个教职,拿份工资,他们也会很满足和得意的。我觉得人们的同情心也是很有意思的。他们有时会同情那些方方面面都比他们优越的人,好像在同情于他们的不能更优越。正是在那个小村子里,天作地合,因陋就简,舒尔布找到了自己的妻子。但那女人还是很漂亮的,从长相来讲,是配得住舒尔布的。因是邻居之故,几步就可以到得,我那时很喜欢到舒尔布家去。好像舒尔布身上有一种很吸引我的东西。舒尔布在家里待一月两月,度过暑假寒假,又会去学校了,就把拆洗得干净的铺盖捆扎好,走时背上。正好那时我家合塑料绳子,有时背过父亲母亲,我会在衣襟下掖一条两条绳子,拿去给他捆铺盖用。他好像没回赠过我什么,但能送东西给他,我似乎已得到了完全的满足。记得他把他的毛巾、衬衣、袜子等,都叠放到被子的夹缝里去,都是干干净净的;虽然在被子里夹放了那么多东西,但是一捆扎,板板整整,结结实实,好像里面没有任何,只有这被子似的。

我后来坚持把学一路不辍的上下来,他或者于我也是有些影响的吧。

后来他又考上了宁大历史系,毕业后就分配到县城回中了。这也是理所当然的。那时我在回中上高中,常到他的宿舍里去,只一间房,很简陋的。他把他的小弟盼盼也接去上学了。盼盼是一个不爱上学的娃娃,辍学很久了,舒尔布又通过关系把他弄到县城一

邻居家的故事

小去上小学四年级。而和他差不多一般大的我已是高二的学生了。盼盼也住在那间小屋里，用纱布给盼盼隔出一个小床的位置来。他们家的人个头都很高，盼盼睡觉时两脚就小心地从床栏里伸出去，搁在半空里，哥嫂不在，盼盼就直接把腿从床头上搭过去。看着盼盼那么大的人了，还在做四年级的作业，就觉得很滑稽。盼盼也显得沮丧，铅笔好像是容易折，记得他常常在笨手笨脚地削铅笔。一次屋里只有我俩，他附在我耳边说，他一点都不想念书了，都是他哥逼的。他说，他气得很，一点儿都不想念这猪的头。他的作业本上不少"×"号，看起来乱七八糟触目惊心的。后来就不见盼盼在这屋里了，那张小床上睡了舒尔布的两个儿子。舒尔布是喜好书法的。他那简陋昏暗的宿舍里挂着他写的字，好像并不是写在宣纸上，内容常换，都是一些励志警示的话，像"勤能补拙是良训"啊，"书山有路勤为径"啊，"勤俭持家"啊，等等。还有几幅钢笔画。记得有一幅表现的是风暴掠过大海的情景，巨浪拍岸，海鸟翻飞，很有气势的。我去的时候，都不见他写画这些，不知他是在什么时候弄的。倒是见到他给学生刻蜡版，出复习题或试卷，字写得笔笔不苟，方正可观，让人觉得这样的字用于刻蜡版是糟蹋了。多年后，我已经开始写小说，一次在街上碰到他，他说看了我的小说，非常地高兴并骄傲，并且诚挚地说，我要是有稿子，可拿去他为我誊抄，很愿意为你帮点忙的。他说。我当时有一个中篇，六万余字，是我迄今为止写得最长的小说，于是就说出来，他说拿来拿来，我先睹为快，保证给你抄得好好的。我很感动。但终于没有拿去给他抄。

他女人没工作，阖家也只他一个拿工资的，他的日子就过得窘迫。后来见他在学校门外不远处租了一间房子卖蔬菜,算是为他的女人找了一份营生。从街上过,往菜铺里随便地瞥一眼时,总觉得那里面黑洞洞的,看见他的女人在里面搛菜,有时也看到他,用一条毛巾擦着西红柿什么的。有时也看到他骑车驶过街上,后面捎着他批发来的菜蔬。他大概在讲台上立久了,即使骑着捎有菜蔬的自行车过街时,也总是挺直着身板,脚下一轮一轮从容有序地踏着,一副为人师表不可苟且的样子,这使人看了觉得有一些古怪和辛酸。

想不到他会疯掉一次。

也是几桩事攒集到了一起,一是他的一个表弟,他大姑的儿子,忽然地杀了全家。他们自小是朋友,关系一直不错的,他认定是表弟的精神有了问题,就找律师跑法院,看能否在量刑时考虑到这一点,但表弟很快就被枪决了,好像他的这些努力都白费了似的。祸不单行,不久又是他妹妹的事。这两桩事过了大概一年之久,他突然莫名其妙地精神失常了,力大无穷,吼吼喊喊,几个人也把不定他。幸而他的小叔是县卫生局副局长,亲自把他弄到一家精神病院去,住了大半年,听说还吃了不少布谷鸟,吃了几乎无以数计的麻雀,他的病情才逐渐好转。

都以为他不能再教书了,却依然可以教得很好。只是听说在性格上驯良了许多。因为字写得好,学校就常常捉他去抄录一些东西,听说一些老师给学生写通家书,也自将手袖了,约他去写。他也写的。

几年前的一日正午,突然雷声大作,暴雨如注。我们村里那条时常干涸的小河突然如黄河一般翻腾咆哮,待在家里,也听到许多人在河边惊惊诧诧地在看水。但雨很快就住了,而且日头出来,把院里的积水照得晃眼,有许多好像从惊雷疾电里落下的黑虫子举着长角,撅了屁股,在院子里纷纷乱乱地跑。

这时舒尔布突然推着自行车来到了我家里。

这满院的水和阳光弄得一切如同幻觉。我们坐在房子里,也能看到屋墙上不停地晃动着大块的水光日影。

就坐着感慨这暴雨。河水的咆哮声和人们的嘈杂声时时传来。我们谈了很久。谈我的写作,谈他的教学,后来,他起身要走了,才忽然记起了似的说,正当季节,想进一些瓜果蔬菜,手头有些不便,看能否借他一些钱。

我一点也没料到他的来意是这个。

像这场暴雨的骤来骤谢一样,他的话使我愕然,一时好像明白不过来。

黑老太太

昨天,黑老太太的四十忌日刚过,除却她的长子黑局长已过世外,她的另外四个儿子都在那一日宰了牛纪想她。

黑老太太虽说儿孙众多,也都孝顺,但她晚年还是受了不少的罪。她瘫痪在炕,直到辞世归真,有五六年之久,两便是不能自行送到厕所了,由几个媳妇和女儿轮流服侍着。一只手总是抖颤个不停,譬如手里拿一只果子,就无法送到嘴里去。她还要自己吃,讨厌人喂。家人就把果子切成小碎块,她捏在两指间,一小块一小块颤颤地送入嘴里去。她的心情也还舒畅,饭量也不错的。为了让她居高望远,儿子们给她修了一座高房子,而且窗子全是玻璃的。她透窗而望，不但可以看到自家院里的一切，还可将大半个村子收入眼底。

虽说黑老太太的后人都很孝顺，但比较起来，最孝顺的儿媳妇，要属黑局长的女人了。可惜她走在了黑老太太的前头。最孝顺的儿子，是黑老太太的小儿子，在县卫生局当副局长，隔三岔五，就会带着老婆孩子，回来看老人一趟，会带许多好吃的啊，还有保健品医疗器，在村人眼里无不是很稀罕的。

除了自身病况造成的一些不便和痛楚外，黑老太太，应该说没受过一般老人都会受到的苦楚，这对一个老人来讲，真是很幸运很知足的。

大家总结说，儿孙们要是有一个带头孝顺，那么大家是见样儿学样儿，都会跟着孝顺的；相反，要是有一个带头不孝顺，那么也是见样儿学样儿，大家也都会跟着不孝顺的。举目看过来，好像也真是这样的。

亡人恕罪，在我的印象里，黑老太太好像一直是一只干练沉稳的壮母鸡，她的脸一直圆润着、富态着，好像家里总是米谷满囤，牛羊满圈。她好像从来也不曾饿过一次。很早的时候，她是大保长的女儿，脸比镜子都圆，比果子都好看。后来，吃食堂的时节，她是食堂的掌勺者。常常操一只乌亮的大木勺，在热腾腾的水汽里给全村的人打饭。要是换一个人，就会让人有窘迫感，担心这些饭不够份。黑老太太神态裕余地给大家分饭时，大家的心情就会因之从容一些。母亲说，她那时见到黑老太太，有一个感觉，好像原本饿得受不了，透过热腾腾的水汽，看到黑老太太的一瞬，好像饥饿感就轻了一些，好像已经吃了一点什么东西似的。人同此感，父亲说他也有这样的感觉。而且他那时候还常常梦到浸在水汽里用木勺打饭的黑老太太,黑老太太着重地看他一眼,就多打了一点饭给他,他慌忙用袖子遮掩了,端了就跑。跑得那么快,也不怕饭洒出来。觉得连缭绕着黑老太太的那些水汽也是可以吃可以喝的,而且更有营养似的。父亲说倒不因为黑老太太是个长辈,长辈也多了嘛,也说不清为什么,这么多年来,他一直对黑老太太有一种敬畏感,好像黑老太太总能决定和控制他的什么一样,母亲说她也这样的,她觉得村里有黑老太太这么个人,让人觉得踏实,甚至好像是一种福气,但她确实又让人有些不安,有些怕。待在一起,让人觉得拘束,好像总是欠着她什么,总矮着她一头似的。我记得小时候有多次,母亲把扎好的笤帚让我给黑老太太送去,黑老太太用力地抖着笤帚,好像在检验着笤帚的质量。我不等她抖罢,就跑掉了。

　　记忆最深的是,黑老太太是我们村里的大夫,她和孤拜大爹不一样,她是没药箱的。也从来不用吃药打针一类,她最拿手的是拔罐、艾灸。常常听到她家里传出孩子的哭声,若赶过去看,一定有小孩子躺在她炕上,身上脸上坐满了点燃的艾,一个个麦垛似的。黑老太太坐在一边,在缭绕的青烟里观察着情况,或者把一个艾的底座舔湿,稳稳地坐落到一个位置上去。她把快要燃尽的艾灸迅速取下来,虚虚地笼在手心里,丢到一只水碗里去,于是听到一阵激越的响,好像火星在水下面迅疾地钻了一条隧道过去了。有时她还会捏住孩子的眉头,拿针尖儿用着力一挑,挑出一个血珠来。她耐心又细致地做着这一切,似乎在这方面她有着强大而又足够的自信。灸完孩子,孩子的妈妈也总会象征性地拿出一点钱,放在枕头边。黑老太太也就不计多少地装上。

黑老太太还是正骨的好手。即使外村的人，脱臼啊骨折啊一类也来寻黑老太太给他摸捏摸捏，黑老太太握住他的胳膊，一边轻轻地揉捏着，一边自语似的问着这里吗这里吗？忽然一使劲，患者几乎来不及一声唉哟，骨就正好了。这时候黑老太太是有些得意的。得意使她的神情严峻了起来，目光高蹈着，好像不愿多说什么似的。

母亲说我小时候多亏了黑老太太。黑老太太多年来也多次指着我说，我是个无情分的人，要不是她，我早就怎么怎么地了。我笑着，不大相信，而且确实无记忆了。记得最清楚的是，一次，我患了火眼，躺在她家的炕上，她往我眼里滴杏核汁，那汁水滴在眼里，真是比眼瞎了还难受。她总是劝我不要鼓劲不要鼓劲，一边用手分开我的眼皮将汁水滴入去。

另有一次，炎炎六月，正是拔麦子的时候，我的一个表弟不知怎么了，一只眼睛肿起老高，痛得哇哇大哭。到医院去看了，开了些眼药回来，用后无效。只好来寻黑老太太，当时黑老太太正在麦场边上晒日头，就让表弟到她跟前，她伸舌尖到他的眼帘里去试探着。她的眼神古怪，类若内视，好像能看清她的舌尖探索到的地方，忽然眼神一定，触到了一个什么似的，接着大幅度地翻开表弟的眼皮，将一根一厘米左右的麦芒从表弟的内眼皮上抽了出来。

真是叹为观止。

舅舅舅母连声道谢时，黑老太太却神情严峻的教训起他们来，说他们只认得去大医院的路嘛。让舅舅舅母佩服得五体投地，羞愧得无地自容。黑老太太对医院总是有些轻蔑的，像是专门要开她一个玩笑似的，她的小儿子后来却成了县中医院的院长，前不久又升任了卫生局副局长。

邻居家的故事 241

医院里能医的病,黑老太太能不能医,大家不敢说,但大家相信,黑老太太医得了的病,医院里却未必医得了。

对村里的赤脚医生孤拜大爷,黑老太太也时有微词。果然孤拜大爷后来又去学这个学那个了,不再给人看病,连银针也找不到一根了,便是黑老太太的儿子,虽是科班出身,但当院长局长后,也很少给人看病了,只有黑老太太还一直给村里村外的人看着病,直到她瘫痪在炕,实在没办法了才罢手不医。记得那时候常常有外村的人用驴把黑老太太驮去给他们医病,十天半月都不舍得让她回来。

我忽然想,百人百病,像农村里的这些病,黑老太太这样的人医起来会更得手些吧。最大的一个好处是花钱少。直到20世纪90年代,医院昂贵得人不敢进了,黑老太太给孩子们灸一次,也只是收取二块三块,最多不超过十块的。

黑老太太刚刚瘫痪的一段时间,听说常常落泪感慨,说自己给人看了一辈子病,到头来自己的病自己却没有办法,谁也拿自己的病没有办法。

有一次我从银川回到老家,父亲说,你姑太太(即黑老太太,我常这样称呼她)病重了,你去看看吧,不然一墙之隔,听到声音不好。母亲当然又提起我小时候黑老太太为我看病的事,口气里有很多感慨。黑老太太高房子的后墙就在我家院子里,稍大声些说话互相都能听见的。我于是就去。见黑老太太在铺得厚厚的棉絮上坐着,像一只正在腐烂着的梨。一只手搁在腿上,一刻也不停地颤抖着。这真是让人奇怪的,不知她为什么颤抖,为什么竟不累,为什么不能停下来。有这样一只不停颤抖着的手,人稍待得久些就会受不了的。这也许是最让人受不了的事情了,也不知她是如何忍受着。黑老太太正在垂头打盹,被侍候她的儿媳轻轻唤醒来,她看了我一会儿,才认出我来,忽然又垂下头去,好像将头举不住了似的,但眼睛看来是睁着的,眼睛和手都有些浮肿。我觉得尴尬。她的儿媳妇在一边解释说,我专意来看她了,她就把垂着的头点一点。慢慢抬起头来,眼神虚寂地向我笑一笑,又垂下头去。那样的笑,人一生也见不了几次的。我稍坐了一会儿就出来。下高房的台阶时,觉得她家里的阳光丰足得令人眩晕。

不久,我就在银川得到消息,说老人家已经归真了。

记得在黑老太太生前,母亲多次说到过这样一桩事,说那时候我家穷,家里来了客人,母亲就拿盖碗的盖儿去黑老太太家借清油。就倒了那么多半盖儿。但是不小心,黑老太太端油的手晃了一下,将油晃出来,落到了地上。黑老太太就当着母亲的面,用手指把地上的油捋到盖碗盖里去。这件事给母亲留的印象太深了,使她对生活有感慨时就要说一次,但黑老太太有病后,母亲就禁忌一样再没说过这事。

另有一事,说到了黑老太太做姑娘的时候,黑老太太活了整整八十三岁,她做姑娘的时候是什么时候了啊。说是黑老太太不愧是李保长的女子啊,不但俊美,而且大胆,看上黑家的小伙子了嘛,那小伙子比她还要小三岁的,见了她就躲。她也作势躲。但是给他做了鞋,绣了鞋垫子,趁日头落犹未落之际,偷偷跑到黑家的院墙外,给他扔进去。

我一辈子也想不清这一情景和我所见的黑老太太有什么联系,我只是困倦地想,黑老太太辞世归真的一刻,她那只抖个不已的手是突然地停了呢?还是借助多年来的惯性又跳了一会儿?

黑老太爷

黑老太爷就是黑老太太的丈夫。

黑老太爷比黑老太太小着三岁。愈上年龄,愈是显出这三岁的分量来。六七十岁之后,黑老太爷显得要比黑老太太年轻许多,远远不止这三岁的。都说年轻的时候,黑老太爷私下里呼黑老太太姐姐的。既是私下里叫,外人如何得知?但年轻的黑老太爷呼自己年轻的女人为姐姐也不错的。他家的相框里,有他俩年轻时的一张照片,黑老太太那时候也丰腴,但不胖的,旁边立着年轻的黑老太爷,瘦而且高,像还要猛地窜上一截,但却显得紧张和腼腆,像稚气未曾尽脱似的。口袋里的一支笔衬着他年轻的面孔,使他有些像知识分子,像个学生。实际他一天书也不曾念过的。黑老太太则是端庄和静地笑着,看得出许多的角色已融汇在她身上了,儿媳、妻子、嫂嫂、母亲,等等,她也游刃有余于种种角色,在众多的角色里丰富着并和谐着。

年轻的女人总是有着某种丰富性,比较来说,年轻的男人就显出一种单薄来。但一过四十岁,与男人比较,女人就更容易老得快些。这也许与女人频频生孩子有关,如同一件被频频拆洗的棉被,不但是愈来愈显老旧,而且其中的温暖也在一次次大力的拆洗中散尽了。黑老太太瘫痪在床,不能动弹的时候,年届八十的黑老太爷还显出一种精干与倔硬来,不但可以无杖而行,还可以骑自行车到县城里去看孙子。

黑老太爷始终是一个精干的人,到后来当了下队队长,更显出一种男人的雄野与强悍来,他为人直倔,处事果断。三句两句就把人折服在那里,似乎无论说话还是行事,在他都可以雷厉风行,三拳两胜似的。

亡人恕罪。他有一个绰叫雀头。叫得颇响。老百姓的直觉是很厉害的。我后来觉得这个绰号于他是很合宜的。麻雀的脑袋不大,却很灵敏的,转瞬之际,就可观及四方。黑老太爷当队长时,就像麻雀那样灵活地转动着他那颗有些瘦小却直倔的头,观察并快速地分析着队里的每一桩事每一个人。他脚勤嘴快,常常肩着一把铁锹到处走来走去。他是有些事无巨细的。明明队里特意安排了看庄稼的人,但他似乎有些不放心,常常站在自家或队部的屋顶上,机警地向四面的田野里看着,吼喊着,有时候果真有人在粮食地里铲草,这时候他不仅是吼,还骂的,骂话密集在一起,听不大清,有时也能听得一二,是恐吓威胁的话,要折胳膊啊折腿啊等等的。有时他也空穴来风,虚张声势地立在屋顶上喊一通。他那独特的吼喊声,和树上的麻雀以及烟囱里冒出的火星一样,已成了我们童年生活的一部分。那时候不像现在这样光秃秃的。那时候还有几处树林。我家屋后的山坡上,就有一片杏林。乌鸦有时会整片地落满在那山坡上。杏花开过不久,就开始暗暗地结杏子了。我们一大帮孩子就去偷。但黑老太爷是很容易就会出现在树林里的。他会突然从一棵树后面闪出来,吓得我们魂飞魄散。逃跑起来腿上也没了力气似的。要是谁被他揪住,那耳朵就像火里面烫着那样,就这样一直揪你到你父母跟前去,他一边看着你的父母抽你,一边还在一侧骂骂咧咧,似乎即使这样打一通也不能算作了事。所以我们那时偷吃上两个酸杏子,真是冒着绝大的风险的。有时铲草的孩子太多,无草可铲，又怕回去交不了差，我们就去偷铲队里的苜蓿。但是突然地黑老太爷就神鬼不觉地出现在我们身后，真像他是从"无"中突生出的一个"有"似的。号哭、告饶都是没有用的。黑老太爷的脸比铲子还要板直生硬，背斗没收了，铲子也没收了。叫你大你妈取来。他这样说着，拎了你的铲子背斗就走了。满地的苜蓿花开着，在风里摇着。这时候你觉得说什么做什么都没有用处了，只是有些发呆地看着无边际的苜蓿花开着，在风里摇着，像谁也不能帮谁的忙似的。那时候颇感诧异，为什么我们到哪里都会碰上黑老太爷，好像有很多个黑老太爷在村里转悠着，在一块块地里，一棵棵树后埋伏着。我们这个村子是一个大村，分上、下队。他真是和我们队的队长很不一样的。我们队的队长显得慢腾腾的，而且不容易给人看着，好像一有机会他就把自己给藏了起来。他不像黑老太爷那样，把他一个人弄得多起来，让人觉得到处都是他。有时候我们背了背斗去铲草，还不曾出村，还在村里走着，突然心跳起来，预感到有事，预感到会看见黑老太爷。预感真是很准的，就见黑老太爷从一个拐角走出来，肩上是那把铁锹，他显得机警，像是时刻准备着要看到什么。我们腿一软，立刻趔身就跑。这真是很奇怪的。我们并没有到粮食地里去铲草。我们还没有到地里。我们只不过是碰到了他。一点把柄也没有的。但我们还是撤身就逃。猪仔仔子，我把你们。听得他在身后这样将我们骂着。

现在觉得，至少，这老人，使我们的童年生活丰富了许多，回首往事，觉得古老的村子里有这样一个勤勉的人转来转去，很有意思的。他肩头的锹头反射着阳光，有时被风吹掠出一种声音来。我们那时候的确是恨他的，嫌他无所不在，嫌他多事，嫌他不给我们自由、欢乐和满足，现在想，那时最为不自由的人，或者还是黑老太爷自己。

黑老太爷是一个好队长啊。

后来黑老太爷没有再当队长，但他始终是一个嘴碎脚勤的人。是一个勤勉的人。我们是邻居。常能听到他在自家的院子里高声嚷嚷着，表达着他的种种不满，譬如铁锹用了就该把锹头上的土擦干净啊，扫帚应该头朝上立着啊，等等，听惯了，也习以为常，有时发现他嚷嚷的时候，正如他嚷的那样，我家的院子里也零落着几摊鸡屎，是该铲铲的，就借着他的话音，默默地铲去它们。

黑老太爷人丁兴旺，而且儿孙都很孝顺，但他是忙惯了，七十多岁了还在县城里摆一个布匹摊。儿子们也没有办法的，只好由他。去世前几年，在县上卫生局任副局长的儿子硬是把他与黑老太太接去安度晚年，也就去了。村里人总是在热情而感慨地议论着这两个老人，说他们不定享着怎样的福啊。

一次下过小雨，我在县城的一条小巷子里看到黑老太爷，正在不厌其烦地细致地收拾着自行车上的泥巴。那是一辆精巧的女用自行车，看来是他的儿媳妇的。黑老太爷擦老半天，看一看，不满意，又擦。这样了许多次，似乎总难达到他的满意。后来好像用来擦拭的东西没有了。他蹲下来，将轮子转着看辐条，好像发现了需擦拭的地方，就撩起自己的衣襟看了看，终于果断地用衣襟去擦辐条了。

他的小儿子就住在前面不远处，拐角过去就到了。终于像是擦好了车子，达到了他的满意。车子亮晶晶的，像新的。他看着巷道里的泥泞，像在选择着怎么走才可以不沾泥。看了一会儿，他就拎起车子来，让轮子悬空着。他就那样提拎了车子走着，车轮梦里

邻居家的故事　　247

似的转着,一只前转着,一只犹豫不决地极缓地后转着。我看见他提拎着车子在泥泞里走过拐角去了。毕竟快八十的人了,他虽则精干,但也显出许多勉为其难与力不从心来。

豪赛尼

豪赛尼是那样一种人,想起来让你觉得心里满满的,写起来却不知写什么好,无话可写似的。豪赛尼是一个乐观的人,是一个高高兴兴活着的人。好像这样一句话就把豪赛尼写完了。

豪赛尼是黑老太太的三儿子。黑老太太和黑老太爷晚年更多是生活在豪赛尼跟前,最终也是归真在了豪赛尼家里。一个原因是豪赛尼一直住的是家里的老院子,几个哥哥和弟弟陆续都从这院里分出去,另立门户了,只有豪赛尼住在老院子里。按说豪赛尼排行老三,依惯例是不当住老院子的。生活是庞杂诡谲的,这里面或许是有些文章的。老人都有恋旧心,一般舍不得离开老院子。但这么一大帮儿孙都放心地把两个老人安排在老三豪赛尼跟前,是否还另有原因,譬如豪赛尼这个人本身的一些原因:随和、乐观、背重。高房子外面有一个大竹椅,日头好的时候,豪赛尼就像抱一团被子那样,乐呵呵地把黑老太太抱出来,放在那竹椅里让她美美地晒太阳。多少年如一日,多少年都乐呵呵的,这实在是不易做到的。当然与他的女人也有一定的关系,也许是受了他的影响,那女人虽不像他那样乐呵,但脸上也总是恬静着,流露出对于生活的知感和满足。因为公婆在她家住着,更多的时候还是她侍候着公婆,真是尽心尽力地侍候着,没听到过任何她和公婆之间的龌龊事。黑老太爷是喜欢嚷嚷的,老人嚷嚷的时候,就只有老人的声音,从来听不到豪赛尼两口子的声音,好像这时候他们两个不在家里。但是去看一看吧,一定是默默地各忙各的事呢。这真是很不容易的。豪赛尼的女人,是个长脸,脸上还生有麻子,下唇有些拖,说话时能看到舌头,口齿也略显不清,作为女性,实在是没任何看头的。但豪赛尼好像全然不以为意,常常看到他和女人一边说着什么,一边忙乎着,一团的和气。后来这女人害了牙病,一嘴的牙都掉得不见了,脸上还不很老,嘴里却先自空荡了,这让人看起来是很不舒服的。女人一说话,就习惯性地将嘴遮着,然而遮也不管事的,还是听得出这些话都是从没牙的嘴里说出来的,像一锅煮糊了的饺子。这时候才发现说话与牙也很有关系的。我就想,这样的一个嘴,豪赛尼是如何面对的呢?豪赛尼是如何与她交流的呢?我还想,两口子嘛,偶尔兴之所至,总会有那么一回两回的,譬如豪赛尼要和她互相吃嘴,那样的一张几乎连一粒牙也没有了的嘴,如一个无馅的饺子,让豪赛尼怎么吃它呢?总还是杞人忧天吧,豪赛尼自己总好像不以为意,将所遇的一切都乐观地接受着、满足着。

　　这样的一些普通的生活里,真是有着许多令人惊诧、羡慕和叹服的东西,不由得叫人感慨,多少天作之合,多少郎才女貌都一一离散了,豪赛尼两口子却这样有滋有味地过着他们的日子,好像到地老天荒他们也不会分开似的。他们分开做什么呢?大概连这个念头他们也没有。

　　我想,人要求富贵有时候就富贵了,人要求权势有时也真的就得到了,但是人要乐观,要总是一脸喜气,要一直都乐呵呵的,却似不大容易。虽只一墙之隔,我们这一家人就容易情绪化,容易身

邻居家的故事　249

在福中不知福，生在福里说苦楚。父亲有时候沉默起来，可以一整天不说话。我常常开导父亲学学隔墙的豪赛尼，当豪赛尼哈哈笑着的时候，那笑声真是很感染人的，像一个个饱满的玉米粒，像一片迎着阳光泼出去的井水。这时候我就启发父亲，夸这笑声，说人生也无事，理当如此笑啊。这样子笑起来，似乎连日子也会转得爽朗而有滋味的。

但父亲咳嗽一声，转身回屋里去，似乎连这笑声也不愿多听似的。

我就觉得快乐和痛苦也是一种天性，和功名利禄一样，也许是有定份的。在有些人身上，快乐就是多一些，在另一些人身上，无缘无故的，他就是不大高兴得起来，就是觉得自己更宜于痛苦，而不惯于欢乐似的。这自然有些胡说八道了吧。

老实讲，豪赛尼的乐呵呵有时也让我觉得不明白，不理解他如此快乐着，那么他那些必然的人生痛苦都到哪里去了呢？

豪赛尼是一个不很讲究尊卑大小的人，有时他会和他的几个孩子在院子里玩游戏。玩老鹰捉小鸡。一个小孩子充当着老鹰，豪赛尼则始终是做着护小鸡的老母鸡的。另几个孩子都扮作小鸡连串在他的身后。于是便听到一片稀里哗啦的笑声了，笑得最响的自然是豪赛尼。有时听到他一边笑着，一边还不亦乐乎地和他的那个扮老鹰的孩子辩论着什么。

他的笑声和辩论声从墙上飞过来，使我父亲也摇着头，颇为难得地笑起来，像拿他这样的人没办法似的。

黑老太太归真后，可能是人去屋空，睹物思人的原因吧，那个没牙的女人每天总要日课似的哭一会儿，她的哭声很悲切，像一条受伤的鱼在深水里呜咽着。

一日正午，日光很好。乌鸦在半空里慵懒地叫着。这时候听到那女人又哭起来。好像她一边哭，一边在做着什么。不久在她悲悲切切的磨豆腐一般的哭声里，忽然听到豪赛尼的笑声。还有一个孩子的笑声。听得出，那孩子的笑声是豪赛尼逗出来的，好像豪赛尼胳肢了一下，她就突然地笑出声来，像被阳光映着的一面面小镜子快活地摔碎了那样。豪赛尼已有小外孙了。我忍不住踩了小板凳，在墙头上偷看着，果然是豪赛尼在逗他的小孙女玩，呜一声，就把她抛到高处去，使她开花那样笑出一大串来，稳稳地接住后，呜一声又抛上去。

小伙房里黑洞洞的，看不到那女人，但听得她的哭声，在这和亮的日光里，在这一老一少的嬉戏声里，连那女人的哭声，也像是另一种快慰和满足。

鸦儿

完全是就音取字。当然也可以叫也娅儿、燕儿或雁儿的，但就她的一生来看，我觉得取个鸦儿是更贴切一些的。她原本大概叫阿西燕或者买勒燕的，鸦儿是昵称，然而现在，即使问她本人，也一定不知自己究竟是叫阿西燕还是买勒燕了吧。

关于鸦儿，我已经写过好几篇文字，但总觉得如同隔岸观火，难得其详的。这个女人心里究竟翻腾过什么，这个女人如何承受并化解了她心中所翻腾的，只有她自己知道，或许，直到如今还翻腾在她心里，未得尽行化解吧。

鸦儿是黑老太太的大女儿，如今早是年逾花甲的人了。

原本我一辈子也想不到会写她的。她和村里的其他姑娘一样，在我们村里度过了她的童年和少女时代，然后就嫁到外面去了。偶尔回来一次，已像是一个客人。有些嫁得较远的，竟渐渐地转了口音。男人们像候鸟，总是生死在这个村子里，女人们却总是随时日不停地去来着，像一种血液循环，使古老的村子保持着生机，也算是恒久的寂寞中一点常有的新鲜吧。

鸦儿许多年前就嫁到一个叫羊家沟的地方去了。也并非很远，三十多里的路吧。那时候却觉得很遥远了。鸦儿回村子来，看着样子，嗅一嗅气息，也觉得她是一个外村人了。她的出嫁虽然就发生在我们这个小村里，但是我却无法看到。我还没有生下来。想来这是有些古怪的。我对鸦儿有记忆的时候，她已显出老相来。有时候她独自回村里来，有时带着她的儿子。她有几个儿子的。给我的感觉是，这几个儿子都很像，不大分得清彼此。一个印象是，她的儿子们都很孝顺，很规矩，很知礼仪，绵羊似的温顺。村里来了人，大家都得叫着去坐坐，吃一顿饭的。也是一个乡俗。就记得母亲叫鸦儿到家里来吃饭，有时带着她的儿子。她的儿子就给我家的大人一一说色俩目。好像给我也要说的，使我觉得新鲜和慌张。终于是没有说。这便好，大家都还是孩子嘛。吃饭时，母亲客气着让他们上炕去。不上。就那样端着碗立在地上吃。吸溜吸溜，埋着头吃饭，没有闲话，把饭吃得很香。吃完饭，伸出舌头来，还要将碗舔了的。然后就靠墙站着，手都背到后面，很安静的样子。这样的孩子，母亲总是要夸几句的。母亲夸哪一个时，鸦儿的目光就落在哪一个头上，她的目光和他们的样子很显得谐调和一致，好像正是她这样的目光一次次落到他们身上去，才使他们成了这般安静而又规矩的样子。

这样平平常常的事自然是很容易忘记的，要不是后来发生的事，这些也便不记得了。有时候一些记忆能复活另一些记忆的。

后来听说鸦儿的丈夫去世了，鸦儿的几个儿子都已成家，对母亲都很孝顺。这是自然的。

真是没有想到，就在这样一个安静和顺的家里，突然一天竟发生了那样可怕的事情，这事情已经过去多年了，但人们有时还会提起，觉得这好像是石头里面的血迹，怎么擦也无法将它擦去的。

事情是这样的，鸦儿的一个儿子，在一天夜里杀了自己的全家，老婆、三个孩子，都被他用斧头砍死了，几颗头都砍下来，在被子下面压着，肠子一一取出来，挂在一面墙上了。县电视台把现场录了像，镜头老旧，而且闪烁不定，看来与摄影师的心情有关，但还是感到一种强烈的血腥气和怪异的气氛溢出电视屏幕，扑面而来。

凶手个头小小的，脖子像是短了一截，戴了手铐一一指认着。

据说，凶手有一件很感后悔的事，什么呢？那就是没有杀了自己的母亲。

而事情的起因，好像是鸦儿和儿子们商量说，她想另找个伴儿，不再给儿子们累赘。都觉得这样的理由真是不足以让她的儿子做那样的事的。

黑老太太当时刚吃完饭，要上炕去，听到这件事，就惊得掉下来，这一跤跌得不轻，她当时还勉强能走的，但大家都肯定说她后来的瘫痪就是因了这一跌。

正因为杀人太多，手段残忍，而且还是自己的老婆孩子，杀人的理由又颇为不足道，就使人们倒怀疑起凶手的精神来。于是相关

邻居家的故事　　253

的亲人们就跑来跑去,想寻个理由把凶手解救下来,免其一死,但他很快就被枪决了。

我直到今天也没有分清,他们兄弟几个里面,究竟是哪一个做出这事来。后来在街上偶然碰到鸦儿的一个儿子,礼貌而温和地向我笑,问候我,不知为什么,我心里非常不自在,虚应一下就避开了。

这以后,约有两年,谁也没有见过鸦儿的面。不知道她到哪里去了。不知道还活没活在这个世上。听说她的儿子们四处去寻找,黑老太太在炕上,也给儿孙们施加压力,让他们给她搜索个明确的信息回来。

遍寻无果。大家都暗暗觉得,她这样没有结果地消失了也好。黑老太太后来又多了一样手颤的毛病,不知老人家心里怎么想,口里也不很说她这个失踪的女儿了。

但是她却悄悄地一个鬼似的回来了。

不久就和村里一个丧妻的老人搬到一起住了。

她在外面学了一样做醋的手艺。于是就做了醋,让那老人用自行车载了,到县城里去卖。

都说她的醋做得不错,但村里人,没有谁到她家里买醋的,用醋时也宁愿到县城去买。

她只是深藏在家里悄悄地酿醋,从不走出门来让大家看见她。

官司

官司的双方都是我的亲戚,一方我的三外爷,时任队长,一方是我的一个本家爷爷,叫牛玉山。

先说牛玉山。村里人直到现在还常常说起他来。

一天父亲问我,对你这个爷,你有印象吗?我是一点印象也没有。

他个头很高,会弹棉花,可以说一辈子没过过什么好日子。稍稍有点手艺的人都有些懒,牛玉山也莫能外,村里也没多少棉花给他弹的。让他犁地吧,他乏乏的样子连牛也跟着懒下来,走几步就止住蹄子撒尿;拔粮食连女人也比不过。常常是他的儿子儿媳或者婆姨,拔出地头后,几个人再合起来给他接趟儿。真是没少挨三外爷的骂。

三外爷是个雷厉风行的人,是站着拔麦子的人,听说他后来也不骂牛玉山了,只是拿手指点着他的头,咬牙做狠狠状,一句骂话也出不了口了。

最后就让他放羊,让他看粮食。

看粮食实际上就是看麻雀,不要让麻雀落到地里来。麻雀是个飞的东西,这边赶走了它们会落在那边,也需要人勤快,需要人跑来跑去,需要人的吼喊,但牛玉山不怎么跑,他只是在地埂上走来走去,也不怎么吼喊,只是把胳膊向着半空里一划一划,刚要喊时,他的胳膊已落下来了,使他的喊声也因此偃旗息鼓了去。

有时他还假公济私,不好好看队里的粮食,还趁着这个机会给家里的羊拔草,这要是被三外爷碰上,一点都不会客气,全部没收了,交到饲养院里去。

听说三外爷点着他的鼻子说不出话时,他也从不反抗,也不辩解,而是在脸上挂着一种古里古怪的笑,好像是在说,没有什么大不了的,怎么着都可以的。等三外爷批评完,他拿手蹭一下鼻子,

邻居家的故事

扭头就走了。村里人说三外爷那么不得了的人，吼喊一声麻雀都不会落到地里来，但他也拿一个人没办法，他拿牛玉山没办法，他的斧头快得很，人家也是拧筋子肉，一个拿一个没办法。

一次三外爷叫牛玉山去给他弹棉花，三外爷不知从哪里弄了些旧棉絮，想收拾收拾，就想到了牛玉山。但牛玉山没有去，他说他弹棉花的弓子坏了，使不上力。这一件事在村里传得很凶。三外爷很生气，从外面请了好几个匠人来弹棉花。三外爷拿着棉花给村里人看，说你看看人家弹的这棉花，你再看看他牛玉山弹的棉花。但看的人并没有看出区别来。

两个人在村巷里单独遇见了也不打招呼，好像相互间都没有看到对方似的。

那时候光阴非常紧，粮食不够吃，牛玉山总是在腰里系一根草绳。要是把手摸入他的怀里去，大多数时候都能摸出一块谷面馍馍来，有时是一大块，有时是一小块，说是他装在怀里舍不得一下子吃完，看的时候比吃的时候多。

糜地里有火穗，黑黑的，里头是面浆。牛玉山趁着看粮食的便利，常常揪火穗吃，把自己的嘴吃得黑黑的，像舔过锅底，这样不是就吃饱了吗？不是把怀里的谷面馍馍省下来了吗？火穗虽然不是好粮食，但也是队里的，是大家的，应该由大家吃，怎么能趁着方便只往自己的嘴里一个劲地喂呢？

这都是社员们就牛玉山提给三外爷的意见。三外爷就严令牛玉山不要私自偷吃糜地里的火穗。

但还是有眼尖的人不时能看到牛玉山的嘴黑黑的，而且说他躲在糜地里用袖头起劲地擦着自己的黑嘴，想消灭罪证。

接下来就出了那件事情，一天晌午，糜地里到处是麻雀，隔老远就能听到雀噪声。有人就闻声寻来，在紧临着糜地的深崖下找到了牛玉山，已经去世有一段时间了，手里还紧攥着两把蒿草，深陷的眼窝上有苍蝇飞着。从怀里还掏出一块谷面馍馍来，牙痕清晰，只咬了三口。

他有在糜地里睡觉的毛病，看来是在崖畔上打盹，不小心掉下去了。

入土后不几天，却有闲话传出来，说知道牛玉山是怎么掉下崖去的吗？是一个人推下去的。

于是就开始告起来了，我那个本家奶奶几乎天天去邻村找大队支书李风全，告状说，三外爷把他的男人推到崖里摔死了。那时候我们一大群孩子都跟着她去告状。和牛玉山刚好相反，我的这个奶奶个头很小，几乎还没有我们高，她一路去告状的样子现在还想得起来，腰弓起来，走得很快，需要我们小跑着才能撵上。而且她的脸上真是有些凶气的，鼻尖一动一动，嘴咬得紧紧地，像一只下功夫捏合得极严密的饺子。

就这样跑上跑下，找李风全告了几次，不知道李风全每次都对奶奶说了一些什么，总之后来这事也就不了了之。

但村里大事情毕竟不多，许多年来人们还是一直谈论着这个官司。说三外爷找牛玉山看粮食还是有眼力的，村里还有谁有他那么高的个头呢？站在糜地里，麻雀是很容易看到的，要是换个矮个子，高不过糜子，或者比糜子高不了多少，都不适合看粮食的。至于他们两个之间的恩怨，他们不是都已成了亡人吗？就让他们自己当着真主的面处理去吧。

邻居家的故事

大大

大大就是牛玉山爷的大儿子,我们都叫他大大。也就是最年长的大伯的意思。奇怪的是,村里做大伯的人很多,但被呼为大大的,却只有他一个人,说不清个中缘由了。

大大不知得了什么病,双腿自膝盖处蜷曲着,而且僵住,舒展不开来,这使得大大只能蹲着走路。我们看到大大的时候他就在蹲着走路,有两个自制的木撑子,像现在拉力器的握手,只是比那要笨拙些,也要结实些。大大把它们拿在手上,走路时,双手先用力,将身子撑得悬起来,顺势一跃,就能前进一步。大体上有些像跳马。一般人莫说行长路,握着木撑,僵曲着双腿,只这样跃几跃,也会受不了的。首先是那硬硬的木撑子就让人受不了。一下一下捣在地上,让人虎口疼痛,胳膊发麻,但凡事都会练出功夫来,大大这样走时,却显得自然随意,不很费力。要是大大身体健康,把他的这走法当作一个绝活表演,倒不错的。由于长期撑木撑走路,使得大大的肩部两端高出一些来,这就像一只乌鸦,翅膀有了毛病,即使在它不飞的时候,翅膀也支棱着,无法完全地收拢起来。大大走路时,木撑会在路面上不断地敲出声音来,先是木撑用力敲地的声音,紧跟着就是他跃出去,双脚落地的声音,一强一弱,一放一收,听来是那样默契,好像是一种永不爽约的呼应,但也只是它们两个呼应着罢了,单调到叫人寂寞。大大走路的时候,当然先是声音远远传来,常常是听到这声音似很久了,才会慢慢地见到大大出现在你眼前。他那样无论多么娴熟,总还是走不快的。

有时在巷道里，在路上，也会见到大大和人相伴了走，那走在他身边的人，明显是放慢着自己的节奏，大大却是加快了节奏，木撑的敲击声密集了一些，有些凌乱，但他的全身都显出一种努力的样子，像一个驮着重物的青蛙在拼命赶路。这样的时候，真还不如他单独地走着。但大大似乎乐于和人结伴行路，从他那努力的样子就可以看得出来，他不但忙着行路，也还忙着与人交流、说话。大概是要让对方清晰地听到他的话吧，大大的声音总是有些高，有些冲，像一个人在跑步中说话那样，而且偏着头，似乎要把自己的话说到高处去。他的心存感激，他的心怀不安，时时处处都看得出来的。有时路过的人会带些诧异向他们看，这就使伴大大行路的人有些尴尬，像失了一个面子，就对那路人笑着，似乎借此向路人解释着一个什么，交流着一个什么。路人也就露出交流的笑来，并且明白了什么似的点着头。这时候大大就会专心走路，头直看到前面去，不左顾右盼，不察言观色，走过一小段，他像蓄足了力气似的，又大声地说起话来。有时越过一道短墙，看到一个人缓缓地走着，头偏着看向下面，就可以知道他身边还有大大走着的。听大大的木撑敲击路面的声音，他们不该走得那么慢的。因为大大那样子走路，就使他的鞋底磨损得不厉害，多时鞋面破得不成样子了，鞋底上的针脚还可一一数得清楚，就拿这鞋底再配一套鞋面来继续穿，常常是鞋面换过好几遭了，那一双鞋底还依然结实地供他踩着。这也好，毕竟大大是没有自己的女人的人，要是太过费鞋，也是一桩令谁也觉得难堪的事情。

我见过大大最为惬意的事，莫过于在院子里晒日头。他半仰着，把头靠在墙上，眼微眯，嘴半张，让暖暖的阳光富富有余地落自己一脸一身，像是半醉了的样子。他的木撑就搁在一边，整齐地码着，像在静静地聆听着阳光的声音。有时一个木撑会倒在地上，把自己的影子压在自己下面。鸡从他的前面悠闲地踱过去，有时会盯着他的脚尖看一看，有时会啄一啄他的木撑子。他闭了眼睛什么也不看，舒服得连个笑脸也懒得做。有时觉得，在那样叫人舒坦的阳光里，大大要是忘却了他的残疾，伸一伸腿，就真的可以伸得开来。那时候大大的腿也不似平日那般显得僵，似乎那只是他在半睡中一个特别的姿势而已。日头暖暖，天气晴好的时候，有时会让我们觉得无聊，偶尔也会趁着大大晒日头，拿起他的木撑子学他的样子走走。这时大大并不睁开眼睛，似乎一睁眼他眼帘上的阳光就会惊散了，但是会很严厉地呵斥我们，听口气倒不是嫌我们用了他的木撑，而是在告诫我们这个是不当学的，这是一个忌讳。好像真的就是一个忌讳，我们也就乖乖地把木撑放在大大身边，让它们只属于他一个人。

从我们记事起，大大便一直和他的母亲住在一起，就是那个寻李风全告状的老人。屋子里黑洞洞乱糟糟的，一条羊毛毡撕作两半铺在炕的两端，娘儿俩各睡一头。大大睡着时像被谁捆成了一团。好像是不愿让人看到自己睡觉的样子，他睡觉时完全把自己包紧在被子里，使被子看起来显得突兀，有些畸形，似乎下面倒似一个面盆。当奶奶早晚做礼拜的时候，大大就坐起来，闭着眼，靠墙根坐一坐，以示谨重。奶奶去世后，大大就跟从他的小弟弟过了。他的小弟弟叫希麦，很魁梧的一个人，脸像被严寒冻住的石头那样，难得见一丝笑容。他常常把哥哥从炕上抱下来抱上去，像抱一个碍手碍脚的什么。

但不要以为大大只是晒阳光吃闲饭。实际上大大是一口闲饭也不吃的，非但不是，他还是这家最得力的一个劳力。和牛玉山爷爷一样，大大也是个手巧的人，在许多方面都无师自通，我记得他打过手镯、耳环，给人修过锁子，配过钥匙，但他干了一辈子的营生还是补鞋。县城离村里不远，逢集日子，大大就用他的木撑撑着自己，赶早儿就到县城去，给人补鞋。家当都寄存在一个什么地方，去了搬出来，街面上一摆开就是。大大就这样来来去去摆了许多年补鞋摊。后来又买了一辆旧自行车，给自己改制了一辆手摇人力车，大大坐在上面，用不着动脚，两个脚踏已被他移置到了上面，用手搅着转动，就会看见一侧的链子动起来，就会催得车子也动起来。这使大大方便了许多，虽然不比骑自行车的人快，但人小跑着是撵不上的。大大再不需要拄着那样一对木撑上县城了，后面有一个车槽，一应家当都装在里面，省了一笔寄存费。那一对木撑也在里面的，以备不时之需。在木撑的两边缠了海绵和胶皮，这样子，手把着舒服，行路时发出的响声也不再那么刺耳了。奇怪的是小小一步棋多年来竟没有想到，把自己的一双手磨得比木撑子还硬。去县城是上坡路，得一路费力不停地摇，有时他的一个侄子还在后面帮忙推着。侄子也一个个长大着，长得稍大些就另有事情干了，不给他推车了，因此随着时光流逝，给他在后面推车子的侄子也不停地变化着，后来他的一个侄女还跟了他几年。从县城回来就方便多了，几乎用不着摇，有些地方还得拉拉闸的。车子驶得飞快，大大坐在车上，显得悠闲，像驾驶员并非他似的。后车槽里哐啷哐啷响，里面除了补鞋的家当，还有帮他推车的孩子，还有他给家里置办的一点东西，油盐酱醋啊，针头线脑啊，等等，大家都看着羡慕，说希麦一家，沾了这个哥哥的光。希麦一家对他很好，完全是当作一个老人侍奉着。希麦的女人很是贤惠，多少年了，没有和大伯子红过一次脸。有时从县城往回返，车槽里会坐有两个趁方便的村里人，这样的时候，下坡路，车子快得几乎要飘起来，大大就高度紧张起来，把紧着摇轮不说，还不停地拉闸。希麦劝大大不要再拉人了，还以为自己是一个什么车啊，弄那么多人在上面，危不危险啊。但还是常常看见那车像蚂蚁搬家那样装着几个人，闸声嘶鸣，从那面陡坡上疯了一般直贯下来。

我在县城上学时，鞋破了就会去找大大补。鞋匠不少，男女都有，一字儿排开着，见人往鞋摊走来时，都会露出招徕的笑。但大大总是在埋头补鞋。他补鞋时很是专注和用力，锥尖从厚厚的鞋底里扎过来的一瞬似乎和他的眼神有关，麻绳被他拉出粗直的声音来，仅这声音，也让人觉得一种结实和可靠。他把穿过鞋底的麻绳一段段虚虚地握在手里，然后突然地撒开去，撒出一个流畅的弧度来，这功夫不比高明的演员在戏台上甩袖差多少，只是没人在意这些罢了。用锥子扎透鞋底，进针的一瞬，他颇显得专注，丝毫马虎也不敢有似的，嘴唇紧闭，头深埋下去，像在看着分寸和火候，一旦针穿过鞋底，线绳儿拉起来时，他就松弛下来，头也抬起来了，一下一下稳稳地缓缓地拉着，真如拉着个三弦一样。倒好像用锥子时是一种劳动，而拉线时则成了一种休息似的，看得出，那样拉线的时候，大大是很惬意很过瘾的。他的膝盖上铺着一片布，脏得看不出颜色了，他的手也比那布好看不了多少。

要是我来补鞋，大大就会把手里的活儿停下来，同时向鞋主请求包涵和理解地笑一笑，说，自家的娃娃，一会儿还要上学呢。就给我补。真是一丝不苟，补完了要把余出来的胶皮熟练又仔细地剪掉，使补疤和鞋达到和谐美观，要把线头恰到好处地剪掉，要把手伸到鞋里面去，摸几摸，看有没有没处理好的钉子。穿在脚上一下子就会感觉不一样了，像瘪瘪的车轮充足了气。大大似乎害怕我掏钱，一边忙忙拿起别人的鞋继续补，一边暗示地催促我走。他的胳膊上有一块电子表，他看一眼说，快走快走，上课的时间到了。我也就走了。每当我的同学要去补鞋时，我会心里一动，想领他们到大大那里去，可上中学六年，由于虚荣心的缘故，我没有领去过一次。

考上大学，参加工作后，见大大的面就很少了。一次在他家门口碰到他，他拄着双木撑子，在那里晒日头，叫我吃了一惊的是他的一只眼睛坏掉了，像一片烂菜叶子，原来他患了白内障，就成了这个样子。他还是去县城给人补鞋，一个眼睛用不上了，只能用剩下的一只看着给人补鞋了。

听母亲说，这两年，大大已不去补鞋了，完全闲在家里，可算是一个吃闲饭的人了。虽说他补了几十年鞋，但看样子也没有挣下什么钱。

大大已经快七十岁了。他那个车子，除了他，谁也用不上的，就扔在院子里一天天破败着，好几年车胎没充过气了，瘪瘪的，让人觉得即使充气也充不上了。

因为村里接连去世了几个人。大家也就说起大大来。

母亲说，你大大要是殁了，腿那个样子咋办？

活着都那样了一辈子，谁还管那殁了以后的事。

但大家也都理解母亲的意思，虽然大大蹲着活过了自己的一辈

邻居家的故事　263

子，但我们还是心怀侥幸地指望，大大亡故以后，躺在尸床上时，他的身子能舒展开来。

孤拜

孤拜大爹是大大的弟弟，牛玉山爷的次子。

之所以要写他，因为他是村里最能的一个人。

现在看来，这应该说是具有创造性的一家人，他们天资里都有着一些一般人没有的禀赋，囿于条件，他们的禀赋都未能完全地施展出来，因此也无法对他们的潜能做准确估量，但仅就这一家人而言，集大成者当属孤拜大爹了。

孤拜大爹身材修拔，也魁梧，鼻子像一座天桥那样醒目在脸上。就他这个人，要是另一种命运，无疑可以算为美男子的。他生性沉默，气质忧郁。那样魁梧的一个人，却给人一种软弱感，像一株谷子，长过了榆树的高度，但还是一株谷子那样。

那时候队里还唱歌，在田间地头唱，夜里在小学里唱。女人里有一个唱得好的，现在是被一种疾病弄得躬下腰走路了，对面走来也看不到她的脸，这个且不说；男人里唱得最好的，就是孤拜大爹，和女歌手泼辣大胆、喜好表现的风格不同，孤拜大爹总是有些腼腆，常常是被人揪到前面去唱。刚开始他唱歌时，会落下汗来，渐渐自如到不流汗，但还是总往后躲的。这倒赢得了大家的兴趣，对那个女歌手的跃跃欲试大家有时竟视而不见，却推推搡搡地让孤拜大爹来一个。我记得村里有谁结婚时也唱歌，有合唱独唱，我父亲就在合唱者中混过，但说到独唱，那是非孤拜大爹莫属的。

他唱的时候,就是连那些表现欲最强的人也甘愿听着,或者是配合着他的口型,打着拍子,无声地伴他唱着。这是"文革"期间的事,之后,村里就再也没有集体唱过歌子了。

那时候孤拜大爹还是村里的赤脚医生。他家里有一个黑药箱,居间的白圆圈上有一个红十字,煞是醒目。常常看见孤拜大爹在针盒里倒上开水,给针头消毒。我们还玩过他的听诊器,把听诊器戴上,把一头按在另一个的肚子上去,立即能听到对方肚子里的声音,像煮着一锅土豆似的响着。孤拜大爹最拿手的是针灸。他家里有那么多长长短短的银针,村里人都接受过他的针灸治疗吧。他把针扎在病人身上,就搬个凳子在一边坐着,静静地望着银针,好像病人身上的银针就需要这样望着似的。有时伸出手去捻一捻,也是看住针,不看到病人脸上去,也不看到别处去。自始至终,好像在配合着银针的安静。偶尔会轻轻咳一声,手立即会上去拦在嘴边,像要把这个不慎的咳嗽声拦挡在嘴里。搞得病人和陪同看病的人也不敢说话和咳嗽。但大家觉得挺好的,医生嘛,就该这样的。给我留下深刻印象的是一次他头上脸上扎满了银针,两手抚膝,双目似开似闭,端坐在阳光下的一只木凳上。阳光在那好像一下子不能数清的银针上闪烁不已,使他的脸在光怪陆离中显出一种超然的宁静来。这真是让人极佩服的,都想问一问痛不?但看他那样子,是一点也不痛的。

没想到这样一个近乎文雅的人,一天却被人兜嘴一拳,打下一颗牙来,还有一颗牙也被打飞了半截,这个对他出拳的人,就是我的老师田风贵。为亡者忌,为师忌,似乎都不该说的,但谁做的事谁承担吧。老师已睡入土中去了,想及他那打向人的拳头,如今

邻居家的故事　265

无作为地搁置在墓穴里，不禁感到一种空虚的凉意。说来是有些莫须有，那时候村里驻有工作组，有一个人可能与工作组长的关系太腻味，引起了大家的反感，于是就有一幅漫画出现在村子里，画的是组长撅了大屁股回头看着，另一人伸出长舌头来，眉飞色舞地将他的胖屁股舔着，舔者的旁边还逸出一道旁白来，道是：我的名誉有你保，你的尻子任我舔。无须多看，两个神态毕肖的人就会主动告诉你他们是谁。那个伸舌头者被大家看出正是与工作组长腻味的人，正是老师的哥哥，老师是很疼他的哥哥的，发誓要找出这个画漫画的人来。谁能画得这么好呢？就都猜到孤拜大爹，说他是什么都会干的人，而且那笔迹也很有些像他的。老师就拦住孤拜大爹，让他当众写几个字叫大家看。不写。于是一拳头就打了过来。

孤拜大爹也弹过棉花，做过毡匠、银匠，后来还跟大大到城里摆过补鞋摊。

不知从什么时候起，孤拜大爹又成了远近闻名的木匠、建筑师，这些年各地都在纷纷地建清真寺盖拱北。盖一般房子的匠人多如牛毛，但能盖清真寺，能盖拱北的木匠百里难能挑一。那得会设计，会在动工前就计算好所需费用，得对阿拉伯建筑和中国古典建筑都有涉猎和造诣。不知怎么着一来，孤拜大爹就成了这方面的一个行家，一年四季，几乎见不到他的影踪。他偶尔回来一趟，大家就从他的衣着神态上判断他究竟是发了财没有。有一天他的女人在院子里洗小净准备做礼拜，忽然一头栽倒在地上再没有醒来。他就更少回家来了。时间不长他又娶了一个很年轻的寡妇。他已经有六七个儿女了，但这个年轻寡妇又给他生出一个儿子来，他这个年过花甲的父亲，抱了小儿子在院子里转悠时，会给人一种很特别的感觉。

孤拜大爹究竟发财与否,大家是不清楚的,但他的家,实在是太一般了,尤其他家的房子,像临时搭就的一个工棚,不算是最差的房子吧,在差的里面,也得算一个了。

那么一个有名的匠人,为什么不把自己的房子稍微收拾收拾呢?

即使最漠然于世事的人,心里也不能不有这样一个疑问。

另几片叶子

哑巴

村里有两个哑巴,都是女人。一个的丈夫去世了。她的丈夫人叫瘦猴儿,很精干的一个人,小时候到新疆讨过饭。我还记得他精着双脚犁地的样子,边走边用鞭竿蹭落着牛屁股上的干牛粪。但突然间就患了肝硬化,肚子高起来,使他看不到自己的双脚,不知怎么凑合着治疗了一下,很快就从他家里传出哭声,他已经无常了。他的女人是个哑巴,生得膀大腰圆,脸上有着哑巴才有的那种固执和生硬。她是很能干的,力量不下于一个男人。走起路来,风风火火的,像是随时都会跑起来。爷爷在世的时候,告诫我们不要唤她哑巴,她的丈夫叫依哈,爷爷叮嘱我们叫她依哈媳妇或依哈婆姨,不要叫哑巴。但村里好几个依哈媳妇呢,方便易辨起见,就还是叫她哑巴。当着爷爷的面叫依哈媳妇,反正也叫不了几次的。她长着一个骡子脸,像是随时准备着驮什么似的。丈夫无常后,她的日子倒是好过了起来,当然这也只是和她自己的以前相比较而言,她丈夫是有些游手好闲的,小时候跑过新疆,就使他的心总是野的。因此没有了丈夫后,她倒是一心了,把丈夫治病借的钱陆续都给人还了,几个儿子也听她的话,把个家治理得井井有条。她比我母亲还要年长,快六十岁的人了,但犁起地来还是一把好手。儿子犁的地不能使她满意。她来给儿子送水送馍馍,把儿子犁的地看一看,就发出不满意的声音来,像一只羊那样叫着,走过去从儿子手里接过犁耙来。母亲说她前两天还见了她。村里一家出嫁女儿。我们这里都是要去添香的。我总疑心这两个字是添箱而不是添香,女娃娃要出嫁,娘家陪了些嫁妆都在箱子里,可是娘家人财力有限,装嫁妆的箱子还没有满呐,于是亲戚邻里都多多少少拿一点,一是去添些喜庆,二是大家的力量汇总起来,给女娃娃把这个箱子添满。大概是这么个意思吧。母亲那天去添箱,碰着那女人也去的,她戴着大黑盖头,脸粗黑着,显得健康。主人端上干果来,苹果呀瓜子啊水果糖啊,等等,她很稀罕地每样都吃一点,吃得很小心,将碟子端详一会儿,才会伸出手去,好像这之间有她的一个心理斗争似的。有一碟蜜枣,她一定觉得香,格外地多吃了几个,主人脸上露出些意思来,使她觉得尴尬,蜜枣碟在她跟前的,她却掩饰什么似的推到母亲这边来。实际她还想吃的。然而却再也没有伸手过来。母亲说她当时看着,心里有些难过。实际上她来添箱,也添了不少的,她总是有些偷偷摸摸地将她的添箱物给主人,或者一双袜子、一条毛巾,或者是她自己做的一个枕头。她的针线活儿不怎么样,绣的枕头花显出一种学手的样子来。

但村里人对她的评价很高,说她是个实诚人,比许多男人都强。说她这样的人,无常了是没罪过的,是不受打算(回族人认为人死后须受清算)的,因为她的心是实诚的,她的嘴也没有说过闲话,没有诬蔑过人。听说她也做礼拜的,哑者必聋,也不知她是怎么样学会那些礼拜辞的,学会以后,她又是怎么念的。村里人对她做礼拜,同样是评价甚高,说她做一次礼拜,胜过其他人做七十次。

村里许多人都是无尊严的,背后受人闲话的,这个女人倒好像

另几片叶子　　269

因其残缺而具有了尊严和口碑，真是不易。

她要是无常了，躺在地上，双唇紧闭，人们是否会这样想，这张已经闭紧的嘴里，一辈子也没说出过一句话来，人们是否会因此觉到恐惧和神秘？我总无端地觉得，一个哑巴去世后，总是比我们更容易融入无声的世界里去。

另一个哑巴是我家的邻居，她嫁给了勉麻乃。那时候勉麻乃已经四十几了，她也许还十八岁不到。勉麻乃的妻子去世了，就娶了她来。这个勉麻乃，是村里的一个特别人物，他已经多次上过吊了，不知为什么，都活了下来。一次他把绳子套过窑洞的哨眼，将自己吊起来，一边用大拇指在里面将门划着，那时候他的前妻还在的，在哨眼里看到了绳子，忙呼人来救。人们拼命推门，把他划门的大拇指都弄折了，才把他救下来。都说那天要不是弄折他的大拇指，他一定是活不过来了，十指连心，正是大拇指的剧痛刺激了他，使已死的他活了过来，但这一次上吊却伤了他的喉咙和舌头，他的舌头恢复不到原位了，长出少许来，总乐意休息似的搁在他的下唇上。他还糊涂，要是和家人吵架，必跳到大门外来嚷。一次怒不可遏，他竟把自己的院门挖掉了，那时候他已娶了哑巴女人来，而且又生了好几个孩子了。他常常和哑巴女人淘气。在院子里将自己滚得一身土，用手掌批自己的脸，说，羞死了羞死了，把人活到这一步羞死了，也会立在院门外说个不休，说和没言语的人就是不能过日子的啊，和驴马畜生都可以过得，和没言语的人过不得啊，这样大声地嚷嚷着，好像他清楚必有许多听众似的。

哑巴女人刚娶来的时候，除却不会说话，人还是长得不错的，即使再瘸着一条腿,盲着一只眼睛,配勉麻乃还是蛮配得起的。他们两个在一起完全是长辈和晚辈的样子。哑巴的妈妈来吃女儿的宴席,对比她还要老的女婿说,这娃就是个没言语,再没说的,你就当你的个女儿过活去吧。这话的意思是要勉麻乃多担待哑巴,要疼哑巴。哑巴自己也争气,第一年就给勉麻乃生下一个儿子来。那时候哑巴女人喜欢到我家来,有时是借一点盐,有时是借一点洗衣粉,哑巴女人是爱种花的,母亲也跟她要一些花籽来。她家里那时有一个烙铁,那也是她最值钱的嫁妆。她是勤快的,常常将母亲洗了的衣服要去烙一烙,然后叠得平平展展了给母亲送来。时间长了,虽然她不会说话,然而连比带画的,和母亲交流起来似乎并无什么障碍。总之邻里关系很不错的。他们两口子经常吵嘴打架,母亲也去劝的。哑巴就把母亲拉到窑洞的套间里去,在锅头边立着,一边起劲地抹眼泪,一边指指画画地向母亲诉说着。这么着下来,不到十年,哑巴和勉麻乃走在一起就很像两口子了。

有几年勉麻乃在县城的砖场里背砖。早出晚归。他好像不会骑自行车,或者也是没有。他常常往县城走。村里的孩子天麻麻亮时就去城里上学,勉麻乃也走在他们中间。他真是像一个鬼魂走在他们中间。夜里,天上有了星星时,背了一天砖的勉麻乃才回来,他在暮色里一步一步走着,像是睡着了似的。那时他在供养着他的儿子上学。儿子已经上到小学五年级了。勉麻乃也已经有五十好几。他的儿子学习是不错的,在他家粗糙的泥墙上,是能看到几张奖状的。它们被高悬在那里,是一进门最容易看到的东西。勉麻乃给人说,只要娃娃争气,考上大学他也要供的。开家长会的时候,他们两口子都不去,害怕给儿子丢脸。

另几片叶子　271

但是儿子却突然跑掉了。

我们这里常有这样的事，一个念经的娃娃，一个念书的娃娃，突然地就跑掉了。这一跑就如同脱缰的儿马一样收不住了，经也念不成了，书也念不成了，有的娃娃就这样走上了邪门歪道。家长都是非常头痛这个事的，但是有什么办法呢？心在人家身上长着，由人家想呢，脚在人家腿上长着，跑也由人家呢，防是防不住的，知道娃娃也是不满意这个现状才跑了的，不满意这个父亲母亲才跑了的，娃娃跑了，家长心里是又惭愧又着急，有什么办法，没办法的，唯一能做的就是祈祷，祈祷娃出去能遇上好人，不要遇上歹人，祈祷娃们各方面顺一些，能给家里来个电话，不要让做家长的着急。

勉麻乃的儿子很快就来了电话，让家人不要找他，他很好，他正在给一个有钱人放羊。你在哪里放羊啊，哭着这样问的。但儿子说着放心，却把电话挂了。

勉麻乃的儿子叫勉佐梁，这名字还是我给起的。这是个有出息的孩子。听说是在兰州做厨师，常常往回寄钱。一次回来，给家里买了两头牛，让父亲不要再背砖，把这两头牛养上就行了。但勉麻乃还是去背砖，牛让哑巴女人和女儿饲养着。

我只要回家，就总是能够看到勉麻乃带着婆姨帮黑家的萨利做什么，帮人家除粪啊铡草啊挖洋芋窖啊，等等，做起来比主人还踏实，倒好像是人家雇用的奴隶，一次我看见勉麻乃两口子在萨利的院子里帮人家做煤砖，两个人都弄得汗不拉叽黑不溜秋的，主人却是一个也不见。母亲给我揭谜底说，勉麻乃那是巴结萨利呢，萨利不是有两个女子嘛，他指望着其中任何一个能给自己的儿子当媳妇。

我们都觉得这是不可能的。母亲说萨利一家也很矛盾，为什么呢？他们实在是看上了那娃，精明、务实，又讲究人理待道，没有坏习气。连那两个女儿心也动了的。但他的一双那样的父母又很容易让他们打退堂鼓。

这样吧，把我的儿子招到你家里去，做你的招女婿。听说这样的话勉麻乃都对萨利说过。一贯大大咧咧的萨利在这件事上却做出权衡的样子来，举棋不定。不久他的两个女儿就先后嫁到别处去了。

听说勉佐梁说媳妇有个前提，谁先接受了他的父母，他才有可能接受谁。

这话说得村里人为他伸大拇指。

一天勉佐梁从兰州撤回来，就在我们县上租了一间店铺，自己开起饭馆来。这时候大家才看出这娃原来也没有挣上多少钱，因为他把他的妈妈和三个妹妹都搞到饭馆里去帮忙了，连一个像样的服务员也请不起。

老实讲，哑巴女人和她的三个女儿都有些累赘的，三个女儿也都还是少女，但都干涩着头发和面皮，显得营养不良，有什么病似的。女人却真是有病的，她的风湿病已经很严重了，使她像一辆老拉拉车那样松松垮垮歪歪拧拧地走着。即使夏天，穿得那么薄，她也给人一种感觉，像穿着棉裤棉袄似的。勉佐梁就让母亲和妹妹只负责锅灶上的活计，不必下楼来，不要让客人看见她们，客人这一面，只需他一个人跑着照顾就行了。

勉麻乃在家里喂那两头牛。

但是听说他很疼儿子，认为他是累坏了。他说他想办法看看能否腾得开身来，好去饭馆里给儿子帮帮忙。做儿子的听到这话，心里很觉得为难。

志愿军

真是麻雀虽小，五脏俱全，我们村里还出过一个志愿军战士的。他叫田风祥。1951年，他应征入伍，去朝鲜打仗了。在那么大的一场战争后能全身而归，说来算是很幸运的。记得小时候在他家门口的巷子里玩时，见墙上有一个凹进去的圆圈，刷着白灰，白灰上红字写着"拥军光荣""光荣家属"等字样，印象很深。还记得他家里是很穷的，立在屋子里能看到自墙缝儿里进来的亮光，橡子檩子都黑黑地歪扭着，像风湿病患者的四肢。屋子里最醒目的就是前墙上的相框，里面有一些军人照，从一些照片里能依稀看出田风祥来，倒像是穿了军装只为照相似的。

等我们记得田风祥时，他已经和村里人没有两样，完全看不出军人的样子了，看不到参战的经历留在他身上的痕迹。有时就觉得这只是一个故事，与实际无关的。田风祥当过几年队长，有几年村民们日子非常难过，但田风祥把紧着仓库里的粮食，不给大家分粮救命。他的意思是还没有到最坏的时候，大家的眼睛都盯着仓库里这点粮是不好的，如果大家都盯着这点粮食，那么这点粮食就反而起不到作用了。他说他们在战场上就这样的，就是死了，身上也还有着些许一点补给物的，为什么没有用呢？就是扛着，以为自己不会死，还没到万不得已的时候，到万不得已的时候再用，这样一个想法一有，就觉得无论多么困难，都还不能算是最后关头，都还没到万不得已的时候。许多难关正是这么挺了过来。他劝大家把目光转到别处去。仓库里的粮食任何时候都是大家的嘛。他这样说。他就这样子锁紧着仓库当队长，自己饿得恨不得吃土也不改变主意。他对老婆娃娃也严格得很，譬如背粪，老婆的背斗要是没有装满就离开，他会当场呵斥她退回去再装上几锹头，装满。他这么着当了两三年队长，就被撤换了。他就成了一个普通社员。社员们干啥他就干啥，而且能吃苦得很，默默地能吃任何苦。村里有一个很有名的笑话，说农业学大寨的时候打蓄水坝，几个村子的人汇聚到一起干，红旗在土黄的风里翻卷着，几十辆架子车装着土来来去去。田风祥那时候是帮着推车子的，婆姨也组合在另一辆车子上，常常忍不住就向男人喊起来，喊的什么呢？喊的是别人都不鼓劲你鼓那么大劲干啥。原本是疼顾男人的话。但大家作为一个笑话就说得很快乐，尤其当村里人用本地话学那女人的喊话时，更是风味别具，不想笑的人也要笑笑的。那么田风祥听了怎么回答呢？田风祥倒好似没有听见，塌下腰，撅着屁股猛推车子，好像在这三人一辆的车子上他总是个主角似的。

由于田风祥现况如此，就使得村里人不大说起他当志愿军的事，好像这样的一说，就抬高了田风祥，就让他无端地沾了什么便宜一样，总之是不大说。只是他们也不乐意给田风祥说这些事的机会。他自己也不大说。他刚刚回来的时候，凭着一时新鲜，也讲过一讲的。

有一天夜里在麦场上放映《上甘岭》，大家正看得投入，忽然银幕上显出一条黑影来，指指画画的，搞得大家很不快，喝令他坐下去。坐下去了，银幕上黑影不见了，但一会儿又站起来指画了两下。大家的目光就离开银幕在人群里找人，黑乎乎地看不清楚。有人用很粗鲁的话骂着。一年至多放两次电影，看电影时受这种影响实在是叫人不快的。还没等电影散场,大家已陆续知道银幕上的黑影原来是田风祥,他给周围的人边看边讲,说他们参战的地方离上甘岭很近的,说着说着就激动了,控制不住站起来了。离得那么近,我们咋没在电影上看到他的个帽边边啊。有人听了这样揶揄说。

田风祥从朝鲜战场回来后,得了一种病,走得好好的,忽然就会跌倒在地,口吐白沫,痉挛不已。但不久就会恢复过来。实际就是癫痫病。恢复过来后田风祥就原地坐了休息一会儿。就像一个装醋袋子,将醋倒空了那样,他的脸一时显出一种可怕的苍白与干瘪来。村里人悄悄议论说,肯定是他在战场上杀过别人,别人也不放过他,一路悄悄跟随了来,叫他也活不安生。

一些捉鬼弄神之徒来给田风祥看过这病,真是给了他不少折磨,但都没有什么效果。

父亲那时候和田风祥一起给队里犁地。因为他有那样的病,就很容易发生犁着犁着,突然跌翻在犁沟里的事情。牲口不管这些,照旧会拉了歪斜在地的犁走出很远。这实际是很危险的。于是商量了,让他走在前面,父亲走在后面,这样跌翻了可以看见的。这样的时候,父亲就蹲在旁边大声喊他的名字,他辈分大,父亲得喊他爷,边喊边掐他的人中,父亲也只能做做这些而已。他醒过来后眼皮干干的,眼里一时空得像丢弃的鸟巢那样。他坐在犁沟里恢复着自己,好像一时连眼珠也懒得动。往往要过上犁一个来回的时间,他才能重新起来。他似乎还打算站着再适应适应的,但是牲口却甩着尾巴走起来,他也就慌忙扶了犁把跟上去。

但是一天早上,他却没能像以往那样扛着犁,赶着牲口来地里。他半夜里出来撒尿,舍不得点灯,舍不得一根火柴一滴油,出门时，被门槛挡了一跤，竟就这么去了。大家说一定是那一跤同时引发了他的老病，不然跌一跤不至于要人命的。

勉百仪

勉百仪就是勉麻乃的父亲，勉佐梁的爷爷。

也还是因为麻雀虽小，五脏俱全的缘故吧，勉百仪老人是我们村里的地主。

但把他打成地主，也还是有些原因的。村里有一道梁，直到现在也还叫勉道梁，这一道梁的土地，当时都属勉家。而且他还雇用有三个伙计的。然而除了这点地，他家里几乎还可以说穷的。父亲说他还记得清楚，勉百仪的几个儿子，十几岁了，还光了屁股跑着。屁股都很结实的，从土坡上往下溜着玩而不必担心。勉百仪喜欢买地，一年庄稼下来，留够自家吃的，余的就和别人换了土地。另外父亲说他家里还有一辆木轮牛车，实际也没什么的，只是一辆独轮牛车嘛，但当时之所以把他家划为地主，这辆牛车也是一个不小的因素。

地主的人选划定了时，村子就很像是一个村子了。

晚上在学校里开会的时候，勉百仪就会被传到台前去站着。那时候他已年过古稀，站久了就会颤起来，这也是没办法的，又不能让他下去坐着，谁也负不起这个责任。于是就让他的小女儿到台前来陪他站着。小女儿将他搀扶着，他也可以依靠在小女儿的肩上。他的小女儿叫米格，很聪明的，一会儿会悄悄地换到另一侧去将老父亲搀着。这样一个小小的更换，对老人来讲实在是很有帮助的，可以使他有一种错觉，好像刚刚站到台前来似的。

除了让他这样到台前来站站，另外好像对他也并无别的要求。

针对他忆苦思甜过一次，忆砸了，以后就再也没有忆过。但直到今天大家还说起那次忆苦思甜，听不来其中的褒贬立场，只觉得这是一件很有趣味的事。那天公社的段正富主任来了，于是开会，勉百仪照例被弄到台前站着。会议安排有忆苦思甜的内容，由在勉百仪家当过伙计的田寿生忆苦思甜。田寿生是田风祥的二爸（二叔之意），说话时上下牙床铡草似的，用力很大，使他说出来的每一个字都像铡下来的谷草，果断到有些硬倔。直到今天，村里人仍有着一大嗜好，那就是学田寿生的忆苦思甜。

那天的田寿生好像真的是蓄了一肚子气，按事先商量好的，他先是上去在勉百仪的脸上唾一下，呸！先得这样子来一下，紧跟着就得骂，我把你个老地主，我把你个吃人贼！得这样骂。然后就上台去。按规定勉百仪也不能擦脸。就开始忆苦思甜。田寿生说，他们那时候给地主分子勉百仪犁地，心里窝火得很，不想给他犁好，就把牲口打得快走，反正牲口也是地主的牲口嘛。那么这样子做有什么好处呢？这样做犁铧可以将翻上来的土更多地盖向一边去，会盖得比较宽，会将一些没犁的地方都盖住，这样他们可以偷工减料，少犁一些地。反正地也是地主的地嘛。都是庄稼汉，他一说大家就能明白的，于是引出一片笑声来。但田寿生说，不行的，地主的眼睛是瞒不过的，勉百仪自己就是犁地的好手，他不用将浮土刨过就能看出端倪的，他于是日娘掏老子地骂着，简直是离打不远了，让他们把牲口吆回去，再犁一遍。田寿生总结说，再犁一遍，花的工夫更大，还不如一开始就不要那些小心眼。他这样讲着，大家就都有些糊涂，不知他究竟是想说什么。接下来的忆苦思甜就干脆忆出破绽来。田寿生说，地主就是地主，心眼儿坏啊，毒啊，害怕他们这些伙计吃喝磨洋工，害怕他们坐下来吃，坐下来喝，让牲口定定地站着，于是地主就想了个办法，什么办法呢？牛不是有两只弯角吗？好，他把这个给用上了，一边的牛角上挂水，一边的牛角上挂馍馍，饿了渴了，随时可以取下来吃几口喝几口，边走边吃边走边喝啊，这样子你就不好意思坐在地头上消停吃喝了吧。田寿生总结说，地主就是这样的不让人歇缓。有人喊问，是啥馍馍呀。田寿生铡草那样用着力说，荞面碗饦子。他这一说就引起一片嗡嗡声，大家那时候连洋芋都吃不上，他一个伙计还吃荞面碗饦子，还吊在牛角上随时可以取来吃，要是吃得噎住了，还可以从另一个牛角上取下水来喝，这是什么日子。这是什么日子。嗡嗡嗡，嗡嗡嗡，近处远处都是嗡嗡嗡的声音。会议是开不下去了，仓促地散了场。田寿生也没料到自己忆苦思甜竟忆成这个结果，嘴唇干干的下去，埋没在人群里了。后来他才说出实话来，说牛角上面确实挂过干粮袋和水袋，但不是勉百仪的主意，倒是他们自己的主意，那天当着勉百仪的面红口白牙，指三说四，他脸上那个烧啊，想不到这么着指五说六的忆苦思甜，也还是没能取得满意效果。以后再让忆，他就不忆了。但以后就再也没有人让他忆过。

　　勉百仪老人，我还记得他的，他的鞋总是趿着，像无鞋后跟似的。个头很高，又高又细，枯瘦着，倒像用废旧的车辕雕成的一个人。鼻头尖尖的，尖儿上总是容易掉出清鼻涕来。牙也大多没有了，使他的嘴像一只几乎没有馅的包子。我记得他的舌头是很容易看到的，在黑洞洞的有些阴冷的嘴里，像一只拔光了毛的小麻雀那

另几片叶子　279

样动来动去。我现在还记得他跋着鞋,一步一步从陡陡的长巷里上去,身子细长而阴郁,就像一条可以用来上吊的绳子。

一个夜里村里来电影,演的是《刘三姐》。演到中间时,黑乎乎的人群里嗡嗡嗡的,好像是有人在找勉百仪。但他那么大岁数了,肯定是不来看电影了。后来大家也肯定了,他不在看电影的人群里。但第二天有人就喊他莫怀仁。莫怀仁,莫怀仁,莫怀仁。尤其一些娃娃乐意跟在他后面喊。他一声也不答应,但也并不因此生气。一边走,一边活动着嘴里的舌头,好像这些声音他可以不听见似的。有时候他在长巷里会立住不走,但是就同一辆车在坡上要防止轮子后退那样,他身子前倾,显出一种支持和挺住的样子,不久米格就会甩着两条小辫子跑下来,一路小心地把他搀扶回去。那时候他已经八十好几了。

父亲说老人七十多岁的时候,还在给队里犁地。父亲说他犁过的地就像是跟着一条长长的直尺犁过去的。犁出一片地来,就像晾了一些刀工精细的长面在那里。父亲他们跟在后面学,学不像的。他也为此得意,炫耀说自己犁过的地,比父亲他们走过的路都多。他的花儿唱得很好的。走着走着,他就唱起来,唱《马安良打乾州》等,不但父亲他们喜欢听,连牛啊骡子啊等都喜欢听的,摇着耳朵,喷着响鼻,甩着尾巴,臀部一亮一暗一亮一暗地走,好像忘了在犁地似的。有时牲口停下来撒尿拉粪,他也就停住唱,似乎他的唱花儿与这个也有关的,果然牲口开了步走时,他又唱起来了。那时候连他自己的牛角也空寡寡的,既没有水袋吊着,也没有干粮袋吊着。

毛主席去世那天,我记得很清楚。因为那天我们村里的勉百仪老人也无常了。村里无常了人,我们这些娃娃可以说是很欢乐的,我们可以跟着亡人到坟上去,得他的家人散予我们的乜贴,我们在坟院的墙根里排成一排,等着给我们散乜贴,多是5分钱,1角钱就可以说是发财了。但那天我们没能去得勉百仪老人的乜贴。我们被集中到学校去,全村人都被集中在了那里,然后一人得到一朵纸质小白花,我们在胸前别了,就浩浩荡荡地去县城参加万人追悼大会。我那时已是小学生了。第一次得到白送的小白花在胸前佩戴着,感觉异样而又新鲜。

村里的人都去参加追悼大会了,那么,勉百仪老人那天怎么办了呢?是谁给他洗了最后的大净?是谁给他主持了葬礼?又是谁把他抬送到坟院里去了呢?

我可以问得清楚的。但又怕心里的一个谜团被揭开。

多年来我一直想着这件事,觉得是很有意思的,要是写作,或许是一个值得写的东西,但我害怕去问清楚,我有一个古怪的感觉,甚至好像是我的一个印象,我似乎看见已经无常的勉百仪老人静静地躺在屋地上,耐心地等着,等村里的人陆续走了,村子完全空寂下来时,他忽然爬起来,用白尸布裹紧着自己,悄悄地一个人到坟上去,深藏到属于自己的坟坑里去了。

第一把土

人的一生会活成什么样子,自己是不知道的。

写"快半拍"时,我忽然想起这话来。

"快半拍"当年是何等的英姿飒爽啊,何等的风光啊,有几年,她年年是五好社员。一般用架子车拉土筑坝，男人是掌车辕的，但"快半拍"却要自己掌辕，让她的两个搭档不要跟自己争这个。打夯的时候，她一边和大家一样地打夯，一边还负责喊号子：哎——嗨——哟，同志们都用力呢嘛唉——嗨哟，不要嘛省力气呢嘛——唉——嗨——哟……就这样喊的。队里成立了"骨干队"，八男两女，其中一个女的就是她。骨干队的队员可不是好当的，要往前头跑啊，要吃别人吃不了的苦受别人受不了的罪啊。她晚年骨瘦如柴，固然是与她儿子的病情有关，但也和她年轻时对自己的过度透支不无关系。不知道她年轻时得到的那些奖状后来都到哪里去了。

和母亲只生了我一个儿子一样，她也只生了一个儿子，因此和母亲是有些共同语言的，说同病相怜也不过分。她很是疼儿子。记得我小时候有一个毛病，放学回来就睡在街门口不进来，装有病，肚子痛啊头痛啊，等等，来吓母亲，以引起母亲的注意，这样子母亲就会问我想吃什么的。我想吃什么呢？我就说到"快半拍"，我说人家给人家的儿子炸油馍吃。在学校里"快半拍"的儿子也显出衣食上的优越来，令人羡慕。我在他前面坐着，他的脚从后面伸过来踢我的脚后跟，严冬时节，我的脚后跟是有着许多裂口的，他这一踢，痛得像往里面撒了辣面子。我忍不住，报告给了田老师，田老师就点着他的脑袋说，你学学你妈呀你学学你妈呀。这个直到今天也还记得。可是他们三个，田老师，"快半拍""快半拍"的儿子，都不在世上了。"快半拍"对儿子很迁就，听说儿子半夜里起来，哭着要吃扁食（饺子），她也想办法给做。

就是这个小时候能吃上油馍和扁食的孩子，后来却得了糖尿病。糖尿病是一种慢性病，更是一种富贵病，须长期服药，只要长期用药，控制得好，是不至于年纪轻轻就夭折了的。

他的过早去世固然出乎天命，但与他的无钱医治、耽搁了病情也不无关系吧。

"快半怕"已经没一丝当年的影子了。她就像一把原本崭新大方的笤帚，用到最后只余了一点笤帚把儿那样。

她把一切心思都用在了给儿子治病上，家里的牛卖了，羊卖了，换了钱给儿子治病。要是有一只鸡她也会捉到市场上去卖掉，给儿子买一包药回来。她在院子里支了一个简易炉子，常常双手趴在地上，将炉子下面的火吹旺着给儿子熬药。她还时时刻刻监督着儿子，害怕他乘人不备，偷着去喝水。她让水缸空着，直到用时，才从窖里吊一桶上来。平日窖口都锁着，钥匙就藏在她身上。

终于她没钱给儿子买药了，她挨家挨户地去借，在谁家的门口她都立过，诉说过，抹过眼泪。后来我父亲就不愿借钱给她了。同情心固然是人人都有一些的，但谁也没有余钱可以多次借给别人。一段时间，她还用架子车拉了儿子去县城讨要。儿子已经走不动了，需她拉在架子车上才能到县城里去。村里有谁去县城，见她坐在车栏上向前面伸出手来，就躲开去，怕她难堪。她看见村里人也会匆匆缩回手去，装作揉搓衣襟上的垢痂什么的。

有时候她好像又讨得一点钱了，有人看到她在某个私人诊所里，陪着儿子打吊针。她用手将脸罩着，像在借机打一个盹，但看得出，她并没有完全睡着，随时都会醒过来的样子。

没想到她会走在儿子的前面。

把她抬到坟地里去，问题出来了，我们这里有一个规矩，父母坟坑里的第一把土，非得儿子亲手抓着撒下去不可。但她的儿子已一片纸似的躺在炕上不能动,不能跟来坟上送她了。大家提议,用架子车把那做儿子的拉来吧,规矩总不能破的。就把他拉来了。两边的人将他搀扶着,看他抓了一把土,徐徐地撒入坟坑里去了,尽到了一个做儿子的义务。在场的人没有不落泪的。

大家劝他不要太哭。他好像用尽了自己最后的一丝力气为母亲哭着。

"快半拍"入土还不到一个月,她的儿子就下场了,几个人抬了他走,神情异样,好像他们只是抬了一个空担架在走。

老田

父亲说,你记得老田吗?

我不记得了。

父亲说你应该记得的,老田无常的时候,你已经七八岁了。

父亲这样说的时候,我似乎隐约想起一些来,一个人,雾似的,在虚白的光里走远去。然而稍纵即逝。也许是父亲的说法触动了我另外的记忆,或竟是想象也未可知。

但老田的事,听过很多的。

我们这里曾经有过一个田大队长,很显赫的一个人。他是喜欢骑马的。一程跑下来,马就出汗如雨。老田那时候还是个孩子,在田大队长家里做事情,他主要的任务是,田大队长骑马归来,他接过缰绳,拉着汗津津的马给遛遛,等马身上的汗湿没有了,身子凉下去,他就牵回马厩里去。就这点子工作。连马料也无须添的。有时候有人给他几个麻钱,他也替人站站岗什么的。新中国成立后,田大队长被捉去劳改了。看着田大队长那么大的一个家业毁于一旦，看着田大队长那么显赫的人物被绳捆索绑，鼻涕落下来也擦不得，老田总是难过得很。他总觉得这事情不能算完。要是田大队长去劳改时嘱咐他，让他守着他的老院子，让他把他的马给喂着，他都会的。他可以为这个事把自己的命搭上也在所不惜。他觉得自己在这里的日子不错的。他好像是个孤儿。这样子遛遛马，再替人站岗换几个零花钱，他觉得这样的日子很好的，这样过一辈子他也会满足的。他真是当惯了伙计，田大队长劳改不见回来了，他就来到我们村，给勉百仪帮小工。勉百仪家的地多一些，忙不过来，他来帮他做小工。但后来勉百仪被划为地主了，他想做伙计也不成。而且好像到哪里也不能做活计了。他是赤贫的，村里给了他一片小院落，院里有一间旧房子的，有院又有房，而且到哪里也不再有伙计可做，老田就在我们村里住下来。老田原本并不是我们村人。

老田可以让人记住的一个特点是，他一辈子都没结婚，他一个人孤孤单单地过完了他的一辈子。

想老田或许是有些什么毛病的，但父亲说他有什么毛病呢？啥毛病也没有的。

那为什么没有结婚？

是啊，他为什么没有结婚？父亲也不能答的。人活在世上，一辈子结一次婚也不是十分难的事情。有的人也并不是很有势很有钱，一辈子也会结几次婚的。结多次婚的人和一次婚也没有结的人，都是因为什么呢？他们是很有些不一样的吧。

有时候把机会错过，就一错再错了。父亲这样含混地说。

我的想法是，人如果孤身过日子久了，身上就会烙下一些孤单的痕迹和习惯来,就会排斥和拒绝他人。我见过一些孤身独处的人,从眼神、表情、语言到动作,都显出独特来,使人觉得与之相处的不自然,有丢下他逃开的愿望,觉得他还是一个人待着的好。

但父亲说,找个老婆的想法,老田一直有的,有时候会很强烈,似乎他这番一定是要找个老婆了,直到他无常前不久,这个念头也还没死。这是缠磨了他一生的念头。也许老田正是为此才活了下来。老田无常的时候已快七十岁了,在世上的日子不能算短的。他说他要是娶个老婆,那么就把住的房子拆了,再想办法盖个新的。一个人却可以凑合的。老田就在队里分给他的那间小房里凑合了一辈子。那是很小的一个房子,父亲说它就像个装草的背斗。窗外,稍下些就是炕洞,老田常常黄昏时分爬在炕洞口填炕,他鼓足了气,往炕洞里一下一下吹着,以使火旺起来。他是很专注的,有人开玩笑地说,这时候走入老田的院子,接近老田的身后,都不会为他所察觉的,那么只要在他的屁股上就势一掀,老田就会钻入着火的炕洞里去。老田常常呛得大声咳嗽着。刚开始烟气浓重,似乎升不到烟囱那里去,更多是从炕洞里往外冒,就呛得老田直咳嗽,等烟囱里往外冒烟时,炕洞里的火就渐渐旺烈起来。老田用几块方正的土坯堵炕洞门时,火舌会从土坯缝里不停地吐出来。村里有红白喜事,都习惯互相走动走动的,老田却不走动,这也许与他是个外来户有关,他在这村里没有什么亲戚。当然也与他单身有关。礼尚往来,老田的红事只有一桩,迟迟不见到来,白事也只一桩,但他还活着的。因此使他觉得没必要走动吧。对于自己的死,老田似乎很看得开,也不大计较死后有没有人来埋他。谁住我的房子,占我的院子,谁就埋我,有时候他显得诡谲的这样说,似乎自己于无意中竟打出了一个很好的算盘。但有人说,你这院子，这房子都是队里的，你活着你用，你殁了队里还要收回去的。他说那就收回去吧，却不愿再提死后谁来埋他的事。也许他觉得这个是不必考虑的，这么一村人，断不会让他死了还睡在这小屋里吧，就像他活着有一个院子和小房子一样，死了也总会有一片属于他自己的黄土的。

　　父亲说老田曾准备过一些糖份子，白糖黑糖都有，也用麻纸方方正正包了，当间贴一条红纸。这样子准备过几遭的，都用于请人当媒了。有时是为村里的某个女人，有时是村外的，他得了信息，甚至是见了面，觉得与自己的条件相仿，可以娶来做婆姨的，于是就拎了糖份子，去请某某某做媒。媒人们接受了糖份子，也都诚心诚意效过力的，但都没有什么好的结果。

　　父亲说，老田的最大特点是干净。同样的风吹日晒，他的白帽子却总是干干净净的。他的衣服上，补丁实在不少的，有些地方是补丁摞补丁，但不显累赘。某些方面，与人相比，他显出异样来，譬如他要是在巷道里捡得一泡狗粪，就会用锹端了，一步一步，不慌不忙地直送到他的自留地里去。常常会碰到他端了一泡粪认真地走着。端到地里去啊，见的人这样招呼着，声音里是有一些戏谑的。他不以为意，看到一泡粪，照旧是走好几里地端到自己的自留地里去。下雨天，他也有一样不同于众的，雨歇下来时，他就会在棍子上钉一只鞋底，上房去，趁着雨湿未干，开始用鞋底拍打房子。他是那么细致而又从容。拍打声清清亮亮，能传出很远。有时觉得这声音是在距离他很远的一处清空里响着。这样拍打过的房顶，经太阳暴晒之后，会是很结实的。有人在上面走过，真是像石头一样。他在生产队那些年，当然要参加队里的劳动的，他的劳动多是看守村里的庄稼。有几年队里种胡萝卜，有几年又种香瓜，这些东西人都忍不住伸手要弄来吃的，需守夜。有老婆的人大都不愿守夜。于是老田就去守夜了。队里在胡萝卜或香瓜地边给他弄了一个简易窝棚，他就住在那里守夜。这样的日子有近十年，也就是说有十年之久他都不住在自己家里。

　　虽然因没有老婆而便于守夜，但老田想有个老婆的念头却一直活跃在他心里的。有一年，人们的日子过得极艰难，连锅碗瓢盆也显出一种饿得不堪的样子来。老田由于单身之故吧，竟暗暗贮存了几乎满满两木桶洋芋片，老田把这些洋芋片晒干了，用线串了，存在两只木桶里。日子过不下去了，有人抹下了脸面去借，当然不能借得多，一碗两碗也行，但都没能借得出来。原来老田是有预谋有打算的，这些洋芋片也是他勒紧着裤腰带俭省下来的，他看见四处都有逃荒的女人，这使他动了心思，看能否以这两桶洋芋片吸引一个女人来做他的老婆。这事后来看样子也没得成。

　　忽然一天，老田那一贯寂寥无声的院子里竟是热闹起来，里面叽叽喳喳吵得很厉害，不时还传出如火如荼的厮打声来，老田的门口，围拢了许多人看着。原来村里的一个寡妇，听说老田在打她的主意，想把她娶过来当老婆，这女人便越想越气，越想越气，于是就带了自己的几个儿媳妇和女儿，来找老田算账了。听说是把老田折腾得不轻，连老田吃饭的碗也给在门槛上摔碎了，老田本人也受了重伤，脸被挠得看不成，老田那补丁摞补丁的裤子，也被叽叽喳喳的女人们怒不可遏地撕碎了。

　　村里没有任何男人被女人们如此欺辱过。

　　都猜着老田可能会有什么行动的，也许是要上吊。

但这桩事后，老田照旧是活在世上，照旧给队里守夜。这样子又过了若干年，才一口气出去没再回来，无常了事。

注：此小说曾以《底片》为名部分发表于《十月》2006年第4期。

体现"文章之美"的小说

——读石舒清的小说《三岔河》

白 草

《三岔河》是石舒清的短篇小说合集，分为"物忆""爷爷""苏菲""痕迹""母亲家的故事"等章，每章中又分出若干节，将具有相同性质的描写对象归为一类，如"物忆"一章中包括"黄花被""老木床""大立柜"等节。当时受杂志篇幅限制，发表时作者根据要求删节了至少八万多字，篇尾并未注明，故而阅读至终篇时，明显感觉有未尽之意，这一遗憾则在此单行本出版时予以弥补。

《三岔河》是一部村史，又是一部家史，亦可为作者童年及少年的生活史。小说以作者故乡为地理背景，于记忆和经验中取材，以"诗与真"的理念——所谓"真"者，是作者忠实追述他的闻见，"诗"则寄寓某种深味——写了一个渺小的、不足称道的地方，它既显得独立，却又与外面广大的世界息息相关。实际上，《三岔河》中的人和事，在作者此前诸多短篇中曾以不同形态出现过，仍然是那个小村庄，活动的也是那样一些人，而新的形式与结构，重又赋予了他们特别的面目；作为结构因素之一的时间，设定在了20世纪70年代，一个灰色、匮乏的时代里。作者熟知的许多亲人和村民,他们或卑微地活着,一如草芥;或尊严地抗争着,要抓住自己的命运,比如叙事者的爷爷,这个命运多舛而又内敛刚强的老人,他"一生最大的心痛和憾事"是未能去守"拱北"——"深山老林,风声鹤唳,上人墓侧,经卷香炉,就爷爷的性情及念想而言,这真是再合适不过的日子了",可为了一家人艰辛的生活,他放弃了。对老人来说,放弃更显尊贵。这令人想到列夫·托尔斯泰中篇小说《谢尔盖神父》中的表姐,她终年辛劳以照顾家人生活,没有时间上教堂,自叹且悔罪,但在谢尔盖神父眼中,她是比自己更为圣洁、更应受敬服的圣徒。类似的描写,在这部作品中并不少见。

像文学史上一个常见现象,不少作家为完成一个巨大目标之前,用短篇创作蓄积能量。石舒清的《三岔河》,不妨说是他短篇小说写作到一个相当程度时,一次艺术的综合性尝试。如果说他的单个的短篇小说更注重艺术、注重想象,这次集中笔力的创作则在尊重历史、尊重事实及抑制主观想象方面,尤为一个自觉的有意识的追求。毕竟,他笔触所及的,是他的亲人和村民,是他童年和少年的伙伴。总之,都是一些普通人,换用今日一个流行词语,是一些"草民"。普通人或"草民"的历史极易被忽略或曲写。因此,石舒清不仅是为自己写作,他同时也为那些无法掌握文字书写的人"代写",写他们的历史,写他们的心事,写他们向来难以用文字表述的对自我和社会的认识。他为自己设置了一个底线:尊重普通人的历史。张承志曾说过,为底层的普通人代言,永远存在一种危险,即无意中会对人心构成侵犯。作家能够意识到这个危险,则是一个基本立场。对一个在艺术上有相当造诣的作家来说,尊重他笔

体现"文章之美"的小说 291

下的普通人有时可能比艺术更为重要。——要补充的一点是,《三岔河》尊重历史和事实,并非说这些事实呈现了原貌原样,它们为作者所选择、所剪裁,事实细节化了,历史情节化了,成为小说连贯性、一致性因素,有如作者在"琴"这一节中所说的一句话:"从一个虚静的底片里挣脱出来,还原成一种真实。"年代久远的记忆,如作者自觉到的,有时会"迷离恍惚",此时作者则忠实于自我感受,受制于艺术自律,让记忆中鲜明的部分活动起来,模糊的部分退居为背景或阴影。

石舒清在写作上积累的艺术经验之一,即精雕细琢,在这部短篇集中得到了充分的运用。从开篇至终章,这种精致、细微,甚至奇异的描写,通贯始终,是作者艺术功力的体现。这让人想起"文章之美"的说法。

小说的"文章之美",是20世纪30年代周作人提出并加以论述的。在为废名小说所作序文中,周作人写道:新文学的一个缺陷,就是"创作不大讲究文章"(《桃园跋》)。他认为废名的小说在现代中国小说界的独特价值,即在于小说中的"文章之美"(《枣和桥的序》)。钱锺书在一篇论文中说到"现代文学"难以评价时,也提出过"文章之美"的说法(《中国文学小史序论》)。

"文章之美"不仅仅是小说创作中的文辞之美、语言之美或意境之美等,当然这些因素也是小说的题中应有之义。周作人根据他自己的文学史观,认为"文章之美"主要还是指小说在其历史的演进过程中,当"庸熟之极"时,则不能"不趋于变",有"简洁生辣的文章之兴起",起而代之。这是他对小说的期待或关于小说的"理想"。所以废名的小说于他看来,颇适宜于"坐在树荫下"阅读。"坐在树荫下",自然不是"文学快餐"式的阅读方式了。

《三岔河》是一部要安静下来细细品读的作品。或许,它已具备了周作人关于小说"文章之美"的"理想"因素:"辣"不易辨识,"生"则有之。当面对着那种细致到"陌生"的描写时,由"庸熟"、甜熟的文字培育成的趣味——一种读起来有趣、放下即忘却的速读,积久变得粗糙的口味——会面临挑战:要么渐渐沉入进去,发现其中原有一片"丰厚的寂静",并由此获得"寂寞的悦乐"(周作人语);要么掉头弃去,不再回顾。

石舒清的小说在极为有限的范围,或能改变一种口味,养成一种趣味,亦未可知。

石舒清主要著作目录

中短篇小说集

1. 苦土.天津：天津百花文艺出版社，1994.

2. 暗处的力量.石家庄：花山文艺出版社，2001.

3. 开花的院子.长春：时代文艺出版社，2001.

4. 伏天.北京：中国文联出版社，2005.

5. 清水里的刀子.银川：宁夏人民出版社，2008.

6. 灰袍子．银川：宁夏黄河出版集团，2012.

7. 古今．银川：宁夏黄河出版集团，2015.

小说随笔集

1. 韭菜坪.西宁：青海人民出版社，2014.

文图集

1. 西海固的事情.王征图片提供，北京：北京出版社，2006.

著作获奖情况

1. 1999年，获得宁夏首届十大青年文艺家称号。

2. 中短篇小说集《苦土》于1997年获得第五届宁夏文艺评价特

别奖,第五届全国少数民族文学奖骏马奖。

3.短篇小说《清水里的刀子》获得1998—1999年度《小说选刊》奖,并于2001年获得第二届鲁迅文学奖。

4.短篇小说《清洁的日子》于2000年获得第七届《十月》文学奖。

5.短篇小说《银子的声音》于2000年获得《中国作家》征文奖。

6.短篇小说《果院》于2005年获得"茅台杯"《人民文学》奖。

7.短篇小说《黄昏》于2007年获得第八届《十月》文学奖。

8.中短篇小说集《伏天》于2008年获得第八届全国少数民族文学奖骏马奖。

9.2008年获得第十一届庄重文文学奖。

10.短篇小说《低保》于2010年获得"崇焕杯"《人民文学》奖。

11.短篇小说《韭菜坪》于2010年获得第九届《上海文学》奖。

读石舒清笔下的真情世界

与书友一起

加入本书交流群
微信扫描二维码

【入群步骤】
1. 微信扫描二维码；
2. 根据提示选择并加入交流群；
3. 群内回复关键词获取阅读资源和应用服务。

【使用说明】

本书配有读者交流群，群内配有丰富的读书活动和资源服务，您可以根据喜好选择并加入社群，找到志同道合的书友，通过回复关键词获取优质的阅读资源、参与精彩的读书活动，享受卓越的阅读体验。

【群分类及服务介绍】

[读书活动群] 群内配有书评文章、石舒清访谈，以及石舒清的创作年表和创作综述等，您可以回复相应关键词获取资源，与其他书友一起感受人性之美。

[读者交流群] 您可以在群内找到志同道合的书友，交流阅读心得，共同提高，共同进步！

建议配合二维码一起使用本书

石舒清笔下的真情世界

2